U0123978

[美] **罗伯特·奥伦·巴特勒** 著

吕静薇 译

香河

PERFUME RIVER

ROBERT OLEN BUTLER

GUANGXI NORMAL UNIVERSITY PRESS

广西师范大学出版社

·桂林·

香河
XIANGHE

著作权合同登记号桂图登字：20-2018-020 号

图书在版编目（CIP）数据

香河 /（美）罗伯特·奥伦·巴特勒著 ；吕静薇译. —桂林：
广西师范大学出版社，2019.3（2019.4 重印）
书名原文: Perfume River
ISBN 978-7-5598-1606-1

Ⅰ．①香… Ⅱ．①罗… ②吕… Ⅲ．①长篇小说－美国－现代
Ⅳ．①I712.45

中国版本图书馆 CIP 数据核字（2019）第 021525 号

广西师范大学出版社出版发行

（广西桂林市五里店路 9 号　邮政编码：541004　）
　网址：http://www.bbtpress.com
出版人：张艺兵
全国新华书店经销
广西民族印刷包装集团有限公司印刷
（南宁市高新区高新三路 1 号　邮政编码：530007）
开本：787 mm×1 092 mm　1/32
印张：9.125　　字数：180 千字
2019 年 3 月第 1 版　　2019 年 4 月第 2 次印刷
定价：52.00 元

如发现印装质量问题，影响阅读，请与出版社发行部门联系调换。

献给凯莉

那个无家可归的男人悄无声息地溜进来的时候，罗伯特·昆兰夫妻俩到底有一搭没一搭地在争论些什么？没过多久，罗伯特就几乎不说话了。到底在讨论奥巴马医改、藜麦，还是孙女的新男友？反正是为什么事争了几句。那会儿，他们正坐在新叶商店就餐区的一张桌子旁，达拉背对着那个男人，罗伯特正对着他，几个注重养生的新叶商店会员正散坐在自助餐热菜区附近专心用餐。尽管那个男人进来的时候没有和任何一个人发生目光交流，但罗伯特还是马上就注意到他了。当时是黄昏前后，正值北佛罗里达的一月，但那人穿得明显还是太多了。要么是因为常年户外生活，寒冷已经深入骨髓，要么就是因为他需要把所有的衣物都随身携带。

　　罗伯特心想：这是个老兵。

　　他发长齐肩，头发是弹片灰色。因为浪迹街头，棕褐色的脸上沟沟壑壑，布满了皱纹。尽管生活现状让人一目了然，他站在那儿的时候，依然保持身体挺直，两肩水平。

　　他在隔断门附近的一张桌子边坐下来，正对着收银台和

1

前门之间那条横过道，身体略微前倾，紧握的双拳放在桌面上，眼睛死死地盯过来。

"你应该加点咖喱。"达拉对罗伯特说。

哦，原来他们刚才争论的话题是藜麦。

"加米饭是不对的。"达拉接着说。

她坚持自己的主张，而罗伯特的注意力已经越过她的肩，转移到了那个老兵身上。

罗伯特收回目光，努力回想刚才是不是已经给达拉引用过某健康杂志上有关白米饭益处的文字。

"所有那些著名的日本健康老人都吃白米饭。"他开口说道。

她愤愤然。

罗伯特低头看了看盛在可降解纸盘中的咖喱豆腐，然后重新把目光投向老兵，只见他张开一只手，正把一小把硬币放在桌子上。

"我只是想让你保持健康。"达拉说。

"所以我心满意足地坐在这儿了啊。"罗伯特说，目光依然胶着在老兵身上。

那人展开了紧握的另外一只拳头，把硬币在桌上摊开，开始安安静静地数硬币，没有一丝张扬。

"多亏了他们的鱼。"她说。

罗伯特收回目光，看着达拉。

达拉的眼睛是蔚蓝色的，如同莫奈油画中天空的颜色。

"鱼?"他不解地问。

"是的，"她解释，"这就是为什么……"

他突然向她靠过去。也许有点太突然，达拉猛地停下来，睁大了她的蓝眼睛。

"我应该给他点吃的。"他小声说道。

她眨眨眼，回过神来。"谁?"

他朝着老兵的方向点点头。

达拉回头看了一眼。

那个男人还在轻轻地摊硬币。

达拉朝着罗伯特倾了倾，压低了声音说："我没看见他进来。"

"刚进来。"罗伯特说。

"把藜麦给他吧。"达拉说。她没开玩笑。

"拜托。"罗伯特站起身。

达拉耸耸肩。

罗伯特很少做这样的事，即便做也从来不跟钱沾边。童年时候起，他就形成了一种条件反射般的态度：把钱给了这样的人，他就会拿钱去买酒，这恰恰会助长他的毛病。如果他真想得到照顾，可以寻求某些组织的援助。

施舍食物是另外一回事了，他这么认为。可是，当自己还在生活的洪流中沉沉浮浮的时候，去给大街上遇到的人提供食物，实在是一件很尴尬的事。所以，即便偶尔有不那么尴尬的情况，也通常会被轻易忽略掉。

但眼前的这个机会，他没有忽略。尤其是这个男人身上的某种特质不停地提醒他：这是一名老兵。

也就是说，他是一名越战老兵。

是的，这是一种特质。一种年代感，一种特别的状态，就像是你头脑中经常会调到某一个特定的无线电频率。

罗伯特自己就是一名老兵。

他并没有直接走到那个老兵的桌旁，而是朝着隔断门门口走去，到了门口也就到了他身边。

越走越近了。这时候老兵已经理好他的硬币，正在盘算着什么，依然没有抬头。罗伯特已经到了他身边，就好像走向门口的时候路过一样。这下，终于引起了老兵的注意，但他还是没有抬头看过来。虽然需要帮助，但他并没有使用任何手段来获取什么。他只是在单纯地数硬币而已。

罗伯特停住脚步。

那人的头发从远处看是一簇灰，走到近处才发现，还有一绺乌黑从头顶一直垂到衣领。

罗伯特的手扶到那人的肩上，俯下身。

那人转过身，抬眼看过来。罗伯特说："要不要来点吃的？"

两人的目光碰在一起。

老兵额头、脸颊和下巴上布满的皱纹很大程度上维持了人们对他的第一印象：历经磨难，现在依然生活在水深火热中。但他的眼神很清澈，他皱起眉，眼周也显出一道道皱纹。"嗯,"他说,"有吗?"

"我可以给你拿一点。"罗伯特说。

"那太好了,"男人说,"好的。"

"想吃点什么?我想他们这儿应该有鸡肉。"虽然罗伯特并没有提及异常健康的藜麦,但他发现自己正试图控制这个人的饮食营养。这是一种让他很不舒服但又熟悉的冲动,他想让他健康。

"我得吃软一点的东西,"男人说,"我没有几颗牙了。"

"不如你跟我过去看看吧,"罗伯特说,"你自己选。"

老兵迅速站起身。"谢谢。"他冲罗伯特笑了笑。不露齿的笑。

两个人站在一起,准备迈步的时候,罗伯特突然意识到他忽略了一个事实:他这么做依然是赤裸裸的"慈善"姿态,是一种隐匿了的高高在上、居高临下。于是,他冲男人伸出手。尽管他一向认为自己就是罗伯特,也一直自称罗伯特,但还是张口介绍自己:"鲍勃①。"

男人犹豫了。似乎这个名字让他陷入困惑。

罗伯特进一步解释:"我叫鲍勃。"

男人握住罗伯特的手,笑了。这一次笑得很开心,但他还是尽力控制着不露出口中无牙的窘况。"我叫鲍勃。"他说。仿佛被误认为只是在简单地、傻乎乎地鹦鹉学舌,他又

————————

① 英文名中,鲍勃(Bob)是罗伯特(Robert)的昵称之一。

5

匆忙补充说："也。"

两个人握手。老兵的手紧紧握住罗伯特，继续解释说："我也叫鲍勃。"

"这名字不错。"罗伯特说。

"嗯，还行。"

"叫这个名字的人不如以前那么多了。"

鲍勃盯着罗伯特看了片刻，手上的动作放慢，继而停下来。罗伯特感觉到，突然转换到聊天模式，鲍勃的大脑一时间还不习惯。

"确实如此。"鲍勃说。

罗伯特领着他穿过门口，沿着隔断门继续向前，越过只有十条记录的登记处，进入自助餐区。他在食品台终端的暖汤器前站定，心里想着那人的牙齿问题。但是鲍勃没有停住脚步，在罗伯特提出建议之前，鲍勃张口说道："他们这儿有豆子和白米饭。那个就挺好。"

罗伯特走到他身旁，两人透过卫生防护罩看着里面的一盆花斑豆和一盆糙米饭。还算不错的大食堂食物，罗伯特心想。不过这个想法和脑子里一闪而过的对鲍勃的重新判断不太搭调。

不管怎么说，这和他目前想做的事情无关。

鲍勃不要其他的食物了，于是罗伯特在塑料餐盘上高高地堆了满满一盘豆子和糙米饭，鲍勃自己从冷藏柜里拿了一瓶饮料。罗伯特等他走过来，从他手里接过一瓶淡柠檬汽水，对他说："要么你先去坐吧。"

鲍勃点点头，安安静静地走开了。

罗伯特走到附近的一个收银台。

一个脖子上文着旭日图案，嘴唇上穿着银环的年轻人正在结账。罗伯特站在那儿，心里重新对鲍勃做出判断：从面部和头发显示的年龄看，鲍勃应该不是越战老兵。像他这个年纪——大概五十到五十五岁——参加越战的话，还是太年轻了。他这个年龄和越战应该有十年左右的差距。

罗伯特付了钱。

餐厅服务员冲他微微点了点头，一副了然的样子。

"你认识他？"罗伯特问道。

"他偶尔来。"服务员答道。

拿好了豆子、米饭和柠檬汽水，罗伯特转身离开。

他走到就餐区，把餐盘和汽水放在鲍勃面前。鲍勃已经认认真真地铺好餐巾，摆好餐具，硬币也收起来了。

他端坐在那里，抬头看着罗伯特。

这个人和罗伯特最初以为的不一样了。

"谢谢你。"鲍勃说。

罗伯特感觉他对鲍勃一无所知。

"很丰盛。"

"确实。"罗伯特答道，然后转身离开，心里想：无所谓吧，不管是不是，我也会这么做。

罗伯特在达拉面前坐定。

达拉倾过身低声说道："我很高兴你能这么做。"

还不错，她并没有问他给那人买了些什么。说完，达拉重新坐直了身子。

她的餐盘里原来盛满了泰式辣味藜麦沙拉，现在已经吃光了。罗伯特看了一眼自己剩下的咖喱豆腐，拿起叉子把豆腐往盘子边上推了推。

达拉说了句什么，罗伯特没听清。

他停下手里的动作。

餐厅里有人在聊天。

罗伯特在想：怎么可能已经过去了那么久？

但是，确实已经过去了那么久。即便是刻意想起，越战也激发不出什么清晰、个人化的记忆了。所有的画面依然还在那里——那些面孔、战场、司令部大院①，还有酒吧、一张床和一条河——但它们的存在就像是手机里那些被遗忘的快照的缩略图。

"再来点吧。"达拉说。显然，她刚才还说了别的什么话。

罗伯特望着她。

达拉眯起眼睛。

"可能已经凉了。"她点点头示意他餐盘里的食物，说道。

---

① MACV（Military Assistance Command, Vietnam），美国驻南越军援司令部。

"可能吧。"他说。

"你可以再要一点。"她说。

"不要了。"他回答。

达拉耸耸肩,说:"那我们走吧?"

"咖啡。"罗伯特不假思索地脱口而出。

达拉猛地抬头。在她据理力争让他把那东西戒了一年后,几个月前,他又重拾旧好。她本来已经妥协了,但罗伯特意识到,脱口而出的这两个字,听上去更像是一句嘲笑。

"鲍勃需要喝杯咖啡。"他说。

"鲍勃?"她曲解了他的意思,话音不善,以为他不过是在用第三人称来谈论寻求咖啡的自己。她觉得他表现不好的时候,偶尔也会叫他"鲍勃"。

罗伯特并没有解释,站起身来到那个鲍勃身边。鲍勃正俯着身子狼吞虎咽。

抬头时,罗伯特已经站在他身边了。

"你喝咖啡吧,鲍勃?"

"喝。"鲍勃回答。

"有什么特别的习惯吗?"

"加一点奶。"

"我去取。"

"不胜感激,鲍勃。"鲍勃说道。

取餐区附近,罗伯特开始从咖啡渗滤器中接咖啡。咖啡壶正中央是今日冲泡咖啡的纸袋艺术设计:高耸的群山上生长着茂密的热带森林，整个景观嵌在咖啡树中。

在通往达喀图①的高速公路上的某个地方，人们会把咖啡豆铺在地上晒干。他正坐在一辆吉普车上赶着去完成一项任务。后来任务出现了变化，把他改送内地。一个戴着尖顶斗笠的漂亮女孩子倚靠在她的咖啡耙上，抬头望着他。他从她的身旁席卷而过。

杯子差不多接满了。

他搬起手柄。

在杯子里倒了点牛奶。

回到鲍勃身边。

鲍勃再次表达了谢意，双手捧起咖啡杯，汲取着咖啡的温暖，然后放下。

"你是佛罗里达人?"罗伯特问。

"我是查尔斯顿人，西弗吉尼亚的。"鲍勃回答。

"还好你不用到那里去过冬。"

鲍勃坚定地点了一下头，移开眼神。"我还是得回去。"他说。

"也许可以等天气暖和起来再去。"

"没办法，"鲍勃说，"我有我的责任。"他依旧扭着头，没有进一步解释。盘子里的豆子和米饭已经凉了。

罗伯特仍然有一股冲动，想让这次偶遇更有意义些，而

————————————
① Dak To，越南地名，越南战争中此地曾发生激烈交火。

10

不只是一次简单的慈善行为。比如对鲍勃多些了解，给他提供一些建议，无论什么都行。但他觉得现在唯一能问的就是："什么样的责任，鲍勃？"

鲍勃没有看他。

也没有继续吃东西，喝饮料。

罗伯特的问题让这个男人完全呆在了那里，一动不动。罗伯特甩掉心头的一丝负罪感，他想他大概一直坚信，并把那些责任担在自己的肩上。但是后来他慢慢变成了现在这个样子，也知道他在家乡已经一无所有，再也回不去了。

罗伯特的手放在鲍勃的肩上。片刻之后，转身离开。

他走到自己的餐桌旁，但并没有坐下来。达拉抬起头看了一眼，见他两手空空，问道："没有咖啡？"

他耸耸肩。

达拉点点头，微笑着说："晚饭吃完了吧？"

"嗯。"他回答。

收拾好各自的东西，两人穿上了外套。达拉走在前面。路过鲍勃身边的时候，她应该是瞥了鲍勃一眼，准备给他一个鼓励的微笑。要是鲍勃抬头，她会这么做的。但是直到达拉已经走过去了，鲍勃才抬起头。

他盯着罗伯特的眼睛，仰起下巴，说："你认识我老爸，是吗？"

对于这个奇怪而突兀的问题，罗伯特从容不迫地回答了一声"不认识"，然后跟在达拉身后离开就餐区。

然后，就没有然后了。

~

达拉和罗伯特在镇上办完事，沿着林荫大道开车回家。两个人都没有说话。这种状态在他们外出就餐后很常见。

他们住的地方位于塔拉哈西城市边缘的东南面，那里有一片花园，有阔叶林和少量针叶林。开上回家最快的一条路，他们得沿着商业区依次路过沿街的店铺：连锁餐厅、简易汽修店、家具店、药店和加油站。罗伯特发现自己其实对这一切了然于心。他在第一时间向南转弯，稍后向东，开上了老圣奥古斯丁路。

达拉轻哼一声。在一起这么多年了，她还是偶尔会用这种不屑一顾的声音来表达赞许。至于这哼声到底表达的是什么意思，只能靠罗伯特自己理解了。

老圣奥古斯丁路的来去过往很好解释。遮天蔽日的橡树下，枫香树、山核桃树和郁金香树的背后，居民区和寥寥几家服务型店铺隐匿其中。这条老街见证了国家的沧桑。这也是罗伯特在大学里偶尔会开设的一门课程，达拉有时候也会乐于听他聊聊这些。但今晚，他们谁也没开口。

达拉打开了大学广播电台。

同样是这首弦乐曲，在重复的音符一遍遍的撞击下，他把脸贴在环航 707 航班的舷窗上。落基山脉在他的脚下匍匐绵延。他正飞往旧金山以北的特拉维斯空军基地，气动耳机中传来的音乐声在他脑海中回响。是贝多芬的《第七交响曲》。第一乐章是迷幻的，节奏强烈而欢快，且气势越来越宏大，就像贝多芬作曲时那样，显得自信满满又轻而易举，又仿佛是从他的《第六交响曲》中流淌出的一丝夏日的田园牧歌。到了第二乐章，宏大的场面转换成了令人心安的重复旋律。罗伯特可以相信音乐给他带来的巨大满足，相信摆在他面前的未来吗？

他要做的并不是举枪射击的那种士兵，而是参与作战序列方面的工作，很像做科研，和他四年来在杜兰大学学习并热爱的工作差不多。不管他们把他安排在哪里，他都会被关在司令部大院的核心区域。要想让他出现生命危险，除非发生了不可能发生的军事浩劫，或者出现意外，或者厄运当头，那也是对克朗凯特①在他的晚间新闻中对精准的战争现实模糊化报道的一种挑战。

年轻的罗伯特对此深信不疑。

那是一九六七年九月。四个月后的越南农历新年，爆发了那场军事浩劫。

假如能够活下来，他相信自己会得到他一直渴望得到的东西。几天前在杂志街的一个酒吧里发生的事就预示了这一点。他的父亲因为自己的第十次告别而泪洒当场，罗伯特这

---

① 沃尔特·克朗凯特（Walter Cronkite，1916—2009），美国著名主持人、记者。

边，是第四次。威廉·昆兰是一个沉默寡言的酒鬼。这是个安静的男人，有些情感他自觉无法驾驭，女人应该更能够感知这些吧。当罗伯特听着他父亲永远也听不大懂的音乐飞向远方的时候，他依然相信，他懂得这些眼泪意味着什么。

车里的音乐旋律庄严而坚定，经久不息。不仅仅是庄严，还有痛。开着车驰骋在两旁橡树林立的街道上，罗伯特觉得内心无比满足。已经过去了四十七年。

他瞥了一眼达拉。

她的脸紧紧贴在车窗上。

~

沿着豆砾石的车道开下去，又从一小片松柏林中开出来，两人把车停在了家门口。这栋房子建于一九八三年，当时受了二十世纪初出现的"工匠运动"的影响。人字形屋顶开了天窗，一层是砖结构，上面两层是半灰泥半方材结构。有十年的时间，达拉的父母把这对艰难求学的年轻夫妇身上仅有的那点财富全部克扣掉，分毫不留，原因是他们对于把两个年轻人联结在一起的政治纽带毫不认同。不过让达拉没有想到的是，父母去世后留下遗嘱，就像他们的为人一样，中规中矩地把遗产一分为二，女儿达拉和达拉的弟弟各继承一半。达拉得到了卡尤加湖上那处庞大的安妮女王遗留的房产，以及足够的钱来维护那栋房子。同时，虽然没有授权，

14

老夫妇也表达了遗愿，希望他们的女儿及其家人回家。

父母的去世让达拉很意外。他们死于深夜发生在塔科尼克林荫大道上的一起车祸，显然两人当时都喝醉了。达拉和罗伯特双双在佛罗里达州立大学谋到职位后不久，达拉卖掉了那栋安妮女王的房子，和罗伯特一起根据两人共同的喜好建了现在这栋房子。那年，儿子凯文十一岁，女儿金伯莉五岁。

今晚，罗伯特把自己那辆克林顿时代的 S 级梅赛德斯-奔驰停靠在达拉新买的丰田普锐斯旁边。两人走进家门，脱下外套收好，走进厨房，各自忙起来。达拉烧水给自己冲花草茶，罗伯特磨了一点埃塞俄比亚的咖啡豆给自己煮咖啡。有很长一段时间，两个人什么话也不说。傍晚的时候，他们经常是这样的状态。有时候两个人觉得，这样相处还是挺舒服的。

倒好茶和咖啡，他们准备各自回去把当天晚上的工作收个尾。离开之前，仿佛只是为了引起罗伯特的关注，达拉轻轻碰了碰他的手臂，开口问道："你们俩聊了些什么？"

"谁？"他说，虽然他其实知道她说的是谁。

"那个无家可归的男人。"达拉说。

"就聊了聊天气。"罗伯特说。

她点点头，又问："他说了他是怎么维持生活的吗？"

"我们没聊那么深。"

"我痛恨我们抛下了他。"她说，不过她弱化了"痛恨"

而强调了"抛下"。意思很清楚,她不需要再补充说"但是我们也没办法"了。

两个人没有再说话。

今年春天,他们两人都在休假。而自从这栋房子完工后,他们就开始了各自的研究。

罗伯特的书房在三楼,根据"工匠运动"的倡议,那里本应该被打造成绅士的台球室。他的桌子面朝北山墙的火炉,火炉上面罩着锤形铜罩。屋顶采光窗和靠窗的座位分别在他的右手边和左手边,凹形书架排成一排,上面码着他的书。

罗伯特的研究方向是二十世纪初的美国历史。目前他正在为约翰·肯尼斯·特纳写传记。特纳是一位记者兼出版商,同时致力宣传和平主义和社会主义事业。今晚,罗伯特在为参加一个历史会议写论文,题目是"美国二十世纪反战运动的原型:约翰·肯尼斯·特纳、伍德罗·威尔逊,以及墨西哥入侵"。题目太冗长了,他坐在这儿良久,准备试着把它简化一下。

达拉的书房位于客厅和餐厅之间的走廊边上。书桌朝西面,透过窗扉,穿过阳台,再往外就是房子后面的那棵高大的橡树。她教授艺术理论课。在其他学校的某些学术对手看来,她的研究是"跨学科"的。她赖以成名的著作是《作为现成艺术的公共纪念物:从符号学角度的再修订》。今晚她打算完成一篇论文的草稿。这是一篇她准备在一个符号学会议上宣读的论文，题目叫作"死去的士兵和性的渴望：南方邦联①死难者纪念碑的女人们的潜台词和雕塑隐喻"。这个题目对她来说，很合适。

罗伯特和达拉都是很专注的思想家。如果一定要让他们考虑清楚为什么，他们会认为，能够专注的部分原因是出于他们对彼此工作的相互尊重。一旦坐在自己久已熟悉的房间里，他们就不再需要和对方交流任何想法了。

罗伯特喝下最后一口咖啡，已经凉了。他想起了鲍勃。

不知道那个人现在在做什么。塔拉哈西城里肯定有避难所。鲍勃应该就在那儿。也许他还在想念家乡查尔斯顿，想着那些他觉得自己应该承担的责任。对于鲍勃的突然沉默，罗伯特的判断也许是对的。或许，他只是在漂泊人生中的那一个夜晚沉寂下来，试图理清自己从何而来。

~

那个男人和他的妻子从身边走过，渐渐消失以后，鲍勃开始重新关注眼前的食物和咖啡。吃完晚餐，喝了咖啡，在座位上又坐了一会儿，他又一次忘记了他所知道的那些可以让自己陷入沉思的事情。这样的忘记让他深受伤害，因为他

---

① Confederacy，美利坚联盟国（The Confederate States of America），是 1861 年至 1865 年因美国内战而在南方建立的政权。

不想面对自己内心的问题，不想应付已经启动的思想机器，永远不想，尤其是在现在这个节骨眼上，他得解决自己今晚睡觉的问题。避难所、教会、灯塔、慈善之家、应许之地，还有天堂般的收容所，都已经过了开放时间。但是今晚，他忘记了自己其实对这些情况是了解的。

所以一想起来，他就站起身离开了新叶商店。太晚了，形势紧迫。之前天还亮着，现在已经黑下来。天黑得很快。

为了寻找栖身之处，他走上阿巴拉契路。有好长一会儿，他只是专注于不停地逼迫自己尽快离开。可即便如此还是太艰难了。他的腿疼，后背疼，头也开始疼。他不知道自己走了多远，也不知道自己走了多久，也许几英里①，也许更多。后来看到一个地标，他知道虽然问题不断，但还是有进展的。路过蒂洛森殡仪馆，假冒伪劣的泛光灯打出的灯柱投在房子上，搞得就像国会大厦似的。殡仪馆显示屏上的滚动字幕很醒目，死去的人因为死亡而被人们记住名字。今晚是个叫亨利的家伙。亨利什么什么，中间名连鲍勃都觉得没必要在意。这个家伙无关紧要，反正就是有个亨利，以前还活着，现在死了。

黑暗继续纠缠着鲍勃。这才是一月的第一个星期，突发的状况来得太早。往后还会有更恶劣的寒冬，正因为如此，他才马不停蹄，尽可能地往东走。

---

① 1英里约等于1.6千米。

一月，他没法就那样消失在塔拉哈西城里的林地里——沿着自行车车道走上一段，然后突然拐进树林——到一个只有他自己知道的地方把他的东西找出来。进了树林，他得先穿过一个涵洞，顺着干涸的河床，上到岸边，找到一棵树上的标记，再接着找另一棵树上的标记，顺着做了标记的树继续走下去，会看到一棵倒了的橡树横在地上，下面藏着一个深坑。一整个秋天，那里都是他的好去处。什么时候想去就去，不管头脑中乱麻般的思想如何困扰他，他都能在那片树林里找到自己的东西，找到一个可以睡觉的地方。

所有这一切再次涌上心头，鲍勃觉得脑子里充斥着各种声音。他从来不认为那是别人的声音。

"是我。这里只有我一个人。"他大声说。

他没疯。他知道要马上环顾四周，看看有没有人听见。没人听见。鲍勃做得还不错。周围没人，只有一辆辆车飞驰而过，不会有人听见。他甚至想离开人行道，逆着车流横冲直撞。他很正常，甚至还能回想起自己最初的想法，那个在思绪跑题前还值得说一说的想法。

"在林子里，我永远不会迷路，"他说，"你跟着我走就行。不是说你会泄密，你没骗我。我知道你跟着我去那儿没什么问题。"

这些话，他是说给他父亲听的。但是鲍勃没疯。他并不认为父亲会和他一起走在阿巴拉契路上，听他讲话。对他来说，父亲只是个记忆，或许他正远远地躲在查尔斯顿，胆战心惊，又或许今夜他成了某个殡仪馆里聚光灯下的焦点，但他肯定不会在身边听鲍勃讲话。总之，鲍勃没有发疯。这么想着，他闭上了嘴巴，在心里继续对父亲说：待在你常待的地方吧。但是当我坚强的时候——今晚我就很坚强，我知道除了发生的那个状况，我今晚很坚强——我可以让你举止得体，我可以在想象中带着你去那片小树林，只有你和我，我可以让时光回到一九七一年的那个夏天，八月里的某一天。那年我十二岁，知道了你不想让我知道的事。在你看来，我还不错。虽然我只是臂弯里擎着一杆莫斯伯格-22，但很快我熟练地把枪扛到肩上，开枪打死了某种你看都没看到的动物。而你也因此突然蹲下来，做出射击的姿态开枪掩护。后来你停止射击，瞪大了眼睛看着我，心里的潜台词是，你到底是谁？然后你定了定神，在心里自己回答了这个问题。你不想让我明白，但是我明白了。我可以听到你心里的话。你开口对我说，你是鲍勃，你是我的儿子。哦，上帝，你会开枪了！我缺席了你生命中的一大段时光，跑到一大片林子里去打仗，跑到越南的一个该死的破雨林里去打仗。等我回来，该死的，你竟然已经会用枪了，用得和我周围那些小伙子一样好。你看了看中枪的位置，在上面盖了一块伪装用的油布，就好像你心中刚刚被炸裂了一道缝隙，现在又闭上了。你起身跳了起来，一言不发。你当然不说，你都没有看着我，但我心里清楚，我们两个人之间刚刚发生了什么。无论你多么努力地掩饰，我都明白这是有关我们两个人的事。

"该死的，我都明白。"鲍勃说。

在这片树林里，我是都明白的。虽然等今晚我们回了家，我还会迷惑。每当我们两个人待在那间单倍宽拖车房里时，你便坐在 La‐Z‐Boy① 沙发里，手拿着酒瓶。你沉默，就是不说话，而我最好坐在你触手所及的范围以外，看着你坐在那儿摆弄几年前你带回家来的东西。那是你的问题。

就像鲍勃有他的问题，就像现在，就像今晚，他走了这么久，冰寒入骨，他在试着做一件他知道要努力的事情，一件和今晚睡觉的地方有关的事情。林荫大道上有一座教堂，步行三十分钟左右，在沃尔玛东面，距离新叶商店一个半小时，从镇上的哈德勒克斯中心走的话路程会更远。鲍勃得继续向东努力前进，不能让自己的思绪一直停留在那片树林里，停留在他父亲身上。事实上，他的思绪已然飞到了那个位于西弗吉尼亚大学校园外卡诺瓦河畔的拖车房公园。一旦思绪飞离小树林，鲍勃对父亲就完全不能接受了，即便打起足够的精神，把思绪推进到他长大一点的时候也不行。那时候他已经长得和父亲一样瘦高，如果父亲想要伸出手捆他耳光，他已经可以轻而易举地避开了。这些都不是问题，就算打耳光也是用手打，鲍勃一直都知道，有的父亲做得比这更糟糕。可是即便鲍勃让自己的记忆快进，他胸中的怒吼却愈发响亮。因为他真正的愤怒只与父亲内心深处的一切有关。

_____

① 美国家具品牌。

那一切，只有父亲明白，他却从来不会谈起。不管父亲是不是在地球另一边的热带雨林里得到了这一切，鲍勃担心这些东西已经根植在他自己的体内。因为他们是父子，他们是一样的。他们都身材瘦高，有着一样的手和眼睛，从树林里他们共享的秘密看，两人相处融洽的时候，他们也是一样的。而这种融洽只会让事情变得更糟糕，因为就这个问题，两人也闭口不谈，就像越南丛林里的那些东西一样。两人之间的美好和两人之间可能发生的糟糕事，都存在于一个不可言说的地方。所以鲍勃尽力做到心无旁骛，只专注地走路。他大踏步地向前走着，走在人行道上的痛苦重重敲击着他的关节、他的背、他的太阳穴、他的牙床。他只专注地向前走着。

天冷的时候，羔羊之血全备福音教会教堂的牧师晚上会把园艺工具储藏间的门留着不锁，里面也有食物。但因为距离城里较远，大部分时候那儿被用来救济那些横遭厄运的家庭，而不是个别走失的人。离这儿不远，那辆约翰·迪尔牌农用车旁边倒是有一块有遮挡的地方，是好心的牧师个人的小善举。不过一般没人用，它只对没有车的倒霉蛋有吸引力。要是准备走六七英里的路，就真是个不错的选择。遇到冷天或者雨天，走路的人望而却步的时候，这样一个小天地也可谓雪中送炭了。

两天前，晚上很冷，鲍勃就躲在那儿。那天他走了很远的路。今天又是一个冷天，但因为有些事情被谈起，他现在感觉挺好，非常好。鲍勃口袋里揣着一份今天的报纸，是今晚别人留在餐桌上的一整份不要的报纸，等他喝完咖啡后就叠好拿了来。储藏间里有灯。他不怕看新闻。吃进去的饭和咖啡还暖暖地待在他的身体里，于是他想起了给他买晚餐的男人，那个和他名字相同，长着约翰·韦恩①的下巴的瘦高个老人：是你先开口叫了我的名字，我还琢磨了一下你大概是知道我叫鲍勃，结果是你也叫鲍勃。我父亲叫卡尔文，他不叫鲍勃。要是你是我父亲，那我就是小鲍勃。我不知道那样的话我会是什么感觉，我应该不会喜欢，一点也不喜欢。我父亲是卡尔文，卡尔②，我母亲是玛丽。鲍勃，你说的关于我在查尔斯顿的责任那番话是什么意思？你认识我吗？你是我父亲的另外一个战友吧，对不对？你想让我怎么做？

"我这辈子可从来没见过你。"鲍勃说。

他停下脚步。

现在他感觉不那么好了。

他意识到事情发展得好像有点失控。

那是个好人，陌生人鲍勃。

他不能再想下去了。

他需要睡觉。

距离教堂已经不太远了。

他继续前进。街边的灯已经熄灭了。实际上已经熄了有

①　John Wayne（1907—1979），美国演员，以出演西部片和战争片中的硬汉闻名。
②　英文名中，卡尔（Cal）是卡尔文（Calvin）的昵称之一。

23

一会儿，夜色更加漆黑，只不过他现在才注意到。没关系，他已经和今夜的黑暗握手言和。前方，一股向上的光，仿佛从地下射出来的光，照耀着"羔羊之血全备福音教会教堂"标识牌前面的另外一行滚动显示的字幕，上面写着："祷告，主必回复。"

鲍勃莫名地安下心来。感伤的情绪几乎是无法摆脱的，可鲍勃不仅没有发疯，而且很聪明。卡尔也聪明，更狡猾一些。鲍勃的大脑开始不断思考一些深度问题，而当这些问题在思考中变得平庸，他的思绪受阻，脚步也随之慢了下来。

路过标识牌的时候，他冲它竖起中指。他发现自己可以集中精力一段时间了。目光扫过教堂中央建筑的塔尖和灰泥粉饰过的正门前那根假的立柱时，鲍勃低下了眼帘。之后，他一直没抬头，穿过侧面的停车场，绕到教堂后面，有一栋独立的社区大楼，再绕到楼后面就到园艺工具储藏间的门口了。一切都结束了，鲍勃很开心。他要睡觉了，他可以睡觉了。

他已经站在门口，手放在门把手上，拧一下把手，门开了，他走了进去。屋子里一团黑，充斥着雪松护根和机油的味道。鲍勃停下来，让眼睛适应屋内的环境。他眼角的余光看到一个阴影迅速移动，耳边听到一声从喉咙里发出的怒吼。之后，就什么都听不到了，包括铁铲砸在他额头上时发出的哐当一声。

~

已经躺在床上的达拉戴上 iPod 耳塞，和罗伯特各自关上台灯。两人的 Kindle 都自带背光。一丝微弱的巴赫的旋律从妻子的耳塞中传出，不过罗伯特很快就意识不到了。不久，他开始反复不停地阅读同一个句子。罗伯特关上 Kindle。

"晚安。"注意到身边的光线消失，达拉开口说。

"晚安。"罗伯特回答。虽然两人很久以前就达成一致，认为他如此正式的回复是没有必要的。现在这个时候，她满脑子都是音乐，根本听不到他说话。

也没有睡前吻。

他们彼此太过熟悉，以至于这种熟悉已经成为他们亲密关系的主要表达方式。

罗伯特睡着了。

又醒了。

他一直在做梦，却丝毫不记得梦里的任何情景。

他不是没试过，不过只要醒过来就好。

房间里很黑。

他扭头看看达拉，不用看，他靠感觉就能分辨出达拉身体的姿势。她脸朝外侧卧着。

为了不打扰她，罗伯特轻轻拉开被子下床，穿上拖鞋和睡袍，走出房间，穿过走廊下楼，从门厅的壁橱里拿出外套穿在身上，走进黑漆漆的客厅，再穿过落地玻璃门，来到后边的阳台。

他站在阳台边。没有月亮的夜空很晴朗，星星很亮。裸露在外的脚踝感觉冷飕飕的，胸口却很温暖。他曾经也可以偷偷躲在这里吸烟，不过戒烟这件事，他并不需要达拉来劝，就算是在开放的独立空间吸上一两根他也不干。他父亲呼噜呼噜的咳嗽声成功地劝服了他。

他只是在星光下吐出胸中的气息。

那棵橡树伫立在眼前，稍低的枝丫水平伸展，像大多树木的枝杈一样浓密，比如水栎，比如针栎。之前的一些夜晚，无论有没有香烟，他都感觉他的学术方向、他毕生的工作、他的思想，在这棵树上体现得淋漓尽致。毕竟，它站在那里，见证了二十世纪初的美国，将氧气释放到那样一个时代的空气中。它有可能目睹了南方邦联的诞生和灭亡，甚至可能经历过安德鲁·杰克逊在塞米诺尔的那场战争，老山核桃①的冷酷无情遭到了印第安部落捉摸不定的游击战的有力反击。

但是今天晚上，当罗伯特双臂交叉抱在胸前，直视着这棵橡树时，他感受到的并不是历史的幽灵，而是鲍勃的出现。假的越战老兵鲍勃。他在保健食品商店通过藜麦唤起了罗伯特对越南的记忆。因为他是假的老兵，罗伯特无法排解的战争记忆，又回到他自己的身上。正因为如此，在今晚站

———————

① Old Hickory，美国总统安德鲁·杰克逊的昵称。

在面对着橡树的阳台是个错误的选择：有一棵树长在罗伯特心里的那个越南的正中间。

他放下手臂，想转身回到床上去，但没有行动。他醒来时，周围一片漆黑。他身边躺着一个女人，赤身裸体，身材娇小。她也正在醒来。她睡前为了助眠而点的熏香，味道依然浓重。罗伯特曾经在她身边纠缠数日，在顺化香河河畔的后街和她一起沉沉睡去。那是一九六八年一月三十一日凌晨三点四十分，北越军队从西面的山里发射的火箭炮、迫击炮的爆炸声让他们从梦中惊醒。

罗伯特使劲眨眨眼睛，想把回忆挡在门外。

有些事，他不想回忆。

他条件反射一样拍拍口袋，就像能找到一根烟似的，然后把脸扭到一边，不再去看那棵橡树。但是那个女人依然在他的脑海中徘徊，赤身裸体地躺在黑暗中。远处燃着一簇大火，火光越过屋顶，透过窗户照进房间。

罗伯特正迅速穿上衣服。顺化应该是特殊的，习惯上不属于交战的任何一方。北方军队"春节攻势"的目标，在昨天早上这个时间开始的战斗中应该已经显露出来了。这目标肯定是调整过了。

等他穿好衣服，那个女人正站在床边。

她的名字叫林莲。莲花。

她递给他一个沉甸甸的东西，是金属。他知道这是什么。这是一把法国造 32 口径手枪，是她父亲的枪。

罗伯特和那个女人说话了吗？

当然。

他爱她。

但是现在，有关她的记忆不会再增加了。

他从后面的楼梯下楼，走进散发着死鱼臭味的小巷子。河对岸不时爆出 AK‐47 的枪声。越共，甚至有可能是北越的主力军。罗伯特的主要工作就是统计，从所有搜集的情报中统计人数和武器数量，但他还是认为，统计了又怎样，我们对人家还不是屁也不懂！

他走到街上，远远地，沿着河边的路灯，他看见那些人在移动。他数了数，心里想：我死定了。

他转身朝六个街区以外的美国驻南越军援司令部方向跑去。快速冲过街边的店面，从通道进入后院，身边充斥着发霉的味道、死鱼的味道、燃烧的木头的味道，以及从四面八方传来的各种武器声。轻武器声，RPD 轻机枪声，火箭炮呼啸而过后轰隆隆的爆炸声。河对岸，在顺化皇城更远的地方，火光冲天。北越的攻击目标是城北的一个空军基地。他现在看到了前面的人，一队黑衣人在沿着远处河边的一个街区快速移动，周围枪声四起。一股尖细的压缩空气声从头顶呼啸而过，他飞身跃进巷口。他拼命地奔跑，看到人影已经到了门口。他以为是当地共产党冒出来了，脑子里再一次出现那个念头：他死定了。周围一片黑暗，脚下的路泥泞不堪，他用力向前奔跑。假如一定得死，他也宁愿不要亲眼看

28

到自己的死亡来临。他目不斜视，也不看那些跑出来的人，只是跑啊跑，不停地跑。后来，他跑出小巷，发现自己在一个小公园里，正站在一个巨大的黑影前。

一棵榕树。

那是一棵古老的参天大树。它的气生根像年轻的小树一样粗壮，紧贴在一起，长成一片浓密的森林，支撑起一片绿叶搭成的天空，如海浪般翻滚。它们弯曲回旋交错，形成一个深深的内弧。美军司令部方向，传来密集的枪声，双方正打得激烈。他听到了 AK－47 的声音，随即听到 M60 机关枪和 M16 自动步枪的反击声。他知道该怎么做了。

罗伯特爬进了树里。

他挪到榕树根拐弯的地方，后背倚靠着树根坐下来，双腿收拢，把自己藏于黑暗中。在这个位置，他能看到树根外围的情况。有人出现了，身影和夜色一样黑，携带的武器摩擦发出沙沙的金属声，从他身边飞奔而过。他把头往后仰，使劲往树根方向靠，闭上眼睛，闻到一股湿漉漉的泥土味，还有一种更微弱的味道，几乎是甜蜜的味道，有一点点刺鼻。这让他想起了那个女人熏的香，还有她为之祈祷的逝去的人。他知道，这棵树夺走了另一棵树的生机才得以活下来。在黑暗中支撑他，围绕在他周围的这些根须，很久以前就开始盘根错节地包裹在另一棵树上，这叫扼杀根，紧紧地缠绕着另一棵生机勃勃的树，直至它消失得无影无踪，消失在茁壮成长的榕树中。耳边传来来复枪的声音，罗伯特把身体向后缩进榕树诱人的怀抱中。

他右手握着那把法国造手枪，紧贴在胸口处。他希望自己就死在这儿。

罗伯特迈步离开阳台，大口喘息着。

他已经好几年没让这种事情发生了。

他穿过草坪来到橡树旁，用力按住树干，好让双手不再颤抖。

然后重重地靠在树上，等待着这一切安然度过。

但他心里仍然在想：我不该在这儿的，我不该过这样的生活。我早就应该死了。很久很久以前就应该死了。

~

达拉醒了，睁开眼睛，眼皮沉甸甸的。对她来说，深夜里出现这样的状态很难得，也很脆弱易逝。她仰卧在床上，身体上方唯有难以理解的黑暗。她闭上眼睛。床晃了晃，达拉重新睁开眼睛，眼皮的沉重感已经不复存在。她看着自己的丈夫在一旁不停调整着姿势，先是动动胳膊，再动动腿，然后再动动胳膊。她意识到，罗伯特已经尽可能地小心翼翼了。以前不知道他从哪儿回来的时候，他做得比这更糟糕。他在努力。达拉本来想说话，但是又不想因为聊天而彻底清醒过来。如果他心里有事，又选择不主动说出来，那就等到早上再说好了。她侧过身，把后背留给罗伯特。

她第一次见到他是在一九七〇年五月八日，也就是俄亥俄国民警卫队在肯特州立大学枪杀反战学生事件发生四天后。他独自一人坐在巴吞鲁日市中心一家咖啡馆的角落里。她觉得自己把他看透了：宽松的弹力裤和扣式短袖运动衬衫只能是路易斯安那州立大学学生着装规范中的潮流装束，到最近才废除。不过，她在他身上应该还看到了另外一些东西。也许是头顶稍长的头发和两边刚长出的新发；也许是他安安静静、专心地用双手捧着咖啡的样子；又或许恰恰是她有一种强烈的直觉，因为体内分泌的信息素告诉她自己会迷上这个男人，让她觉得他的衣服是在军营商店里买的，他曾留着典型的美国军人的发型，他手里的咖啡比他在过去的两三年里喝到的所有咖啡都要好喝。他是一名退伍军人。

她身后的第四大街上，数千名刚刚从州议会大厦游行回来的人缓缓走过，因为正义感满满而兴奋不已，喋喋不休。很多人涌进咖啡馆，于是达拉顺理成章地取了自己的咖啡，一步步走向这个长着绿色眼睛、乌黑头发和像大理石一样光滑而坚强有力的下巴的男人。

当她走近时，他抬起头看着她，动作很慢，好像并不情愿把注意力从咖啡上移开。

达拉凭直觉说："你好像对这杯公众咖啡渴望已久了。"身为研究生一年级的纽约姑娘，她已经迅速熟悉掌握了巴吞鲁日城市北部的这家咖啡馆里本地咖啡的研磨和烘焙知识。

"我曾经离开过。"他说。

达拉站在拥挤的咖啡馆里四下环顾，仿佛在找空位。她知道这么做没用，但还是做了。尽管几年来，她已经非常享受这个新时代所赋予她的女性权力，达拉还是想通过这个动作来诠释她后面将要问的问题的实际原因。她冲他对面的空椅子点点头，问道："可以吗？"

"当然。"他说。

她把咖啡放在桌上，坐下来。

他躺在她身边，轻轻地翻身。

她停止了回忆。

她已经不困了。现在她需要做的是盯着想象中的一面墙数砖块，她需要深吸一口气，然后再慢慢地呼出来。

她心里想：是什么引发了这段"追忆似水年华"般的回忆？不是那块法国海绵蛋糕的问题，也不是公众咖啡的问题，大概是我吃的那些泰国藜麦沙拉的问题。不是因为它让人怀旧，是因为太辣了。

她甚至没办法对着自己嘲讽地微笑。她是很乐于用这种故作潇洒的玩笑来摆脱对往事的回忆的，但是近来她慢慢认识到，终其一生她都懦弱地无法抑制某种冲动，她清楚地记得的事实是：爱他，爱他，还是爱他！

现在，在巴吞鲁日的这间咖啡馆里，她就坐在他对面，中间只隔着一张法国街头咖啡馆风格的小咖啡桌。她直直地盯着他的眼睛，那让她想起莫奈森林的翠绿色。她想聊这个，虽然两人相处才不过几分钟。她还想谈谈这种让莫奈为之疯狂的颜料，以便掩饰自己的欲望。但一开口，话却变成了——"你参加游行了吗？"

他慢慢眨了眨那双绿色的眼睛，琢磨着她说的话。

想到自己对他现在，或者之前的身份的预测，达拉明白这个问题的意思。他可能也明白，这是在变相地问他是不是军人。最近军人一直饱受诟病。

她澄清道："去议会大厦游行。因为战争。"

"啊，"听他的口气好像根本不知道这件事一样，"没有。"

"你肯定知道，"她说，"我们就从那扇窗前走过去的。我们上千人呢。"

"我以为那是希腊式野餐游行。"他说。

有那么一两秒钟，她相信了他的话。绿色的眼睛里空空洞洞。

下一秒，那双眼睛突然鲜活起来，睁得大大的，神采奕奕。达拉和罗伯特一起大笑起来。

他的眼睛。

她在黑暗中扭头看向躺在床上的他。

她意识到自己已经有段时间没注意他的眼睛了，于是在脑子里提醒自己，今天要好好看看他的眼睛。

这么多年来她脑海中第一次冒出一个念头：哦，老天！我其实是期待着借助观察让莫奈疯狂的颜料来掩饰自己的欲望的。但那样做应该已经把我的欲望昭示天下了。他的眼睛让我疯狂。

她当时有没有公然继续观察那双眼睛的颜色？

她努力回忆。

想不起来了。

她觉得没有。

我从没告诉过他，她在心里说。

继而又想：幸亏他很快就把我弄到了他的床上。

但其实她是告诉过他的。结婚五周年纪念日那天，他们一整天都是在巴吞鲁日的公寓的床上度过的。早上做爱，之后的时间都用来阅读，准备博士口语考试。两人都认为这么做是明智且必要的，也确实这么做了。因为是寒冷的二月，他们又一丝不挂地窝在床上，于是把暖气温度调高。傍晚时，窗外照进来的光线慢慢褪去，就在罗伯特拧亮了床头灯以后，她和他说了有关眼睛的那番话，心里想着，也许在这个特别的日子里，两人会再一次亲密接触。她和他谈到了眼睛的颜色，说她打算马上让他现原形——通过对莫奈的评价。或许她坦陈心声的时候，罗伯特正满脑子都是历史的学术术语。其实她也一样。他只对她微微一笑，平淡无奇地说了句"真好"，然后便各自回去继续自己的阅读。那之后的几天，他们都没有什么亲密接触。等有了，这事儿也已经被忘到脑后。

达拉正数着想象中的一面墙上的砖块，每数一百块就暂停一下，快速地深吸一口气，再尽可能缓缓地呼出来。她尽量不去关注身边那个已经睡着了还焦躁不安的人，只一心一意想着入睡。

刚数到三百多，罗伯特突然重重地翻了个身，脸朝上仰卧，叹了口气。达拉犹豫片刻，旋即意识到，要顺从本能，犹豫是毫无道理的，片刻都不必。她摸到他放在两人之间的手，把自己的手覆在上面。她觉得他大概是睡着了。他确实睡了，但她依然把手放在他的手上，继续数砖块，刚刚数过四百，她也进入梦乡。

~

罗伯特醒来的时候，透过闭合的百叶窗的纵向边缘可以看到，天空已经泛出一丝灰白。达拉早已松开了他的手。这个动作，他错过了。他仰面躺着，她侧身躺在他右边，脸朝外。他可以做一个差不多的动作，可以趁着她熟睡用手轻轻地抚上她的臀部，过一会儿再拿开，这样就不会在两人之间造成任何问题或者挑起任何期待了。上个礼拜她睡觉的时候他就这么做过。但今早醒来，他发现脑海中出现了吉米的身影，他需要先应付这个问题。罗伯特轻轻地翻过身侧躺，背对达拉。为了不吵醒她，他的动作非常温柔。达拉有时候睡眠很浅，被打扰时会发脾气。

这些年，每当罗伯特想起自己这个弟弟时都会感到有点惊讶。但这一次的起因他很快就想清楚了：晚上跑到阳台上

35

去却没有用香烟来宣泄，尤其是在听过贝多芬《第七交响曲》的晚上，以及后来回忆起在顺化逃离北越士兵追捕的情景，在榕树下躲避的情景，那同时也是他躲开自己的队伍，在一个越南女人的怀里度过的一个夜晚。

罗伯特很早以前就意识到这件事的荒诞了。可以说，他比吉米更早就逃避，更早躲藏。

但情况不一样。

即便到了现在，事情过去了差不多四十七年以后，他依然觉得有必要一遍遍长篇赘述那些差异：很多在美国驻南越军援司令部的美国人，不管是军官还是士兵，都在当地有女人，时常见面；前一天晚上越共对其他五个省会的进攻让顺化的所有人确信，双方都默许接受顺化不会遭受攻击这个传统会继续保持下去；罗伯特离开部队这件事连擅离职守都算不上，更别说是临阵脱逃了。而且罗伯特并没有从战争中逃离，甚至没有从那天晚上的战斗中逃离，他只是找到了一个掩体躲藏，过后就会出来的。

过后，他会出来的。

不跑就得付出代价。

罗伯特没有顺着这个思路继续想下去。

他并不想从榕树里出来。今早不想，再也不想。没必要。很久以前他就已经接受了一九六八年的那些日子。

时间过去了那么久，几代人的时间啊。老天啊，他都有自己的孩子和孙辈了。

讽刺他的行为和吉米的行为相类似的做法是很浅薄的。太自以为是了。吉米是真的逃了，从战争中，从很多其他事情中逃跑。

罗伯特不是在责怪吉米。

当然也不是因为他的政治立场。

几十年来都没有。

罗伯特再一次调整到舒服的姿势，仰面朝上，期待着借此驱散有关吉米的想法，结果脑海里又出现他和吉米坐在软垫椅上，他们的父亲斜对面坐在靠背椅中的情景。父亲处于常见的打瞌睡状态，笔直地坐在椅子上，低垂着头。不过他很快就会头也不抬眼也不睁地在原地慢慢转身，像胎儿一样在天鹅绒毯子上安然睡去。

那天是一九六七年的劳动节，罗伯特接到被派往越南的命令后回家探亲。他于一九六六年六月从杜兰大学毕业，整个夏天都在纠结着该做什么。他到路易斯安那州立大学的研究生院办理了延期手续，等秋季学期结束后他就退学，然后应征入伍。

罗伯特很高兴父亲看到他穿着绿色军装。父亲十九岁的时候曾经在德国服役，在巴顿将军麾下做下士，战争结束时刚准备晋升中士。

但是他们之间的谈话很怪异，极简短，还跑题了。对父亲来说，几乎可谓沉闷。老爸是个沉默寡言的酒鬼，但是清醒的时候他还是可以聊天的。他能说会道，有时候伶牙俐齿，没上多少学，但是读了很多书。他们家里总是堆满了书，他甚至在儿子的谈话中找到了新奥尔良第三区方言的痕迹。尽管如此，罗伯特的理解是：在真情实感方面，父亲也是一个沉默的人。他沉醉在自己的感情世界里，拒不开口。

罗伯特还猜测，老爸不说话，应该还有别的什么事情发生。他猜，自己回家前老爸和吉米可能打架了，而且这场争斗目前超越了所有其他事情。他的弟弟，还是像以前一样倔强地一意孤行，他缺乏关爱，突然间跳进来，横在了罗伯特和父亲中间。

罗伯特躺在床上，闭上眼睛不去看天花板上的橡木横梁，仿佛它就要掉下来，把床一分为二。他忍不住想快进到几个小时以后，他们在劳动节那天下午，在新奥尔良的家里。

但他没有。

他让自己的思绪停留在他和吉米安安静静坐在一起的那个时刻，看似平静的样子。他们看着父亲坐在他们位于爱尔兰海峡区的双排房的前厅里，沉沉睡去。老爸买这栋房子的时候，刚刚被提拔为第七街码头搬运工的工头。他把两个半独立房间，就是这个客厅和后面厨房中间的公共墙打通，成为一套完整的房子。那年，罗伯特十岁，吉米八岁。

父亲的呼噜声响了起来，兄弟俩互相看着对方。距离上次两人在一起已经有一年多了。罗伯特独自做出了参军的决定。之前的夏天，吉米搭顺风车到西部去旅行，又在东北部的某个地方与一个旅途中结识的姑娘一起度过了感恩节和圣诞节。

兄弟俩一声不响却不约而同站起身来走出前门，走下门廊的台阶，陶土广场就在眼前。在他们共同度过的童年时代，陶土广场实际上就是两人的前院操场。分开两年，他们的关系从玩伴到敌人，然后做朋友，现在因为都在寻找各自独立的自我，很大程度上是彼此漠不关心，不确定的状态。这次短暂的散步中，两人准备以新的面貌面对对方，罗伯特即将去打仗，吉米在"爱之夏季"度过了几个月的伪流浪生活后，进入了他在洛约拉大学的四年级学习阶段。

他们在人行道上站定，扫视着公园宽敞的橡树围绕的草坪。两人有太多共同的童年往事，太多的争吵和尖叫，眼泪和伤痛。虽然时间过去了很久，但感觉还在。他们转身走到第三街，朝着河边走去。

"所以说，这件事你已经做完了？"吉米问。

"这件事？"

"驻越美军。"

罗伯特看着吉米。

吉米一看就是罗伯特的兄弟，两人都长着和他们父亲一模一样的下巴。吉米的头发颜色更浅，肤色也更白皙。这一点不像他们的母亲。她继承了她自己的意大利裔妈妈的深肤色。除了语速很快，充满挑衅，吉米并没有看罗伯特，他的眼睛直视前方，盯着街的尽头。

罗伯特说："入伍这件事是我决定的，不过去哪儿他们说了算。"

"这是逃避责任的借口。"吉米说。虽然仍然没有看罗伯特，但他的态度很平淡。"是他怂恿你这么做的？"

罗伯特知道吉米说的是谁，老爸。直到一九六七年这个劳动节的周末之前，他们都这么称呼他，但现在吉米谈到他时，用的是冷冰冰的代词。

"没有。"罗伯特很快说道，用这个词的字面意思简单作答。没有，没有谈话，没有要求，没有劝告，也没有恳求。

吉米说："这不是他的战争，你知道的，就算他想也没办法。这场战争和二战根本不一样。"

"我跟你说了不关老爸的事。"

"这是一场罪恶的战争。"吉米说。

罗伯特说："是你在夏天碰到的那个女孩让你这么做的吗？"

吉米猛然间停住脚步。

罗伯特也停下来，转身面对着吉米。他以为他们会打起来。

但是，即使罗伯特就站在他面前一步远的地方，吉米的眼睛依然盯着街的尽头。

他们就那样站了很久。

罗伯特感觉到他的弟弟在艰难地做出选择。显然，打架是选择之一。

吉米看着他的眼睛。

根据多年的经验，罗伯特能读懂弟弟的表情。他很惊讶。吉米的表情和他说的话完全不相符。没有烦恼，没有愤怒，没有痛苦。没有一样符合他的脾气。

"我的感觉是我自己的。"吉米说，声音实际上是温和的。罗伯特不记得上次听弟弟这么说话是什么时候的事了。

"我相信你。"罗伯特说。虽然他并不确定自己是不是真的相信，但他让自己的声音听上去也很温和。

"我敢打赌，他以你为荣。"吉米说。他还在调整说话的声调。

"我没听出你在讽刺我。"罗伯特说。

"根本就没有。"

"她是个佩花嬉皮士①？"罗伯特问，"是她教会了你温和？"但他说完就后悔了。哪怕一开始听到吉米的语气是装模作样，谎话连篇，但显然对他们来说，交谈是更好的沟通方式。

吉米没有回答。他的脸颊微微紧绷，然后又放松下来，紧绷，又放松。他在咬牙切齿。

如果一个女人真的能让他弟弟变得温和，还是值得支持的。虽然有点向弟弟示弱的感觉，他还是坦陈："他没有表现出来。"

---

① Flower Child，指 20 世纪 60—70 年代反对战争、主张和平与爱的年轻人。

吉米松开牙关，说："我没明白。"

"老爸，"罗伯特说，"他的认可。他从来不会真正表现出来的。这点我们都知道。"

吉米微微皱眉，轻轻咕哝了一声，表示同意。

"决定是我自己做的。"罗伯特说。

吉米再一次点头表示同意，然后把目光移到罗伯特身后的广场上。他们沉默了一会儿。吉米依旧看着远处，开口说："她把它从我身上发掘出来了。"

轮到罗伯特不懂了。

吉米转过身，看到了他脸上的困惑。

"温和，"吉米说，"她只是把原本就属于我的一些东西发掘出来。"他顿了顿，补充说："她并不是什么佩花嬉皮士。"最后这句话说得却并不温和。不是很生气，但非常坚定。这要是在以前，吉米肯定就已经生气了。

罗伯特说："我不是有意侮辱她。"

"就算她是，那也算不上是什么侮辱。"吉米说。

罗伯特心想：如果没觉得是侮辱，你就不会这么口气生硬地否认了。但他没流露出来，说："我就是问问。估测一下，我穿上这身军装后在你们眼里是几级战犯。"

"我以为你是想知道我变温和的根源。"

"这两件事这段时间常常是混在一起的。温和与批判。"

"我们批判的是政府。"

"读点历史吧，"罗伯特说，"世界上没有任何政府或国家的手是完全干净的。"

吉米脸上紧绷，皱了皱眉，眼角也抽紧了。但很快放松下来，前额舒展，心平气和。

罗伯特发现吉米这么做有点奇怪地令人感动。自己的弟弟还在努力地取悦女朋友。

"我不会因为越南和你吵架，"吉米说，"就我个人而言，我受不了这种政治宣传、术语和口号，也受不了吸毒成瘾的无聊。但我为战争以这种方式进入我们家庭而感到遗憾。很遗憾。"

"战争也会进入你的生活。"罗伯特轻轻地说，并不是意志力作用下的温和，而是内心感受到的一种尖锐的疼痛。对于这个感知，他很惊讶。他甚至对弟弟含蓄的指责置之不理。已经有消息说，研究生院的延期计划即将取消。这场战争可能在明年五月就会进入他弟弟的个人生活。

吉米没有回答，也没有把目光移开。他和罗伯特互相凝视良久。然后，两人就像商量好了一样，转身沿着第三大街继续向南走去。

他们不想继续谈论战争问题了。今天不行。而事实上，他们之后再也没谈过。

不论是脑子里想的还是躺在床上，都让罗伯特受够了。

房间里很冷。

他想喝早上的第一杯咖啡了。

他掀开被子坐起身，把脚放在地板上。

但是关于一九六七年劳动节那天的回忆已经进行了这么多，他必须把剩下的内容完成，才能把这段往事重新归为过往，然后才能喝咖啡。

最后一幕的大部分记忆是模糊的，毕竟不是关于他自己的。他只是站在一旁的一个目击者，甚至不确定他们都在家里的什么位置。他看到吉米和老爸两个人在冲着对方大喊大叫。可能他们当时在厨房，因为妈妈从罗伯特身边经过，走了出去。罗伯特应该跟着她一起出去，但他没有。

他留在那里，虽然很长一段时间人在心不在。吉米在父亲的影响下一直在使用他说他鄙视的那些政治语言，而且以高分贝声音不停地说。罗伯特把这些话屏蔽了，让自己不去听。

突然，争吵声停了下来。

有那么一瞬间，房间里很安静，这引起了罗伯特的注意。

吉米和老爸面对面站着，距离很近。

片刻，吉米开口说话，语气轻柔。

罗伯特听了听，没听完全，但是主要意思明白了。是关于这场吃人的战争，关于那些敢于公然对抗自己国家的人。吉米的嗓门高了起来，后面的话罗伯特听得清清楚楚，"那些人才是真正的英雄。"

威廉举起右手给了儿子一记耳光。罗伯特看到吉米的脸猛地扭向一边。

这个动作瞬间结束，威廉的手也消失在视线中。罗伯特一时间脑子有点跟不上。他看到发生的事情，也意识到发生了什么，但吉米很快就把脸又扭回来看着父亲，以至于罗伯特怀疑自己是不是看错了。虽然父亲平时气势汹汹，身为工人阶级的男子汉气概十足，但他从来没有对自己的儿子动手。

同样的事又发生了。罗伯特看到威廉的左肩一动，随即一声清脆，吉米的脸猛地扭向这边，朝着罗伯特。老爸用他另外一只手又打了吉米，大声吼了一句："懦夫！"

罗伯特被吓得一动不动，大脑却飞速运转，努力想弄明白到底是怎么回事。随即，他明白了：是乔治·巴顿将军，老爸最敬爱的那位高级指挥官，是巴顿的那个让他声名狼藉的动作。一九四三年在西西里的一个战地医院里，巴顿打了一名患炮弹休克症的士兵，说他装病，是懦弱的逃兵。这件事被媒体捕捉到，然后艾森豪威尔介入，斥责了巴顿，并在战争关键的一年将他调离指挥官岗位。老爸不止一次说起过这位战争英雄为了正义的行为所经历的狗屁遭遇。多年来，老爸把这个动作吸收到自己的大脑中，让身体肌肉记住了它。最终，熟悉的情景让他条件反射般做出了那个动作。

就在这些念头乱糟糟地在罗伯特的脑子里翻腾的工夫，房间那边的两个人已经又说了些什么话，吉米已经抬腿离开。他经过罗伯特身边的时候，罗伯特的身体依然还处于迟钝状态。罗伯特经过深思熟虑后对整件事的理解并没有提示他，他的身体应该采取何种行动。

吉米离开了房间，继而走出家门。他不会回来了。

一切都结束了。结束了。

但是对于站在父亲厨房里的罗伯特和躺在自己卧室里的罗伯特来说，结束的仅仅是一九六七年的劳动节。吉米会继续他在洛约拉大学四年级的学业，十个月以后，他会去加拿大。

那时所发生的，以及在吉米挨了第二记耳光后的一切，罗伯特都没看到。那记耳光让吉米的目光投向罗伯特的眼睛。但是那一刻，罗伯特正在关注自己脑子里的画面：想象中，巴顿正在医院病房里打那个被骂得晕头转向的士兵耳光；老爸手拿啤酒坐在某处，正在哀叹巴顿所遭受的不公正对待。

罗伯特没有看到吉米的眼睛盯着他，也没有看到吉米眼神中的问题。

于是，他像往常一样不再理会这件事：这一切发生得太快，什么都不能做，反正这都只是那两个人的事。

罗伯特从床上站起来。

没多久，罗伯特站在厨房里，做好清晨的准备工作。他身穿卡其布裤子和羊毛开衫，一边磨咖啡豆，一边努力让思绪完全回到这栋房子里，回到这个冬天的早晨，回到今天正在等待他的，有关一个世纪前美国历史的研究工作中。为了做到这点，他仔细思考着正在研磨的埃塞俄比亚咖啡豆，就好像他是星巴克基金会特聘的咖啡专业教授，正在撰写有关复杂的咖啡豆的专著。这些咖啡豆在毕洛亚村①的合作社里经过清洗和日晒，生长在周围群山中不低于一英里高度的阴凉处，由一千名农民负责种植，每人不到两英亩②。这种咖啡一共有十二种原生种，久留米、沃利什和德加等等。上周刚刚在北卡罗来纳州的达勒姆烘焙完成，比中度烘焙稍微深一点点，咖啡豆微呈深色。

然而，正当他等着刚好 200 华氏度③的水通过咖啡机的过滤器时，他惊奇地发现：我脑子里的所有想法都是新叶商店那个男人引出来的。哦，也不是他，是我最初对他的错误印象引出来的。他和越南无关。

"你昨晚睡得不踏实。"达拉说。

罗伯特转过身面对着达拉。

达拉穿着红色羊毛外套和黑色运动紧身裤站在门口——这位达拉·昆兰博士依然保有一双美腿。她手里拿着她的户外保暖帽，头发在脑后扎起来了。因为头发向后拉，脸上的皱纹也拉平了，从罗伯特这个位置几乎看不到。如果再靠近一点，他会把指尖放在她下巴下面，微微托起她的脸。那样的话，她刚刚出现的下巴上的赘肉也会消失。

"不比平常更差吧，我觉得。"他说。

---

① Biloya，埃塞俄比亚地名，盛产种植在高海拔地区带有果香的咖啡豆。
② 1 英亩约等于 4047 平方米。
③ 200 华氏度约为 93 摄氏度。

"也可能吧。"她说。

"抱歉我吵着你了。"

"跟我没关系。我是担心你怎么样。"

"我没事。"

他们默不作声地看着对方，都想再说点什么，但是目前也都想不出说什么。

"先喝茶？"罗伯特最终开口问道。

"我喜欢先跑步。"她这么说着，但口气中丝毫没有"大骗子，这么多年过去了你不是应该知道吗"的感觉。罗伯特觉得她这么说是不是意味着正考虑先不去跑步了。

"今天早上别去了，"罗伯特说，"外面太冷。"

她犹豫了一下，但仍然坚持，"这样的话，等我跑步回来再喝热茶就更好了。"

两人又陷入沉默。

"那会儿你应该在工作了吧？"她问。

"你要多久？"

"我不知道，"她说，"我昨晚没睡好。"

"抱歉。"罗伯特说。

"跟你没关系。我知道你睡得不踏实是因为那时候我已经醒了。"

"睡得好不好，会影响你跑步时间的长短吗？"

"会跑得更久一些，通常来说。"

"坚强的姑娘。"他说。

"是的，坚强的姑娘。"她说。

"回来再看吧。"他说。

她歪着头，表示她不太明白。

"看你回来的时候我是否在工作。"他说。

"我可以待在家里。"她说。

"你应该去跑步。"他说。

"好吧。"

她戴上帽子，转过身，又转回来。"既然那么喜欢这些咖啡豆，你可以再喝一杯。"

"第二杯等工作的时候喝。"他说。声调不带一丝起伏，感情也不带一丝波澜。这么多年了，她应该知道这一点。

达拉走了。

达拉离开家去工程项目管理局铺好的碎石子路上跑步和待在楼上睡觉，这两者是怎么造成厨房里的安静有所不同呢？反正有点不一样。最近罗伯特已经出现了好几次这样的感觉，就像新出现的隐隐约约的关节炎，他说不出为什么。

罗伯特端起咖啡壶。现在为了工作，他必须努力不去想达拉，就像对待鲍勃、吉米、林莲和老爸，以及徘徊在他们周围的那些人一样。

也许是因为他的工作会经常让他去关注一些细微的语义内容，他意识到自己已经从过去的记忆转换到了现在。不知什么时候开始，老爸已经不再是老爸，是爸爸了。当面叫他名字的机会也是几乎没有，和母亲谈起这个男人的时候，也是称呼他为"爸爸"。

这恰恰是他需要自己坚持不去想的那些所谓的"徘徊在周围"的人。从语义学角度看，他的思绪刚刚被束缚在了父亲身上，所以他认为要想让思绪回到厨房里，回到咖啡上来，只是一个简单的意愿问题。学术的一天即将开启。正在这时候，一个女人在他的脑海中悄然而至。令他惊讶的是，这个女人不是达拉。

是林莲。昨晚她跨越了这些年来到橡树下。而他又离开了她，一如多年前越历"春节攻势"开始时，他离开了她一样。现在，她像往常一样，一声不吭，轻轻地来到他身边。这一切，与所思所想无关，与一条河有关。

水面上波光粼粼。他面对着她，坐在她叔叔的小舢板①狭窄的船头，虔诚地捧着她的脸按在自己脸上。林莲的叔叔就站在他们身后视线之外的地方，在三板船正中间的竹篷顶的另一边。他陪着他们，正奋力划桨，带着他们越过要塞，穿过椰林和鸡蛋花丛，奔向恩古平山②。罗伯特和林莲几天前刚刚在林莲的堂兄开的裁缝铺里相识。林莲在那儿工作。他好像想在裁缝铺订制一套衣服，一趟一趟地跑过来，直到最后她说，我真高兴罗伯特一直没做出选择。她邀请他一起在她的河里漂流，在这个给了这条河名字的季节。事实上，周围的河水确实让他们沉浸在一股令人陶醉的芬芳中，那种

---

① 舢板是一种小船，通常用三块板制成，也叫"三板"。
② Ngu Binh Mountain，位于越南顺化。

只有在即将腐烂前才会散发出的芳香。上游的果园里盛开的鲜花——荔枝、番石榴、面包果和石榴的花——飘落在河里，在河水中腐烂，随着河水汇入南海。波光粼粼。他看着她，她也看着她，两个人的目光胶着在一起。那时候，他们还没有亲吻，没有拥抱，几周以后才在一起做爱。他们就这样沉迷在香河的芬芳里，互相盯着对方看。她对他说，罗伯特先生，你的眼睛是莲叶上水滴的颜色。他说，林小姐，你名字的意思是"莲花"，对吗？她扭过头，目光越过他的肩膀望向她叔叔，确定他看不到，然后转过头看着罗伯特，黑猫一样的眼睛在阳光下变成褐色。她的身体靠过来，他们吻在一起。

很多年了，因为恐惧和抗拒，他脑海中并没有出现这一段记忆。他知道怎么放手。他让另一个记忆重新驻留在脑海中：林莲把属于她父亲的那把法国造 32 口径手枪给了他，他拿起枪转过身，从她的家里走出去，下了楼梯，投身于战争。这是一段他不需要意志力就能放下的记忆。

他闭上眼睛，闻着煮好的咖啡香，又睁开眼睛。

他再次拿起玻璃过滤器，把埃塞俄比亚咖啡画着小圈倒进杯子，心无旁骛地听着咖啡倒入时发出的如流水般潺潺的声音，倾身过来，鼻子伸进冒出的香气中，将桃子、蓝莓和可可的味道隔离开，条件反射一样想着像往常一样把咖啡拿进客厅，坐在阅读椅上。阅读椅对面是那扇通往阳台的推拉门。但是，推拉门上映照出那棵橡树的轮廓。

于是他坐在了厨房中岛旁的一张吧台椅上，背对着朝向阳台的平开窗。这样一来，就只有咖啡了。他把手放在咖啡杯把上。

电话铃响了。

他一下子挺直身体，并不准备接听，应该不是达拉在树林里遭遇什么困难，用手机打过来的电话。电话答录机就摆在厨房到客厅中间的走廊里，能听到留言。第二遍铃声响起时，答录机中一个机器合成的女声说："佩吉·昆兰。"

是他母亲的手机。

罗伯特看了一眼洗菜盆那边的时钟。

刚过七点。

母亲患有失眠症。她毫无理由地担心爸爸，又完全有理由对他心生恼怒。她感到孤独，哪怕他一直陪在身边也一样。她从来不会想，现在是什么时间。

电话再次响起，答录机又一次报出她的名字。

咖啡太烫了。

罗伯特决定让机器来应答，一刻钟以后再给她打回去。

他双手捧着咖啡杯，让手暖起来，想等安静下来以后再喝第一口。

很快，答录机接通电话，他母亲紧张而急促的声音从走廊那边传来——"罗伯特，如果在家你就接电话。你爸爸受伤了。我们现在在医院。他髋骨骨折了。"

罗伯特放下咖啡，站起身。

他穿过厨房，感觉自己动作太慢。其实他在努力适应这个情况。十一月父亲已经满八十九岁，心脏有问题，髋骨再骨折可就糟糕了。

母亲那边已经没有了声音。

罗伯特走到厨房门口，就在答录机即将挂断电话前，母亲的声音再次传来——"好吧，听到留言尽快给我回个电话。我需要你，罗伯特。"

罗伯特的父母住在佐治亚州托马斯维尔的一个辅助生活型养老社区，在他家北边四十英里，不到一个小时的车程。

他进入走廊，路过达拉的书房，透过敞开的门瞥了一眼房间那头的空桌子和屋外更远处的橡树，在门厅对面的电话桌前停下脚步。

他拿起电话拨打母亲的手机号码。

"谢谢，"她说，"你刚才在哪儿？"

"他怎么样？"

"不太好，亲爱的。不太好。医生很担心。"

"等我到了咱们再谈，"罗伯特说，"你们是在阿奇博尔德？"

他母亲没有回答。沉默片刻后，随着一声压抑的"是的"，她哭了起来。

"没事的，妈妈。他是条硬汉。我就来。"

"快点来。"她说。

罗伯特动作很快。他把咖啡倒在保温瓶中，穿好衣服，给达拉留了一张字条，用胶带贴到前门上：我父亲髋骨骨折了，我在托马斯维尔，别担心。好好工作。

他拐弯上了阿巴拉契路。

他的脑海中乱糟糟地冒出各种在医院里可能遭遇的画面，但是都被他一一抛弃。他尽量思考一些自己能掌控的事情，比如是否要在他的论文中，将约翰·肯尼斯·特纳在墨西哥内战中的党派之争与越南反战运动中支持北越的一方内部的派系纷争联系起来，以及如何建立两者之间的联系。他想考虑的是像这样简单的事情，与家庭无关的事情。

在这样的思想斗争中，罗伯特为了分散自己的注意力，把目光投向了路边即将路过的羔羊之血全备福音教会教堂。他照例从显示屏上看到了滚动的极具讽刺的可笑的文字。那些话本意大概是先规劝堕落的人类进入教会，学习有关宇宙的绝对真理，但是这么一弄，传递的信息风格突变，变成了介于幸运签饼①和重生的米尔顿·伯利②说的俏皮话之间的一种口气。但今天早上，他的目光滑过显示屏上的新讯息，落在了停在教堂门前的莱昂县医疗急救车上，然后看到两个身穿白色衣服的男人把第三个人，一个穿黑衣服的人，从轮椅上抬到急救车后面。之后，目光略过他们，投到第四个人身上。那人个头高高的，身穿整洁的轻便外套，笔直地站在那里，观察着周围情况，看上去应该是牧师本人，也就是那

---

① Fortune Cookies，美国常见食品，里面包含类似箴言或预言的字条。
② Milton Berle（1908—2002），美国著名喜剧演员。

个愚昧的，负责显示屏文字的主编大人。

教堂已经过去了，罗伯特又想起他的父亲，想他会和他的儿子一样，对穿轻便外套的人持可笑的蔑视态度，而他的蔑视又令人不快地延伸到妈妈的牧师身上。罗伯特不知道父亲现在是否依然这样，因为他即将了解到宇宙的某种绝对真理，一种只有通过死亡才能了解的真理。

~

位于加拿大多伦多鲍德温街上的一家服装皮具店楼上的一个房间里，罗伯特的弟弟吉米正在醒来。他靠床边侧躺着，眼前的玻璃窗格上布满了状似蕨类植物的冻霜。这栋楼是他的，已经有三十多年了。商店也是他的。最后，这些冬天也差不多是他的了。房间里很冷，但他睡觉的时候，身上的被子只盖到胸口。

他把被子往上拽了拽盖住胳膊，满脑子充斥的画面都是：窗玻璃上爬满了冰，在一栋两层的联排住宅楼上的房间里，他和琳达躺在一张床垫上，在睡袋里紧紧地抱在一起，窗上的冰被麦考尔大街的路灯照得通亮。那是他们在加拿大度过的第一个冬天，距离他现在躺着想事情的地方只有几个街区远。房子是由早期的一批来自美国的抵制服兵役者和逃兵，以及跟着他们一起逃亡的女人们租住的。他们已经把那里变成了公共居所和新来流亡者的临时住处，类似公社。吉米和琳达前一个夏天开始在那里借宿，后来在一个冬天的晚上，两人庆祝相遇十八个月时决定永远在一起。他们以甜蜜做爱的方式进行庆祝，动作缓慢而安静，因为房间里还有另外两对情侣。他们颤抖着，因为这里从未停止过的寒冷而颤抖，即便最后筋疲力尽躺在那里，依然紧紧地互相拥抱。

吉米看着眼前日光下闪亮的冰眨了眨眼睛。

他闭上眼睛。

心里想：那是我们最亲密的时刻。就在那一刻。

这大概是真的。

吉米的意识拒绝继续回忆那一刻之后，也就是仅仅几周以后发生的事情：琳达的手放在公社创办人的手臂上，紧闭的门里传出的声音，以及她皮肤上弥漫的那个男人的气味。不想回忆的还有，在两人大喊大叫几个小时后，他和琳达之间进行的冷静的原则性谈话。谈话内容是关于解放的灵魂，男人和女人，相识与平等，关于新时代和新文化，关于爱和自由。就像"爱之夏季"期间，他们在旧金山进行的那场关于战争的原则性谈话，就像之后的那个春天，研究生院延期手续过期后，他们原则性地决定来到这里重新开始。这个寒冷的地方。

这一切都是很久以前的事了。

他们坚持原则。

他现在很疲惫。大腿、臀部、腹股沟、胸部，还有眼睛，都很疲惫。

他再一次睁开眼睛，盯着窗户上的冰。

他只看到了眼前漂浮的飞蚊，这是他穷其一生在自己和世界之间慢慢积累出来的狗屁结果。有时候他能透过黑影看世界，仿佛它们不存在一样；还有些时候，他就只能看到这些黑影。

他很高兴明天能和琳达在他们十二里湾的家里相聚。下个月，他们结婚就满二十四年了。终于，他们结婚的年头要比在一起而没结婚的年头长了。

他耸起双肩，把被子再往上拉了拉。

这栋楼是他的，但是房间里很冷。

他会让希瑟打电话找人来看看炉子。他现在看到希瑟了，眼里看不到飞蚊，看不到冰，也看不到他和妻子之间的原则性妥协，只看到希瑟昨天早晨就在楼下的里间屋里，坐在 iMac 前。他从店铺前面走到门口，她意识到他在那里，他从她脸上看到一丝微笑。微笑，是因为他在那里，因为是他，她不在乎他是否能看到。在她让他知道她知道他在那里以前，她是冲着自己的目的、自己的意图、自己没说出口的想法微笑的。

她按下 Command 键和 S 键，坐在椅子里转着圈。她的皮肤像新下的雪一样洁白，而她给他的微笑又是能把人融化般温暖，通常深垂双睑的黑眼睛因为微笑而睁大了些。她三十多岁，是一个单身母亲，带着一个十几岁的女孩。吉米的脑子里响起的是希瑟·布莱克说过的话：对于他是嬉皮士这一点，她是如何觉得很酷，非常非常酷；她愚昧无知的父母又是如何鄙视嬉皮士而她却渴望那样的生活，因为在她这代人看来，那样的生活要多自由就有多自由——上帝啊，对于今天的青少年来说，那是多么自由啊——可实际上，不过是口交的自由和信口开河的自由；她说到精神的不自由，一个老的灵魂，像他一样的，成熟的灵魂，是如何自由的。在她为他工作的几个月时间里，这样的话日积月累，不断增加，但他们从来没有针对性地就某个话题讨论过。昨天早晨，当吉米面对希瑟的微笑，再回顾以往的交谈，他重重地靠在了门框上。但他没说别的，只问了一句，网站情况怎么样？她笑了，好像读懂了他的心思，好像她在说，你真傻。但她开口说的是，一小时内就能恢复。

吉米面对窗户侧身躺着。

他和琳达之间谈过的那些原则，爱的自由，从未废止过，即便在他们结婚那天也没有，没有公开罢了。

他们的婚姻持续下来。加拿大已经持续下来了。

他现在敏锐地意识到两件事：窗户上的蕨类植物的茎和小叶子看似苍白，却充满活力，尽管它们只是一种幻觉，只是某种有生命物体冰冷的复制品。还有就是床。他意识到了那张床。

他舒服地换了个姿势，从侧躺变为仰躺。

转过头。

床上是空的。

不是她走了，希瑟·布莱克。她其实就没来过。

昨天早晨，他不再靠着门框，挺直了身子，并对她的互联网专业知识表达感谢。他回避了她微微抬起的头，仿佛在期望他说些别的什么。最近她好像总是在等他说点什么。但他转过身，忙自己的事情去了。

多年来，他曾三次践行了自己与琳达之间达成共识的个人自由原则。三次都很短暂，很谨慎，但并没有刻意隐藏，只是从不谈及。这种没有欺骗性的缄默也是两人共同决定的。没必要说什么。日常生活中，他们各自在自己的事业中都有不同的朋友和不同的责任。住在十二里湾的这二十年间尤其如此。所以这也容易。公社创始人似乎曾经是她的一段短暂的关系。从那以后，吉米不确定她是否，或者有多频繁行使自己的特权。

但是，为什么他自己的床现在空着呢？

他并不后悔。如果有遗憾，他仍然可以去做，但他确确实实粗略想了一下，为什么。

他觉得，答案就蕴含在他内心深处的蕨类霜花里，就像初期的咳嗽。很久以前，他和琳达就摒弃了父母的宗教信仰，实际上是摒弃了所有的宗教信仰。但是在过去的几年里，有些问题吉米一直试图用其他的方式想明白。最近他就不停地这么告诉自己，现在他也是这么做的：是过去一百五十年的科学动摇了我们感知存在的信念。基础科学给出的例子证实了古老而永恒的存在模式。比如毛毛虫，连感觉机制都没有，无法感知它会变成蝴蝶，但无论如何，它终将化茧成蝶。

他今年六十八岁。

由于体内有寒气而干咳不止。

希瑟·布莱克苍白的裸体无疑是更为确定的一种对抗死亡的方法。

但从某种程度上讲，又不是这样。年轻人觉得他们是不朽的。那他们就必须对他妈的性交这么在乎吗？

吉米今天打算和他的皮革商共进午餐，但他也想开上三个小时的车回家。午餐主要是一次社交活动，也许他可以把活动提前到早餐咖啡时间。

他确实这么做了。

于是，刚过一点，吉米已经下了横加高速公路，开上了去十二里湾的路。这儿有一个星期没下雪了，路面很干净，积雪和铲雪车铲下的雪块堆在狭窄的人行道两旁，吉米开车从中间穿过。七英里后他拐上岔路，沿海湾北边的哈里森小道继续开了六英里，然后驶离哈里森小道，朝海湾方向进入了他那片十英亩大小，茂密的，白雪覆盖的松树林。

他的车在树林边缘出现，右侧是一栋面朝南方，两层楼高的意大利风格木质房。这房子已经被休伦湖的冬天蹂躏了一个世纪之久，他和琳达把它重新修缮好了。房子体现了朴素的建筑理念，尤其是它简化了的农场风格，缓缓的四坡屋顶，盒子一样，带有一个矮矮的前门廊，堪称房子中的勃肯①。但也许就因为这点，他们一直觉得跟这房子很搭，就把它变成了自己的。

他之前把他们那辆沃尔沃带到多伦多去了。吉米把车停在旁边的车库里，琳达的斯巴鲁森林人不在。他希望去仓库之前能在家里见到琳达。他甚至没想过两个人在一起会做些什么，就在那儿坐着，随便聊聊吧。

他沿着柏油路向西走了一百码②，来到皮革厂。他们把有三个隔间的英式仓库改建又扩建，现在依然在那里制作自己的高端手袋、钱夹、书包、公文包、文件夹、双肩背包、素描簿、日记本，以及苹果品牌配套产品。那辆轿车、两辆SUV，以及为他工作的四名妇女的皮卡，在仓库前面也一字排开。虽然柏油路边没有明确的停车标记，但大部分时候几辆车的停车顺序是不变的，且每两辆车之间的距离一致。他的"四人团"做任何事都一丝不苟。

走近皮革厂的时候，吉米内心的些微起伏就已经平息下来。笔记本电脑包和邮差包应该只差最后上边就完工了。每当有作品完成准备摆上货架的时候，大家都清楚，吉米总是要自己来做收尾工作。随着他的成功和销售量增加，他已经把所有其他工作都交给他的四人团来做。但这几乎算是最后一道工序的工作，属于劳动密集型工作，虽然看上去不易觉

---

① Birkenstock，德国凉鞋品牌，拥有超过200年生产历史。
② 1码约等于0.9米。

察，却是高档手袋的标志。他尽可能多地坚持自己来做：他使用自己独创的蜂蜡和石蜡配方，边缘分层上漆，加热和打磨六七遍，甚至更多，把皮革严严实实地密封起来，不受雨雪和潮湿空气的影响。他偶尔会想一下，但从未试图统计过，他一生中有多少个小时被封闭在这项工作里。"吉米的禅宗"，皮革厂里那几个女人是这么说的。

他打开中间那个隔间的门。

门在他身后关闭。在和里面的人说话以前，他顿了一下，闻了闻空气中浓重的新皮革味道，这是刚运来的头层粒面革的味道。他从今早见的男人那里买的皮革很是特别：沟槽固化，用岩盐包紧，埋在土中三个月，用树皮鞣制后，浸在橡树和铁杉水里。依然保留了强烈的野味，有点腻，微咸，又隐隐带着一股淡淡的榛子味。他闭上眼睛，把注意力集中在那股浓重的气味上，这股芬芳的皮革气味一如既往，准确无误地预示着，这就是他的客户们恨不得把脸贴在上面，深深吸进身体里的那种味道。

他睁开眼睛。

他站在库房中央。干活的女人们知道他的习惯，坐在工位上抬起头等他开口。其中两个人一直在切割花纹，磨边。磨边是他们制作最好的皮包时唯一使用机器完成的工序，而长期成为关注焦点的安德鲁·麦肯齐牌皮包一直都是手工缝制的。

"下午好，四人团。"他说。

"下午好，吉米。"四个人异口同声。

之后所有人都继续工作，除了梅薇丝。

她放下手里的花样，绕过桌子，朝吉米走过来。

她为他工作十多年了，其间与一个男人离婚，独居十年，那会儿她身材瘦削。但两年前，她嫁给了一个女人。如今她身上堆满了快乐的脂肪，那是她再嫁后一直乐于维持的状态。在以前的十年间，她不会是那个站起来迎接他的人，但现在就是她，微笑着站在他面前。

"你好吗，梅薇丝？"吉米说。

"不错。"她回答。

"你今天上午看见琳达了吗？"

她微微一顿，吉米几乎没看出来，但他以为——这个以为和梅薇丝的停顿一样几不可察——因为刚刚还在高度集中地工作，梅薇丝不过是在努力把今天上午和昨天上午区别开。

"没看见。"她说。

两人沉默了一下。

对吉米而言，他的沉默并不是在期待梅薇丝能提供更多的信息，只是无聊地好奇琳达可能去了哪里。

对梅薇丝而言，她却被迫要解释："我没想等她来，也没想去找她。"

"啊。"吉米说。

沉默又一次出现。她说："我们已经做好了一些包。"

吉米想打电话给琳达，或者回家里看看她有没有留言。但他什么也没做，只说了一句"好啊"。然后走到他自己的工作台前，那里有他装着蜡和颜料的罐子，有修边工具、加热棒、打磨机和一些他最喜欢的以备不时之需的物件——鹿的尖角，成片的羊毛制品、蓝色牛仔布，以及鞣制好的骆驼皮。

他全神贯注地干了一会儿活，甚至没有意识到对讲机的嗡嗡声和梅薇丝小声对他说话的声音。等她已经站在他面前时，他才意识到。他抬起头。

"琳达在家呢。"她说。

他反应有点迟钝，梅薇丝很快就转身离开了，所以他只来得及冲她离开的背影感激地点点头。

他马上离开了皮革厂。

吉米就快走到起连接作用的那条车道尽头的时候，看见琳达出现在前门口，走下门廊的台阶，看着他。他走上前去。

不久以前，他开始觉得她看上去与真正的年龄相符。他也说不清为什么。其实她还像白橡树一样结实、健壮、挺直，就如他们初次相遇在阿拉米达的海滩上时一样。当时她和海滩上另外一些年轻的女人在一起，头上戴着鲜花，眼睛下面画着花，胸部赤裸。很快，当他们躺在彼此的怀抱中时，他就会感受到她身体的强悍，强悍到当他发觉她的双手、声音和嘴巴如此温柔的时候，大吃一惊。她的眼睛，黑黑的，像小海豹的眼睛一样迷人。眉毛弯弯，又浓又密。还有她的心灵和精神，她的身体和脸，她就是那个时代的孩子。一个具有好战的温和、批判的宽容的时代。多年来，这样的悖论一直在她的身上发出光芒，掩盖了她身体不可避免的老化、长皱纹和下垂。完全掩盖掉了。在他看来，她还是那么年轻，那么有趣。所以想起最近感觉到她的衰老的缘由，他很惊讶，也难以确定。现在当它突然消失的时候，他反而想明白了：她正大步走过来，她的身上有某种东西，是"爱之夏季"的那些人称之为"光环"的东西。光环。是的，就是现在，他敏锐地感受到她身上的光环，那是一种活力，一种类似青春一样的东西。他还意识到，在过去的几周，甚至几个月里，它变成了不同的东西。

她走到近处，突然尖声说道："你妈妈怎么知道我们家的电话号码？"

"是吗？"他说，心里在想：这就是变了样子的光环，愤怒。同时也想到，被发现电话号码可能是很简单的一件事，可能是他这边什么时候疏忽了；也可能他们搬到十二里湾的时候，他并没有想到要把这个电话登记到未注册的名录上。

她双手叉腰，说："她在答录机上留言了。"

"她说什么了？"

"你得自己去听。"

他们并肩朝房子走去。

"你回来得挺早啊，"她问，"盖伊的事取消了？"

"没有，我们改喝咖啡了。"

"我刚才在贝卡家。她不太好。她和保罗可能走到头了。"

琳达对他妈妈的愤怒似乎很快就消散了，她把整件事都推到他的身上，不过他也没意见。他问："有人死了？"

"死了？"她望着他。

他意识到，琳达还在想着他们的朋友，而他问的当然是他母亲留下的讯息。

两人走上门廊的台阶。

他让步，顺着她的话题说："这不是什么新鲜事，对吧？"

走到门口，两人停了下来。琳达又扫了他一眼，因为他又把她搞糊涂了。

他澄清道："贝卡和保罗。"

她耸耸肩，说："还没有。"

这下轮到他糊涂了。

她读懂了他的表情。"死？"她说，"还没有人死掉。"

她跟在他后面走进前面的客厅，里面摆放的全部是门诺派家具。吉米走近餐具柜，站在答录机旁犹豫不决。

他只要删除这条信息就行。现在。删除并更换电话号码。他妈妈知道他的想法，这样对所有人来说都是最好的。

然而，他还是按下播放键。

母亲颇具诱惑的声音传出来：吉米，亲爱的，我是妈妈。对不起。我没办法告诉你，关于我们之间，你父亲和你之间的关系处理，我有多后悔。我永远爱你，儿子。他也是。这句话很重要。他也爱你。我这么说不是想要以我的方式强行介入你的生活，因为我知道你正在努力……哦，不是努力，是成功。我敢肯定你在你新的家乡成功了。我不是故意的……对不起，但是你父亲情况很糟糕，健康方面。医生非常担心。他可能活不了多久了。不管这个消息对你来说意味着什么，至少我得让你知道。

母亲喋喋不休，急匆匆地说出这番话之后，陷入沉默，但也没有挂断电话。或许她听到了自己的声音，或许她知道接下来她能做的就是直接向他索求那种他很久以前就明确表示无意给予的东西。并非他父亲想得到他的消息，哪怕他快死了也不会这么做。这无疑是他母亲一个人做的事。他听到母亲急促的呼吸声。答录机马上就会挂断她的电话。他这么想着，等着。

然而在答录机挂断之前，她又说："你哥哥也爱你。我们都爱你。"

她停顿片刻，继续说："你的电话能显示我的号码吗？也许不能。"

然后她在电话里口述了一遍自己的号码，吉米就没打算记住。

"万一你想用呢？"她说。

答录机咔嗒一声，安静下来。

吉米犹豫了。

他内心激荡的是多年前形成的一种观点。至少对他而言，血缘的纽带作用被夸大其实了。那些具有深刻而强烈的身份感的人，认为自己的身份是由父母或兄弟姐妹或祖父母通过血缘而创造出来的人，只有他们才会觉得真正不可逆转地与家庭决裂是无法想象的行为。但是你会疏远熟人，甚至疏远以前亲密的朋友，为什么？因为你的兴趣与品位，想法与价值观，性格与个性，这些才是真正成就你的东西，而这些，会发生变化与转变，会从你身上脱离。事实上，朋友的分离是更难发生的：因为你们走到一起完全是因为你们的这些品质是相容的。可是你与你的亲属之间，这种兼容性甚至可能从未存在过。一个国家也是如此。你不曾选择自己的父母，也不曾选择自己出生的国度。如果你和他们之间毫无共同之处，如果他们与你现在是什么样的人毫无关系，如果你们之间总是无可救药地意见不合，那么只是脱离家庭，脱离国家就能算是背叛吗？

不！

他妈的不是！

吉米伸出手指按在清除键上，略微迟疑，便按了下去。

~

鲍勃仰面躺着。然后他觉得自己在滑落，先是头部前面感觉到，之后传遍全身，就像晕船一样。他睁开眼睛。刚才

68

他还是直立着呢，在天空下。和牧师大人谈过话之后，又睡了一觉，那一觉睡得他很冷，特别冷。然后他到了外面的什么地方。可是现在，头上是又低又暗的天花板，而且不光他在动，周围的一切都在动。一张脸突然出现在他的头顶。一张脸颊红润，长着双下巴的脸，还有一个蒜头鼻子。他们在同时移动中，鲍勃和这个男人。在鲍勃的头部前面，一阵剧痛压迫着那里，并向外蔓延。

他试图撑起上身。

"坚持住，老兄。"那张脸说。

鲍勃放弃了，又躺下去。他开始觉得周围在慢慢旋转，于是闭上眼睛来对抗眩晕。

蒜头鼻，红脸颊。酒鬼。就是这个家伙干的。鲍勃对自己说。就是这个狗娘养的砸伤我的脑袋。他再次试图抬起身，即便他知道自己并没有准备好，还是慢慢地，小心地，认真地说：我会杀了你。

胸部正中受到一个压力，他跌下去。

"坚持一下，"那张脸说，"我是来帮你的。"

帮我？

"你正在去医院的路上。"

他额头上又感到了压迫感，那里绷得很紧。很多想法聚集在一起，好像要冲出头盖骨跳出来一样。

鲍勃睁开眼睛，以为可能会捕捉到这些想法。

他意识到这太疯狂了。

他现在头脑清醒过来，相信了那张脸的话。

好吧，好吧，好吧，你不是那个家伙。

一时间鲍勃竟忘记了自己究竟想找什么人，以及为什么这么热切地在乎这个人。

"你能听到我说话吗？"那张脸问道。

"不应该吗？"鲍勃说。

"很好，"那人本来就很小的眼睛眯得更小了，"我需要问你一些问题，你明白吗？"

"明白什么？"鲍勃说。那人就是个白痴。

"我们得看看你的头部是否还正常。"

"我的头。"

鲍勃觉得他这几个字说得充满讽刺意味。

对于急救人员来说，这话听上去不是很清醒。于是他问道："你的名字？"

鲍勃的第一反应是对他自己的：我的名字。突然间这一切都跟我名字有关了。不光是眼前这个酒鬼。和我名字有关的事可太多了。他不知道自己怎么会有这个印象，所以他大声说出来的第一句话是："为什么和我名字有关的事这么多？"

那张脸扭向一边。

鲍勃只是想弄清楚这件事，并没指望那个人能给他答案。

然后鲍勃想起来了，还有另外一个鲍勃。

"你明白我在问你什么吗？"那张脸又问。

"你问我什么?"

"你叫什么名字?"

"你好,我叫鲍勃,"鲍勃说,"鲍勃这个名字不那么常见了。"

"鲍勃。"那人说。

"鲍勃。"鲍勃说。

"鲍勃什么?"那人问。

"鲍勃什么,"鲍勃说,"鲍勃他妈的什么。"他的头部一阵剧痛,不是前额那儿,是后脑勺的位置。这是他父亲的手笔。把你的名字告诉他,父亲说。如果你打算晚上偷偷摸摸干点啥,小混蛋,你就会被抓到,然后就得报出姓名、军衔、编号。鲍勃跟着卡尔文从拖车房里出来。这是半夜,在一个十四英尺①乘六十英尺的小空间里,哪怕你的卧室远在他们卧室对面的尽头,任何声音都会横冲直撞地在脑海中响起。那些话乱糟糟的,记忆模糊,但今晚他异常清晰地记得母亲的恐惧。母亲怕父亲会偶遇某些人,某个铁哥们,某个不怀好意的人。而现在,鲍勃就站在一个留着嬉皮士风格的胡子的男人面前,这人身穿野战服,在昏黄的小便色路灯下斑斑点点,肩头能看到美军第一骑兵师的臂章——一个马头和一条斜线。名字。后脑勺上又挨了一巴掌。鲍勃。鲍勃说。又是一巴掌,好好说。于是鲍勃说,罗伯特·卡尔文·

---

① 1 英尺约等于 0.3 米。

71

韦伯。片刻沉默后，父亲又吼道，军衔。鲍勃看着他。该死的，父亲说，你没有军衔，比列兵还低。然后他父亲做了一个他偶尔会做的动作，猛地用胳膊搂住鲍勃，搂得紧紧的，对身穿野战服的那个人说，但这小子是个神枪手，他以后他妈的能当个杀手，我儿子。

"你记得自己姓什么吗？"还是那张脸在说话。

"韦伯。"鲍勃说。

"好吧，鲍勃·韦伯，你现在在哪儿？"

他妈的。"地狱。"鲍勃说。

男人用那种眼神看了鲍勃一眼，就是每个倒霉蛋都懂的那种表情。当站在你眼前的某个正直的混蛋面对一个看上去，闻上去，甚至只是简单地像你一样活着的家伙，他无法获得，或者从来没有，或者已经放弃，或者耗尽了耐心的时候，就是这种眼神。他冲着你，上嘴唇微微绷紧，轻轻抬起，鼻孔微张，稍后慢慢出现的凝视，略微抬起的下巴，所有这一切都轻到几乎看不到，很容易让你觉得那根本不是他，而是你的动作。是你在畏缩，长时间缓慢而细微的，一直在点滴累加的动作，直到现在你才看得到而已。就像你死死地盯着一座钟，盯了很久，最后终于看到分针的移动。那个表情在告诉你，你实际上见证的是你自己在变得越来越渺小，而这个狗娘养的自始至终都看着你，所以才把这个表情抛给你。

鲍勃真希望自己有那个意志力，能抬起手，攥起拳头，朝这张脸揍上去。不是意志力。意志力他应该有。是力量。

现在那个表情消失了。但鲍勃和这个人都知道，它还在，而且永远都隐藏在那儿，只是现在它不见了。这样，两个人才能继续下去。

那张脸说："如果你在给我捣乱，我希望你停下来，这样我们才能知道怎么帮你。告诉我你在哪儿？"

鲍勃很疲惫，他的头很疼。"好像在救护车上。"他说。

"不错，那我们是在哪儿找到你的？"

哪儿？

牧师在他面前蹲下来，顶着一头浓密的铁锹灰头发。鲍勃坐得笔直。也可能是这个人在笔直地蹲着。他蹲在树下，教堂的房子坐落在院子里。"我是牧师德韦恩·基尔默，"那人说着，把一条毯子围在鲍勃的肩上，"叫我德韦恩牧师就行。"鲍勃的耳边响起巨大的回声，脑海中一只愤怒的小兽正试图用爪子从他的额头上挖出一条路来，不过这会儿鲍勃已经恢复了意识。"谁干的？"他抬起手放在头上，问道。"我不知道，"德韦恩牧师回答，然后补充说，"是在……"但是鲍勃挥挥手打断他，说："我在那里面。"他记不清那个地方叫什么，但那扇门仿佛就在眼前。"里面是空的。"德韦恩牧师说，甚至没有转过身去看鲍勃手指的方向。他知道的情况不止这些，鲍勃想。"撒谎是有罪的。"他说。德韦恩牧师蹲在那里的身子向后一震。"鲍勃兄弟，"他开口说，"你认识我吗？"鲍勃厉声叫道："你怎么知道我叫什么？"德韦

73

恩牧师说:"几分钟以前你自己告诉我的。"鲍勃没话说了。他不记得。然后,鲍勃又想到一个需要问的问题:"谁打了我?"牧师拍了拍他的肩,说:"我不知道,鲍勃兄弟。真的。"

"你能说出我们是在哪儿接上你的吗?"

鲍勃听到这个问题很惊讶。有那么一瞬间,他听着是德韦恩牧师问的这个问题。但不是,是那张脸问的。

那张脸在等着他的回答。

鲍勃思忖了一下,觉得这张脸目前可能有权管他。好也罢,坏也罢,反正他饿了,而且冻得骨头都疼,没准他还需要这家伙帮忙呢。这个问题得回答。

"流血的羔羊医院。"他说。

但他立刻意识到自己搞砸了。地方不对。"福院。"他说。

也不对。"福音,"鲍勃立马改口,"是羔羊之血全备福音教会。"

这次说清楚了,说清楚了。

那张脸上又浮现出刚才那种表情。

"很接近了,对吧?"鲍勃说,"我不疯,也不傻。"

那张脸恢复了之前的样子,说:"好吧,好好休息。"然后,飘出了鲍勃的视线。

鲍勃闭上眼睛,感觉着周围的运动。他正被一路飞快地运送到某个地方的途中,没有颠簸。他感到父亲的手臂正搂

74

在他的肩上，就像他有时候可能会做的那样。但就像往常一样，这个动作只会让鲍勃感到痛苦，越来越痛苦。他想起，一个夜里，他和父亲并肩站在他们家的单倍宽拖车房前面，路灯亮着。父亲的手臂搂着他，附近有一棵正在长大的树，一棵丛林里的树竟然在拖车房公园里茁壮成长起来，却没人注意。等发现的时候已经晚了。树里藏着一个越共，狙击兵，还有狙击手的致命一击。那名越共扣动扳机，射出一轮子弹。子弹从鲍勃头部的一侧射进去，从另一侧飞出来，又射进他父亲的头部。他和他老爸一起死去，当时当场死亡，就那么肩并肩地站在一起，死了。

~

就在那个幽灵狙击手的子弹飞转着穿透鲍勃的脑袋时，罗伯特正开车经过距离高速公路以北半英里远的塔拉哈西首都环路联邦监狱的铁丝网。他的大脑一直都知道要忽略这些铁丝网，因为它让人想起军营的边界。然而过去的一晚和今天早上发生的事是不容被忽略的。他的眼睛知道，要紧紧盯着前方的路，要避免瞥向路旁，但是监狱的铁丝网一直都在那儿，就是要让人看到的。他现在很清楚地看到四排螺旋状铁丝网就在他的身边。随着铁丝网的出现，越南飞转而至。一个低沉的声音在罗伯特的身体内悄声说："你是一个凶手。"

对此，他并不承认。他不想让这件事情重演。四十多年

75

来，它已经重现了上千次，在梦中，在他快要入睡的时候，在他完全清醒的时候。在他开车去看完住院的父亲时，这件事是他竭力想避免的。罗伯特蜷缩在榕树的黑暗中，外面传来激战的声音，但都离得不是很近，最激烈的战斗也在河对岸。他把左臂贴在蜷起的双腿上，紧紧贴在一起，右手里的手枪于是被死死压在他的身上。手枪拿着很顺手，手枪的重量压在他的身上，这些都让他感到莫名的安心。虽然他其实很清楚，这么做有多愚蠢。敌人正飞速席卷这座城市，把它塞得满满的，仿佛香河的水涨了起来，突破了河堤。榕树和手枪很快也会靠不住的。他要想活下去，就得想个办法出来。北越的夜间进攻肯定会重点针对城市中的重要军事据点：机场、河对岸顺化皇宫里的南越指挥部，还有罗伯特所属的美国驻南越军援司令部大院。如果这些地方沦陷，尤其是司令部大院，罗伯特也就无论如何活不下去了。但是如果他们熬过了今晚，而罗伯特没办法找到回去的路，他也活不成。等天亮再找回去的路将极为困难，所以他不能在这儿坐以待毙，必须利用黑夜的掩护，至少再找一个距离美军司令部更近的藏身之处。

一切才刚刚开始。通常，当这件事像监狱铁丝网一样缠绕在罗伯特心头时，他当时所做的决定也随之出现了，之后的几个关键时刻在他脑海中自行展现。他闭上眼睛，转过头，把头抬高，仔细倾听来自美军司令部方向的声音：AK - 47、M16步枪、手榴弹投射和爆炸。罗伯特尽力把这些声音抛到背景音的位置，把注意力放在近处。什么都听不到。树那边，黑压压的人群疾奔的情况好像已经停止了。他深吸一口气，把蜷着的腿松开，伸到外面，再吸一口气，然后站起身，咔嗒一声打开手枪的保险，做好发射的准备。他从树下走出来，双眼在黑暗中睁得大大的。在这个阴沉沉的夜晚，他什么都看不清，看不清小公园里的草地、树木，看不清远处的小巷，也看不清挤成一团的城市建筑和周围的所有，一切事物在这个漆黑的夜晚都模糊成了一团。他必须找到出路。他停了下来。从他身后靠右边某个地方升起一道白色的照明弹，冲到高处，却因为距离远，只有星星点点的光穿过树林透过来。罗伯特看得到，却看不清楚。左边有物体移动，他转头看过去，六步之遥的地方有一个身影，是一个隐身在阴影里的人。罗伯特的手马上行动，紧握扳机，砰的一声开了火。手枪在他手里弹了一下，随即端平，砰砰连续几枪。那身影飞回暗处，罗伯特听到一个人重重倒在地上的声音，罗伯特转身开始飞奔。

为什么这个他从未谋面的人，肯定是越共的人，如果罗伯特不先开枪的话，肯定马上就会开枪打他的人，会依然在鞭挞着罗伯特的内心呢？你是凶手！罗伯特站在黑暗深处，站在树林里某个看不见的地方，自言自语。但是，不是有那么多人已经不得不妥协接受更过分的事了吗，接受那么多的杀戮，让那个遥远的地方血流成河。因为在那里，除非让自己的鲜血抛洒在那里，他们别无选择，因为他们的祖国，以保护他们及他们的家人，保护现在及过去几代人所珍惜的一切之名，将他们置于那样的境地。那天的晚些时候，之后的一天，再之后的一天，罗伯特先是在顺化的街头，后来安全待在司令部大院里的时候，一而再再而三地开枪射击。罗伯特不确定，他是否又杀了人，很可能是的。但是这一个，这个黑色的身影不会就这样简单地死去，他不会让自己在罗伯特的心灵里被埋葬，就像数百万在战争中死去的人在数百万凶手的心中被埋葬那样。为什么？因为罗伯特到越南不是去做这个的，因为罗伯特办理了研究生院延期申请，但是他放弃了，于是军方给了他一个选择：参加军官训练，冒险承担战斗任务，作为现役军人参加战争，选择他的部队职业。但是他选择不杀人。他去越南是打算溜到一边，着陆，工作，然后，作为百分之八十参加过战争却从未杀过人，从未经历过任何真正的战斗，也从未开过一枪的那批人中的一员，飞回家。他去当兵，是打算做个厨师，检修一下设备，补给燃油，开开车，看看仓库，洗洗衣服，收发电报什么的；他去当兵，是打算做点研究分析工作，就像做他热爱的科研；他去当兵，是准备睡大觉，吃吃喝喝，写信，听音乐，毫无悬念地在另一个国度爱上一个异国风情的女孩，写写简历，勾画一下未来的生活，然后回家；他去当兵，是为了取悦他的父亲，获得父亲的认可，为了让父亲感到自豪，赢得父亲的爱。

你没必要杀人。

罗伯特从没有跟父亲谈起过那棵榕树的故事和他在黑暗中对人开枪的事。

你是凶手。

依然是这样。依然是。很多人都这么想，以为他们将会成为那十分之八中的一个。这十分之八的人，从来没有参加过实战，结果却被战斗找上门来，与敌军遭遇——不只是人，个体的人，而是整个军队——他们和自己的伙伴们遭遇敌军的队伍，所以每个人都参与了这件事，而一些人最终杀了人，杀了另外一些人，把自己变成了杀手，一次又一次。但是不知何故，他们中的很多人，是的，很多人——只要看看那些明显在过着正常生活的老兵就知道了，他们过着可谓幸福的生活，一生都在追求着我们认定并为之奋斗的那些价值观——这些人能够把他们参与的杀戮理解成异常情况，认为这些行为并不能代表他们真实的自我。所以，他们很多人不知怎么，想到了办法，不把自己当作凶手，事实上，是决不把自己当作凶手那样度余生。

但是，罗伯特从树下走出来的时候，他面前的不是敌人的军队，而是一个人，一个单独的人，站在几步远的黑暗中。这个人只是在那里，只是动了一下。他可以是任何人，也许只是一个受惊吓的小男孩，因为越共也招募孩子当兵。他孤身一人，也许是因为他正在逃跑，在那一刻正准备与罗伯特，形成一个人与另外一个人之间相安无事的各自和平。更糟糕的情况，也可能他根本就不是越共，可能根本连敌人都不是，或许几分钟以前，这人还躲在小巷里的家中，或者躲在另外一棵树中。

罗伯特并没有看到武器。

尽管那并不能证明什么。天太黑了，如果被刚刚经过的北越士兵发现，他们肯定已经杀了罗伯特。那个人到底在那里做什么？最有可能的情况是，他和其他人一样是名士兵，而对于罗伯特来说，他要是犹豫，那他就死定了。差不多十年前，罗伯特所在的佛罗里达州通过了第一个"不退让法"：当你有理由相信，有人会危害你的生命或人身安全时，无论你身在何处，都不必退让。你可以杀人。是的，你可以，而且你是无罪的。无罪。

罗伯特和达拉曾多次谈起他们对这条法律的鄙视。

但罗伯特没有和达拉说过，他是如何默默地，一遍又一遍地用这条法律来让自己内心的那个声音沉寂下来。

他没和达拉说过他杀人的事。

如同白噪音，罗伯特开车驶过蔓延五英里的城市商业区，现在已经跨过州际公路。微微颤动的立交桥和桥下飞驰的车流猛地把他的思绪拉回到车上，回到紧握方向盘，关节泛白的双手上。

"一场该死的战争！"他大声说着，心里对自己默念，"你怎么回事？你是什么样的人？这是'春节攻势'的问题。我不过是杀了一个要杀我的越共。"

他松开了紧握的手，深吸一口气。

他权衡了一下父亲的病情：八十九岁，髋骨骨折，心脏不好，烟民。一个念头突然间冒出来：至少我没让他失望，我去越南了。尤其跟吉米做的那些事比起来。就算爸爸现在死了，至少我还做了这件事。

罗伯特还不至于夸自己说：他以我为骄傲。但他自己心里是这么觉得的。威廉·昆兰从来没那么说过，没说过这样的话。他原本是可以说出那些话的，就是罗伯特想让他说的话，却因为这些话本质上的热情、温柔和脆弱与他那个时代的人以及他父亲那种脾气的人太格格不入了，于是他就什么都没说。

当顺化黑夜里发生的那件事渐渐在罗伯特脑海中淡去时，罗伯特发现，父亲也从来没有提起过他自己也曾经杀过人。他确实杀过人。毫无疑问是这样。他当的是步兵。的确，威廉几乎不怎么跟家里人提起他参加的那场战争，只说他参战了，只是笼统地提到过战争的伟大和正义。

罗伯特在红灯前停下来。

很少跟家人提起，但也不是从来没提起过。父亲一只胳膊搂着他，另一只胳膊搂着吉米。罗伯特九岁，他弟弟七岁。位于陶土广场附近的那栋房子，老爸正坐在门廊下的一把椅子上，兄弟俩站在那儿。他把他们拉到身边，然后放手，显然他们得站在他给安排的这个位置，跟他保持能听到耳语的距离。他低声对两人说，孩子们，是时候了。他身上散发出波旁威士忌的味道。那是一个春天的傍晚。他家房子的影子长长地穿过大街，已经进入对面的公园。你们知道的，我参加过战争。你们应该知道我为了你们都经历了什么。能想象那有多可怕吗？我要你们想一想，孩子们。我当时被编入第三集团军，在一位伟大的美国将军，巴顿将军手下当兵。我们以席卷之势冲向柏林。当时打到一个叫宾根的城市郊区，纳粹军队节节后退。他们是敌人，你们懂的。然后，有一栋房子我们觉得可以用作指挥部，房子很小，但是有几层楼。我上去了，里面没人，也没什么有意思的东西，于是我准备下楼来。

他们的父亲停下来，深吸一口气，再次伸开双臂搂住两个人，把他们拉近自己，说，现在，认真听。

他松开手，但是动作很轻，两人离他更近了。

我还在楼上的房间里，于是朝楼梯走去，开始下楼。我不是特别着急，下了几级楼梯，又下了几级，就到了楼下。我当时一直在想，也许到了楼下我也应该四处看看，但我没有那么做。不知道为什么，我想，见鬼去吧。于是我走到前门口，走了出去。

他再次停下来，然后继续说，现在，孩子们，我要你们开始计数。一个密西西比，两个密西西比。就像这样，明白吗？

两个孩子点点头。

计数的时候，我希望你们同时想象着我穿过这栋房子的门廊，走到院子里，然后又走了几步。就几步，步子也不大，我走得很慢，因为房子里什么问题都没有。准备好了吗？

准备好了。

他们开始数数。

刚数完三个密西西比，他说，我走下门廊。

四个密西西比。

我刚刚到了院子里，他说。

五个密西西比。

我迈出一步。

六个密西西比，七个密西西比。

我又走了两步。

八个密西西比，九个密西西比。

轰隆！老爸大吼一声，一拍巴掌，两兄弟吓得跳起来，大叫起来。

老爸等了一会儿，等他们俩冷静下来，然后说，一枚炮弹击中了房子，里面所有的东西都被炸成碎片。我离死就差了那么一丁点。

他停下来，确定兄弟俩搞明白了。他们确实明白了，依然还在浑身发抖。

事实上，我被抛到了大约二十英尺远的地方，浑身上下伤痕累累，头晕目眩了一个小时。但是我还活着，只是还活着而已。就差一丁点啊，孩子们。你们知道那还意味着什么吗？差那一丁点，你们俩就出生不了了，就没你们俩了。想想看吧。

吉米在哭，罗伯特的腿还是站不稳，但他确保自己在父亲面前站得直直的。吉米开始发抖，哭泣声慢慢变成啜泣声。老爸远远地望着街的尽头，望着河的方向。罗伯特伸出手搂住他的弟弟。

有人按喇叭。

又有人按喇叭。

在10号州际公路以北的托马斯维尔路上，沃尔玛前面的交通信号灯前，绿灯亮了。

罗伯特甩甩头，抛开过去。

罗伯特心里想：所有这些都结束了。老爸要死了。

~

到达托马斯维尔，在住摇摇欲坠的房子的穷人区和住定制住宅的富人区中间分界地带，有一整条街上都是各种医疗护理和卫生保健机构，有治疗疼痛的、足疗诊所、牙科诊所、治疗心血管系统疾病的、注射流感疫苗的，以及研究实验室。沿着这条街，阿奇博尔德赫然出现在奶灰色泥墙和红砖屋顶的六层楼建筑群中。罗伯特在医院正门口前面风景优美的空地上停了车。正下车时，手机响了。他看了一眼，屏幕上显示"家"。达拉晨跑完回家了。罗伯特关上车门，倚靠在车上，接通了电话。

"你看到我留的便条了。"他说。

"我很抱歉,"她说,"他怎么样?"

"我刚到,还在停车场。"

达拉刚刚回来,大汗淋漓地站在门厅里,想着先冲个澡。但是她有一段记忆,与其说是内心的记忆不如说是身体的记忆。她站在艾拉湖附近一栋租住的房子,也是他们在塔拉哈西的第一栋房子的卧室门口,眼前漆黑一片。她刚刚在楼下和她弟弟弗兰克通了电话。走了,达拉耳边响起弗兰克的声音,两个人都走了。而她说的是,哦。站在卧室门口的时候她才意识到,就说了这么一个字可能不合适。也许她还说了更多,但她记不起来跟她弟弟还说了什么,也不记得她从楼下电话机走到楼上卧室门口期间的任何细节。她心里想的是,我们需要在楼上装一部分机。她站在那儿等待着,但又想不出在等什么。然后,他——罗伯特——从黑暗中出现。她使劲冲他眨着眼睛,心里想:最近一段时间我看他总是看不清楚。罗伯特知道他什么也不用说,靠近她的身边就行。他身上有象牙肥皂、法兰绒和咖啡的味道。他应该再好好清洗一下。他张开双臂抱住她,一只胳膊搂住她的腰,手放在她的后背上,另一只胳膊放在她的手臂下,斜着搂上她的肩胛,手放在肩上。她被他环抱在那里。罗伯特放在她背上的那只手抬起来,又向前伸了伸,把她搂向他的身边。他这么做,让她一下子想起来刚刚发生了什么。于是她扑进他的怀抱,深深地陷到他的怀抱里。这是他们第一次遭遇死

85

亡，一对共同生活的男女第一次近距离面对的死亡。第一次以后，未来的所有死亡将会随之而来，世界上的所有死亡。他紧紧地搂住她。

达拉没有把这当作一件大事有意识地记住，但她的身体记得，肌肉里，皮肤上，简单说，好像就应该如此一样。达拉明白，托马斯维尔发生的髋骨骨折对罗伯特来说可能意味着什么。在他的漫长人生中，还没有遭遇过自己那边亲人的死亡。所以她没去洗澡，而是先打了这个电话。她说："要我过来吗？"

"谢谢，"罗伯特说，"不过不用了，现在还不需要。他可能……我不知道。来的话也将会是与妈妈有关，会与她有关。你不必过来。请你，今天就做你需要做的事就好。"

她说："也许我应该在那儿。不是为了她，是为了你。"

"你不是之前打算做什么吗？实地调研？"

"我说过吗？"

"上周吧。类似的什么事。"

她想了想，然后说："哦，蒙蒂塞洛。"

"你想去那儿冥想，对吗？"

"嗯。"

"去吧。做个南国淑女。"

"不完全是这样。"

"不管是什么吧。"

她顿了一下，没有回答。在身体的提示下，她认真考虑着要不要忽略他的话，是否无论怎样也应该去找他。但是她的身体同时也感受到了利爪抓挠般的寒冷。他前一晚把恒温器的温度调得太低了。他总是这样。出门跑步之前她应该把温度调高，但这件事她好像永远也记不住。她不想去托马斯维尔。"好吧。"她说。

"待会儿在家里见。"他说。

"你确定吗？"

"确定。"

他们陷入了沉默，但是也都没有马上挂断电话。他们俩都不擅长结束电话里的对话。实际上，两人都很讨厌打电话，因为他们没办法读取对方的身体语言和面部表情，这对他们来说至关重要，可以消减沉默的影响。

"真的吗？"

两人之间又是一阵沉默，以至于罗伯特琢磨了一会儿才把这句"真的吗"放到正确的语境下理解了它的意思。

"我会过去的。"她说。

"不用，"他明白了她的意思，"我真的确定。谢谢。"

然后他挂断了电话。

我也要这么做。她自言自语地评论着他突然间挂断电话的行为。她暂时不会再为他担心了。

她按下了电话的挂断键，然后把它放回到支架上。

～

　　罗伯特看到母亲坐在正门后的走廊中间，天窗下一张铺着软垫的沙发上。佩吉·昆兰看到罗伯特走过来，站起身迎上前。母子俩按照几十年来两人惯有的姿势拥抱对方，腰部靠在一起，脸贴脸，互相轻拍对方的后背，仿佛总是在相互安慰。今天，拍得更用力些。

　　"感谢上帝，你来了，"她说，"他们准备给他做手术。医生马上下来跟我们谈。"

　　他们松开对方，佩吉拉着罗伯特的手，走到沙发那儿。"我需要坐下来。"她说。

　　两人坐下来。

　　罗伯特扭过身面对着她。"你还好吗？"他问道。

　　"有点不舒服。我没吃东西。"

　　"妈妈，"他说，"你得吃点东西。"

　　"跟医生谈过再吃吧。"

　　"老爸怎么样了？"

　　佩吉对罗伯特微微一笑。罗伯特看到了，问："怎么了？"

　　"老爸，"她说，"能再听到你这么叫他，真是太好了。"

　　他自己都没意识到，也不知道这是不是好事。"他怎么样了？"

　　"他气得要死，"她说，然后很快补充道，"我这么说是因为他自己就是这么说的。"

罗伯特摇摇头，说："你自己也可以说'气得要死'这种话。"又后悔自己太婆婆妈妈。现在说这个干什么？但其实他是知道答案的，不过是她的手段罢了。现在可不是她维护形象的时候。

像以往那样，佩吉很快把罗伯特对他的恼怒归咎到自己的身上，开始批评自己。"当然，"她说，"听神父在那儿嘀咕，多蠢啊。呸呸呸！我也气得要死。"

虽然某种程度上他认为佩吉的自我贬低被怪异地粉饰，只是她另外一个维护形象的手段，但他还是夸了一句："好姑娘。"

"他可不只是生气，"她说，"他害怕了，亲爱的。"

"他是条硬汉。"

"咱们看待他的角度不一样。他没那么坚强。"

她不是第一次这么说，罗伯特对此却一直持怀疑态度。他的理解是，她对威廉·昆兰的内心世界如此断言，只是因为她在利用这次机会让自己参与到她丈夫生活中鲜为人知的那个部分中。

"他曾经面对过死亡。"罗伯特说。

"与死亡的过程无关，"她说，"是离开后还有悬而未决的问题。"

"吉米的事。"

"嗯，"她说，"还有别的。"

对此，罗伯特点头表示同意，但他丝毫没有尝试过想一下，那些别的事情都是什么。有可能是一大堆问题。

佩吉等待着，而罗伯特保持沉默。

于是佩吉开口说："我给吉米打了电话。"

"什么？怎么打的？"

"你的孙子。"

她再次等他开口，而罗伯特也只能用老办法做出反应。他拒绝给她引导，不想让她扯出这件事。她总是喜欢把生活戏剧化。

她说："我问雅各布有没有网站，他找到了，就像加拿大的白页电话簿。"

"你不是已经试过找他的电话号码吗？"

"那是好多年前了。不过这次确实找到了。他不住多伦多了，住在一个叫麦蒂尔的小镇。是他的声音，我能听出来答录机里是他的声音。"

"所以你其实没跟他直接通话？"

"没有。"

"什么时候给他打的电话？"

"今天早晨。虽然拿到电话号码已经有一段时间了。我知道，失去吉米还在继续给你父亲带来伤害。哪怕他现在不提这件事了。"

"我不清楚。"

"我没指望他能给我打回来，因为最后我还是偏帮你父亲了。可是不那样做，我能怎么办？不过你们两个之间的关系并没有那么糟糕，对不对？"

"也够糟了。"

"我也给你。"佩吉抓起钱包，打开，从里面拿出一张卡片，递给罗伯特。

他就让卡片那么悬在两人中间。

"拜托你，"佩吉说，"这是他的电话。他会听你的。"

"我不确定现在时机对不对，虽然爸爸想联系他。"

"那就为了我。"声音中的颤抖让她听上去很真实。罗伯特还是没有接过卡片。

罗伯特身边出现一个身影。

"昆兰太太。"一个男中音，不过没有期待中男中音应有的温暖，反而像手术刀一样锐利。罗伯特转过身。一个男人身着隔离服，长相年轻，但后颈部位的毛发已经呈现灰白色，眉毛和眼角周围也有了皱纹。

罗伯特和佩吉站起来。

佩吉趁着这个时候把卡片塞到罗伯特的手中。罗伯特只好把卡片揣进口袋。

"泰勒医生，"佩吉介绍说，"这是我儿子，罗伯特。"

罗伯特握住那人的手，感觉有点油。

"请坐。"医生说。

三个人坐下来，泰勒坐在椅子前端边缘，与佩吉的沙发末端呈直角的位置。

罗伯特现在才看到泰勒左手掌拖着一个塑料自封袋，里

91

面装着杏仁，他一边说话一边探进去抓了几颗杏仁放在嘴里嚼。他把袋子举高了一点，以便看得清楚。"请原谅，"他说，"这是手术准备工作的一部分。优质的蛋白质和镁。为了昆兰先生，我会尽最大努力。"

尽管泰勒医生没有要征得同意的意思，佩吉还是冲他点点头，"请便。"

"我必须实话实说。"泰勒说。他的话只稍稍开了个头，这样他就可以一边讲一边看着罗伯特和他母亲的眼睛。他停顿片刻，嚼着杏仁，再咽下去，大概是为了给这两位病人家属留出时间，为将要听到的坏消息做好准备。

这么做对罗伯特产生了另外一个影响，让他有些吃惊：他想一巴掌打翻那人手里的杏仁——如果一定得吃，他妈的，那就等你去手术室的路上在电梯里吃好了——他还想一把揪住他的防护服，大吼一声：快点说！

泰勒说："检查结果并不理想。八十岁以上髋骨骨折，每两个人中就有一个存活时间不超过六个月。而昆兰先生除了髋骨以外，还有两个复杂的问题。当然，其中一个是心脏问题。而且不幸的是，他摔倒的时候右手腕骨折，这会给康复造成非常大的困难。我们可以把骨头重新接回去，但是让他这个年纪的老人长期卧床会导致身体积液，从而引起并发症，其中最常见的是肺炎和充血性心力衰竭。我们会高度关注，但你们也需要了解这些特殊的风险。"

他的话说完了，继续吃杏仁。罗伯特和佩吉知道他在等

92

他们提问。他是想让他们问那个明摆着的问题吗？老昆兰现在会死吗？

医生总是会逃避。

但是他刚才已经说过了老昆兰很可能会死。

连佩吉都知道这点。所以她的问题很简单："我们什么时候可以见他？"

"这要看今天上午的手术进展情况，"泰勒说，"但是要知道至少今晚我们会一直给他使用吗啡，病人大概不会完全清醒。你们可以回家休息，下午三点左右给我们打个电话。"

好像同时听到了同样的提示，他们三人一同站起身，握手告别后，泰勒离开了。

罗伯特和佩吉两个人没走，也没说话。虽然根据常识，他们对这个病的预后已经知道得非常清楚，但是对官方版说明依然觉得难以接受。不过现在这是个人问题。

最后佩吉说了句："我叫出租车来的，你能送我回去吗？"

"当然。"

佩吉的眼里满是泪水，她走到罗伯特跟前。两人拥抱在一起，没有以前习惯的弯腰动作，只是双手静静地抚在对方的背上，没有戏剧化的小伎俩，没有深思中的回忆，也没有家庭不幸的感觉。母子两人安静地拥抱着对方。虽然罗伯特也会流泪，但他发现自己竟无泪可流。

~

吉米坐在自家餐桌前，面朝着窗户。午后的光影下，雪是蓝色的。琳达在他的身后泡甘菊茶。吉米盯着雪松那黑漆漆的吓人的样子。他还站在新奥尔良他父母家的厨房中央，罗伯特就在附近，身穿军装，正准备去参加那场邪恶的战争来取悦这个男人，就是吉米一直与之激烈争论美国血腥干预越南的这个男人。一场争论把罗伯特挡在了屋子里，他们的母亲小心地关掉炉子以后，躲了出去。罗伯特没有逃，但他一句话也没说。如果他已经准备好为了他们父亲那可怕的扭曲了的爱国主义而投身那场杀戮，那他至少也应该准备好为自己的行为辩护。他或许是发现了某种类似血气之勇的东西，让他下决心去参战，但这种东西在遭遇到屠杀的现实时就会消失殆尽——他就是一个聪明的懦夫。

但不是这样的。这只是吉米今天的想法。在当时，他还是抱有一点疯狂的期待的。因为几个小时前，他和他哥哥两个人就这件事谈过。现在面对老爸的暴怒，吉米对罗伯特的沉默还是有些许期待，希望他们私下里的讨论——比眼前这场讨论要文明——已经让他哥哥打开了心扉，接受了他的观点。

这场争吵让吉米深感疲惫，所有的想法都是吼出来的。他父亲看上去也很疲惫。两个人突然间安静下来，面对面站着，近得可以感受到对方的呼吸，可是吉米又想到一个观点要说清楚。大吵之后突然安静，他压低的声音听上去反倒愈加清晰。他说："整件事中真正的英雄是那些对自己的国家说'不'的男人和女人。然而他们没有参与那场非法又残忍的战争，不是进了监狱，就是被流放。那些人是真正的英雄。"

那一巴掌来得太快。吉米甚至都没有感觉到，是没感觉到那记耳光，只感到有一股力量迫使他的脸弹到一边。

虽然他知道发生了什么。他很快把脸扭回来。

面前是一双眼睛，是他父亲的眼睛，眼睛里冒着熊熊怒火。

下一记耳光，他感觉到了。突然的剧痛从太阳穴一直贯穿到牙根。头转过去的时候，他哥哥出现在眼前，就那么看着他，看着他的痛苦，看着他们的父亲。吉米的眼睛紧紧地锁定哥哥的眼睛，周围一片宁静，唯有这一刻的眼神互相胶着。吉米意识到，尽管他们在人生观和政治倾向方面有冲突，尽管他的童年阶段充斥着哥哥的小暴力——他自己也为曾经身为弟弟的小暴力而自责——尽管他们其中一个儿子不仅年长而且受宠，另一个不仅年幼而且多余，除却这一切，吉米发现自己现在对哥哥是有所期待的，期待着他们之间共同的血缘，共同经历过的家庭苦难及时代精神的纽带会拉紧且持久。

这双眼睛……哥哥的这双眼睛看到了他与他们共同的父亲之间的这些决定性时刻，但这双眼睛里空空荡荡，死气沉沉，这双眼睛的后面，什么都没有。

吉米面前的茶杯和茶托碰撞时发出叮叮当当的声音，空气中飘散着香草的味道，蒸汽的味道，琳达的味道。思绪被打断的吉米感到很开心，他盯着玫瑰花图案的茶杯，心里放下了他哥哥的那双眼睛，再一次面对父亲，他现在觉得很空虚，疑惑着这个男人会不会再给他一记耳光。父亲站在远处，嘴巴在动，只能看到口型却听不到声音，除了最后几个字：那你就不是我的儿子了。

很清晰。

回忆结束了。

"你没事吧？"耳边响起琳达的声音。

"没事。"吉米对琳达说。

她端着一杯茶坐在桌子旁。通常，她会坐在他对面。谈论重要的事情时，他们总是会毫无畏惧地直视对方的眼睛。可这次，她坐在他的右侧。她离我更近了些，吉米心想。

他心存感激，把手覆在她的手上，她又把她另外一只手放在上面。但这个动作只持续了极短的时间，她拍了拍他的手，然后把自己的两只手都抽了出来，几乎不可觉察地把茶杯摆放到一个确定的位置，举起茶杯啜了一口。

吉米对这一切毫无觉察。他正站在纽约州布法罗埃尔姆伍德大街上的一家路边小餐馆外的公用电话旁。他和琳达被新奥尔良"抵制服兵役者"组织移交给布法罗"抵制服兵役者"组织，之后他们将进入并永远留在加拿大。那是一九六八年七月，吉米六月刚从洛约拉大学毕业。五个月以前，北越的"春节攻势"让沃尔特·克朗凯特①，然后让美国电视，最后让任何一个头脑正常的美国人看到了越南真正发生的事情。吉米的学籍已经无法再办延续，入学仪式迫在眉睫。他和琳达做好了离开的准备。他们将以游客的身份进入加拿大，作为落地移民留居那里，最终成为加拿大人。这是他们在美国的最后一个小时。

估计他的父母最终会知道这些。他根本不在乎他父亲会从哪儿听说这件事，但他在乎母亲，虽然她是威廉·昆兰的支持者。

吉米把几个二十五美分的硬币投进电话机，正在给位于第三大街上的家里打电话。

是他母亲接的电话。他讲了些必须要说的话，说话时的态度很明显是朝着永别的方向发展的。母亲陷入沉默，不是因为爱和矛盾的情感，而是出于其他的目的。还没等他意识到这点，母亲已经把电话给了父亲。父亲说："你妈哭了。"

"抱歉。"吉米说。

"你究竟在干什么？"父亲问。

吉米发现，和这个男人即便说句话都会让他咬紧牙关。自从劳动节以后，他和父亲就没有再谈过越南的事，甚至连话都没说过，这就让他确信自己是真的张不开嘴。"你明白我在做什么。"

---

① Walter Cronkite（1916—2009），美国著名主持人、记者，曾报道过世界各地的重大事件，如肯尼迪遇刺、越战、冷战、登月计划等。

威廉·昆兰的沉默证实了吉米的想法。

随着时间滴答滴答流逝，沉默在继续。中间传来长途电话的电磁干扰声，远处汽车的喇叭声。后来，琳达的手落在吉米的肩上，轻轻地捏着，捏着，等着。吉米在等待最后那几句一定会说出来的话。

他等到了。比吉米想象中更简单，也更决绝。

他的父亲说："那再见吧。"

咔嗒一声从上千英里远的电话线的另一端传来。这是他父亲留给他的最后一个声音。从那时起到现在，四十六年过去了。

吉米仿佛刚从睡梦中睁开眼一样，看着窗外的松树，又看看琳达。

琳达正盯着自己的茶杯。

吉米转头也看着自己的茶杯。

然后，举起杯子，喝了一口。

放下杯子，响起轻微的瓷器碰撞声。

"真希望我能帮帮你。"琳达说。

吉米看着琳达，琳达也对视着吉米的眼睛。

"为什么你会认为你需要帮助我？"他问。

琳达内心的某种紧张一下子放松了，是吉米并未察觉到的紧张。她点了点头。

"为什么你又会认为帮不了我？"他又问。

琳达用力吸了一口气，盯着她的茶杯，喝了几口。

"你和你父亲。"她没有看他，也没有再说别的。几个字足以回答之前的两个问题了。

吉米琢磨着林线①。

他觉得和琳达在一起，很舒服。终于等来了这么一天。多少年了，在他们的婚姻中，这件事肯定会引起两人热烈的讨论，阐述他们共同的信仰，就家庭、政治和伦理问题来一场以解决问题为目的的辩论。哪怕是一场充满爱意、互相尊重的辩论，也是辩论。

可是现在，他们很安静。

体会到了舒适感，吉米觉得应该让琳达放心。"我很好。"他说。

"真的吗?"

"真的。"

"当然，"她说，仿佛是为了让自己确认情况属实一样，"都这么多年过去了。"

"是啊。"他说。

"那就好。"她说。

半晌无话。过了一会儿，琳达说:"那我能拜托你一件事吗?"

两人注视着对方。

"当然。"吉米说。

---

① 指高山地区因为土壤、温度等条件而不能形成森林的界线。

"不要让你父亲的情况影响到你。"她说。

这是他们之间几年前刚出现的一个争论话题，这个话题并没有因为两人多年不断积累的亲密而慢慢消散。他已经不再提了，也已经告诉过她。她其实不需要现在纠结这个问题。

想到这些，吉米沉默了片刻。

虽然没有必要，她还是解释了一句："因为你最近似乎对那所谓的来生很感兴趣。"

吉米心想：啊，亲爱的，你还是年轻，你又开始显得年轻了。你依然坚定地信仰着虚无。他听见自己在内心开始与她展开辩论。想到这里，他又让步了：我羡慕你，我羡慕你的信仰。怀疑比信仰更糟糕。

琳达说："对不起，这话听起来有点伤人，尤其是在现在这种情况下。"

"不，"他说，"没关系。"

她点点头，似乎在等待。等什么呢？他已经原谅了她说的伤人的话，也保证他只会在自己脑子里想想这个话题。他没再开口。

她也没再说什么。

喝完茶，两个人肩并肩，一起把茶杯和茶碟放到水槽里。

~

　　达拉在蒙蒂塞洛的圆形交叉路口外面那个十九世纪砖结构歌剧院门口停下车。路中间坐落着杰弗逊郡法院，古典复兴风格，与小镇同名的那个人一样。她穿过马路后左转，绕着楼转过去，眼睛盯着阵亡在北方的南方邦联死难者纪念碑。从这个位置看，纪念碑在那棵百年木兰树柔软而长青的树冠掩映下，只有八英尺高的基座露了出来。

　　她来这里是为了与自己的思想做斗争。作为研究符号、能指、所指的符号学学者，她很容易受到行业术语导致的不可理解性影响；而作为研究创作对象的艺术类学者，她又非常容易陷入审美的盲目性。这两部分自我不断威胁着要切断她与人类基本生活的联系，因为那样的话，首先，在当下，要通过感官来生活。并不是说她不爱自己的思想，比如，它总是能迅速发现极好的讽刺，就像现在，她对自己思想的不信任本身就是一个想法的开启。她和罗伯特跟着朋友来到小镇吃路边餐、搜集古董的时候，发现了这个南北战争时期南方的遗址，燃起了一股注定会失败的激情，于是就在这个小镇上公布了自己的想法，要进一步深入地研究这些纪念碑。这是她的分析性自我在挑战自己。当然，她被人嘲笑，嘲笑她的放肆，也嘲笑无计划的符号学。

　　为了解释这座纪念碑在它当时所处的时代，即十九世纪最后的几年，以及在当今这个时代分别表达的象征意义，她

101

需要时间站在这里，认真思考。她确信，最深层的所指含义本质上是身体的意义。是这座纪念碑创建者的身体，是佛罗里达州杰弗逊郡女士国殇协会的那些女人的身体，是邦联女儿联合会的那些女人的身体。

达拉走近后惊讶地发现，对于木兰树冠后隐藏的雕塑部分所指的渴望，她的身体竟表现出些许兴奋。但是，即便已经开始与之共情，在接下来的几分钟里，随着纪念碑的主体部分逐渐可见，她也只能用那些引发轻松友好又讽刺的二十一世纪笑声的语言来描述它：柱状纪念碑高高地、笔直地耸立在那里，仿佛戴着避孕套一般包裹在南方邦联的战旗里，从木兰树后闪现在达拉的眼前，就像一个脱了裤子的南方邦联的士兵，男性器官已经做好了准备。纪念碑基座的大理石上的第一行字记录了这一状态：竖立于一八九九年。一百一十五年后，它依然以永远挫败的姿态站在这里，屹立不倒。

她靠近纪念碑，内心平静下来。

这不仅仅是简单的弗洛伊德主义。

这里纪念的挫败是真实的，深刻的，也是符合人类本性的。它并不仅仅是失败的政治事业所带来的后果，更是失败的人类间关系导致的结果。那是一群被束缚在男性主导的时代和文化中的女性，无论是精神方面还是身体方面，她们的激情被点燃又被压抑。被点燃，被压抑，然后被重新导向，膨胀。

她们的男人受到战争的野蛮对待，身体受伤，心理受创，性格扭曲，彻底改变。当站在纪念碑的西侧时，达拉并非不明白，她自己其实就是这样一代女性中的一分子。

没有投票选举，没有明确的影响形式，但这些十九世纪的南方女性身心内都涌动着对新生的独立身份和强烈要求自主表达的激情，于是她们创建了俱乐部，她们自己则成为俱乐部女会员，一起思考、感觉、组织活动。历史俱乐部，旅游俱乐部和图书馆俱乐部；提高俱乐部，改善俱乐部和进步俱乐部；女士国殇协会和邦联女儿联合会。在这个小镇上，和在其他任何一个小镇一样，有一个文学俱乐部。达拉可以想象到，杰弗逊乡村文学俱乐部的那些女人——只有女人——在非周末的下午，聚集在一个卡朋特式经典住宅的客厅里。她们身着衬衫和纽波特结坐在一起，一起做梦，一起创作，再一起记录下来。现在展现在达拉眼前的就是这样一句华丽而充满激情、高尚的文字。

仅以此褒奖女性对于男性不可磨灭的英勇所奉献出的无尽忠诚，并训诫南方大地上的子子孙孙，直到永远。

达拉不读了。

她坐起身，四周漆黑一片。她和罗伯特住在一起还不到一个星期，罗伯特此时正躺在她的身边。她努力让自己放松下来，不去纠结刚才梦中的各种琐碎，活动一下睡觉时被压

103

得酸痛的四肢。但她的听觉已经完全清醒，她听到他戛然而止的啜泣声，哽咽的呼吸声，感受到他在黑暗中的悲痛和身体的移动。让她从梦中醒来的那个声音消失了，只有粗重而颤抖的呼吸声还听得到。黑暗中，她能辨别出罗伯特现在已经坐了起来，背对着她。

她抬起手，犹豫一下，还是轻轻地抚上他的肩头。

罗伯特开始痛哭。

"对不起。"她低声说。他突然站起身，却没有离开。

罗伯特重重地吸了一口气，然后一下子屏住气息，再慢慢呼出来，他在努力控制自己。

他重新躺下来，没有任何解释，连做了噩梦这样的话也没有。

不仅那个晚上，在之后的几十年里，罗伯特也从没有谈起过他们在一起的最初那几年里他的那些噩梦。

她不该参与其中，但她确实对这些事知道得清清楚楚。这些噩梦与越南有关，与他在越南的所见所闻及所做的事情有关。

他的第一次噩梦发生在离开部队不到四个月的时候。那个晚上，她有考虑过他"不可磨灭的英勇"吗？没有。她在二十三岁的时候是非观念就已经很明确：在越南，他或许直面了恐惧，或许并没有逃避，但是把自己奉献给一场不仅失败，而且是完全错误的战争，即便做到了，他的行为也与她称之为"勇气"的东西毫无关系。他真正的英勇体现在他和她一起参加反对政府的游行。可是随着她对罗伯特·昆兰的忠诚度日渐加深，每当他因为自己的过错和羞耻感不断地做噩梦，不断从梦中惊醒的时候，她要怎样才能帮他？做都做了。达拉内心挣扎着，突然间有了答案：他在参加巴吞鲁日的街头抗议游行时所表现出的英勇，因之在这场邪恶的战争中第一次受到挑战并遭受破坏，显得更加伟大。和先是逃避一切再跳出来炫耀自己的正义的那些长毛①比起来，他们的勇敢连他的一半都比不上。

达拉眨眨眼，思绪回到蒙蒂塞洛。

长毛，是她父亲的话。

她不愿意去想她父亲，于是集中精力看纪念碑上的字。

谨以此无声但雄辩的大理石证明：在四年之久的无情战争中，佛罗里达士兵血肉之躯筑起的人类长城坚不可摧，是挡在我们的家园和入侵的敌人之间的一道屏障。

她正和她父亲就一个熟悉的话题激烈争论。她说："你说的就好像越共在威胁要入侵伊萨卡岛，从我们的海岸登陆，长驱直入到咱们家客厅似的。"说这话的时候，两人坐在前阳台的藤椅上，俯瞰着卡尤加湖。

---

① Longhairs，此处应指前文所提到的反对战争的佩花嬉皮士。

内心默默地抗拒着，达拉转身离开邦联纪念碑，走到几码远以外的一棵棕榈树下站定。棕榈树下面的叶子因为上周的冰冻而枯萎变黄。

她父亲也在这里，正在滔滔不绝地谈论多米诺骨牌原理。

她为什么要自找麻烦跟他吵呢？

父亲还在喋喋不休的时候，她暂时采取家里的习惯做法来继续和他的讨论：至少装作彼此在看着对方。可是让她难以置信的是，他竟然侮辱她的智商，胡说一气，要求她相信，越南一旦成为共产主义国家，会马上被他国控制，然后柬埔寨会垮台，再然后是老挝，等等。

她听够了。她说："我们的国家根本不知道它在和谁打交道。"当着父亲的面，她就说了这么多。本来还想晓之以理的，但她太熟悉父亲脸上的表情了。曾经，她为了获得赞许，如饥似渴地研究过那张脸上的每一个细微的肌肉牵动与眼神的闪烁。但现在，达拉"关于父母的物理学第一定律"占了上风：每一次过分执着地采用女儿的行为，想从她父亲那里找到自己的身份，最后都将以截然相反的反应而告终。她打消了和这张脸谈下去的念头。那双眼睛让她感觉更糟糕。那是天空般湛蓝的一双眼睛，在秋日的下午开始暗淡下去。那也是她的眼睛。

于是这天，达拉和这个一直习惯于做家长式老板的男人坐在他们位于北部的那栋安妮女王遗留的房子的阳台上，当他不肯听道理，当他喋喋不休地讲多米诺骨牌原理，想以此证明这个国家已经疯狂时，达拉打破了家庭传统。

她缓缓低下头，却依然保持直视他的眼睛，只是为了表明她即将要做的事是有意识且有意义的。然后，她把头扭向一边，甚至带着肩膀也扭了过去。这么做是要说明两点：她在启发他，她也在漠视他。然后，仿佛冲着房子周围的铁杉和糖枫，她说："认为越南统一后会成为他国的傀儡的说法太荒谬了。"

马尔库斯·卡拉斯，达拉的父亲，在地狱厨房区①长大，十几岁的时候就帮助开肉店的父亲创业和销售爱沙尼亚血肠。二十三岁的时候父亲去世，他接管了家里的生意。三十岁时开始制作肉罐头，还发明了一种用加热工艺保持罐头水分充足的方法，由此发家致富。他怀念故国，守旧，白手起家。然而用达拉的话来说，马尔库斯·卡拉斯——虽然他自己觉得表达强烈的感情对于他这样一个男人是很不得体的行为——即便是马尔库斯·卡拉斯也无法隐藏脸上不由自主流露出的温柔和喜悦。他女儿除了说话的动作很奇怪，很无礼，就像在跟树说话一样，她和其他嬉皮士还是不一样的。她做了功课，甚至她坚持自己的主张也是对的，因为研究和思考使她更加坚定。她很守旧。但马尔库斯的政治观点并没有因为达拉的推理而改变，因为那本来就不是他通过推理形

---

① Hell's Kitchen，正式行政区名为克林顿（Clinton），又俗称为西中城（Midtown West），是美国纽约市曼哈顿岛西岸的一个地区。

成的观点，而根本就是因为他对女儿的感情才产生的。过了一会儿，他用惯用的得体的沉默掩盖了刚刚改变的情感，并一直保留这种情感，直到他死在塔科尼克大道上。

可是对于达拉来说，她内心一直保留的对于父亲的感觉却没有变过，因为那几分钟时间里她一直都盯着树说话，错过了父亲脸上一闪而过但很明显的表情。

所以四十年后，她回到了这棵棕榈树的树荫下，想特别对父亲说出她的看法：越南统一后刚刚三年，事实就证明我是对的。而你什么都不懂。

卡尤加湖上的阳台和房子一直萦绕在达拉的脑海中，以至于环形交叉路口那儿有一辆堆满了松树的半挂车低沉地轰鸣着从她身边驶过时，她才条件反射地猛然回过神来。她无法想象，父亲在遗嘱中把安妮女王那栋房子留给她只是他的一个手段，一种超越了死亡的努力，只是为了让她屈服于他的意志，他的生活方式和思维方式。

半挂车不见了，松树的味道还萦绕在空气中。达拉清醒过来，返身回到邦联纪念碑旁。要集中精力，她对自己说，要集中精力。

当年轻一代的南方人注视这座纪念碑的时候，请铭记，光荣的佛罗里达州的男人们是如何在血腥的战场上诠释他们充满阳光的家园，美丽而忠诚的女人们是如何再一次让她们的美名传扬。

呵，这很弗洛伊德啊。年轻一代人在他们母亲及祖母的鼓励下，凝视着他们父辈的纪念碑。是那些俱乐部的女人。达拉肯定会在美国符号学协会年会上遭到嘲笑的。那些以男性为主的符号学家的笑声意味着什么？下一年她可以就这个话题写篇论文。但在当下，在目前这篇论文中，她的主要目的是找到并陈述这座纪念碑不容嘲笑的意义所在。

达拉闭上眼睛倾听，倾听这些女人过度紧张的声音，倾听她们出于对男人们强烈的爱而堆砌出的辞藻华丽的文字。在达拉的想象中，这些女人应该和她年纪相仿，在蒙蒂塞洛文学俱乐部的客厅里，精雕细琢出这些文章。她们的男人已经死去，她们的丈夫死于战争。但即使他们从战争中幸存，即使三十年后，他们每天晚上依然躺在妻子的身旁，也形同死亡。因为这些男人变得渺小，他们为之奋斗的理想让位给自怜自艾、小气、卑劣，以及对自己的女人的压迫；或者只是在战后败给平庸的生活，做了砖匠、细木工、赶骡人、伐木工、杂货商、药剂师，或者理发师，抑或者，做了老师。

达拉很想知道：这些女人，美丽且忠诚的女人，是如何保持她们的热情不减。

不仅是热情不减，简直就是有增无减。

于是她明白了，她们的热情对象是死去的人。作为死人，这些男人则永远不会让她们失望。

~

在罗伯特的坚持下，这个晚上他和达拉各自去书房工作。罗伯特很好，毕竟父亲已经八十九岁高龄，母亲目前精神状态也不错。达拉很高兴可以整理白天搜集资料的笔记。他们表现得仿佛和其他任何一个晚上一样没有区别，但是到了最终上床时，两人却谁都没有从床头柜上拿起自己的Kindle，达拉连 iPod 也放弃了。他们并排躺在大床上，中间隔了半臂远的距离。刚刚在各自的位置上安顿好，两人就分别探起身熄了灯，再躺回去。

房间里很安静，只能听到一只 LED 电子时钟发出的嗡鸣声。这只钟是他们搬进这栋房子的第一年添置的，达拉一直留着，放在自己那边的床头。

片刻，他说："孩子们……"

"我给他们打过电话了。"她说。

"你打电话了？"

"打了。"

"那就好，"他说，"我刚想起来。"

"我打过了。"她说。

"什么时候？"

"今天早上，你还在医院的时候。"

一阵沉默。

她问道："你确定自己没事？"

110

"我没事。"他回答。

"如果不行，就说出来。"

"我会的。"

更久的沉默。

然后罗伯特问道："去蒙蒂塞洛办的事情进展如何？"

"还不错。"

"你和她们想法一样吗？"

"那些女人？"

"对，"他说，"那些女儿。"

"女儿？"

"南部邦联的女儿啊。你搞清楚她们的想法了吗？和你之前想的一样吗？"

"是的。"她说。

"是什么样？"

又是一阵沉默。

"热情高涨。"她说。

他们一天中最后一次清醒时刻的沉默开始了。

达拉没有再去想那些南部邦联的女人。她逐渐消退的意识转向她的孙子，雅各布。今天早上她打电话找凯文的时候，误拨了儿子家里的电话，而不是工作电话。电话是雅各布接的。

虽然雅各布的声音和平时不大一样，她还是听出来是他。距离上次和他说话已经快一年了。那次是圣诞节期间，

111

他正在什么地方滑雪。他今年二十岁，不是小男孩了。十九岁到二十岁，声音听起来肯定没什么变化，但还是有些东西是以前没有的。也许是成熟。

"是你吗，杰克①?"她说。

"奶奶?"

"是我。"

"你好吗？我一直想着给爷爷打电话呢。"她听见他顿了一下，马上又说，"给你们俩。"她笑了。杰克是个好孩子，不想伤害她的感情。

"我也希望能让他过来接电话，"她说，"但是他现在在托马斯维尔医院呢。他的爸爸比尔摔了一跤，髋骨骨折了。"

"哦，真他妈的见鬼。"雅各布突然发觉自己说了脏话，赶紧停住，但又用小到几不可闻的声音说了句："哦，见鬼!"

达拉笑了笑。看来他依然是个小男孩。

"对不起，奶奶。"他说。

"没关系。"

"我就是很震惊，您明白吗?"他说，"天啊，我也一直想和他谈谈呢。"

"亲爱的，你会有机会的。我相信他会没事的。"

"他们两个，"杰克说，"知道吗?"

她并不知道。然后明白了：他是说比尔和罗伯特他们两

① 英文名中，杰克（Jake）是雅各布（Jacob）的昵称。

个。杰克一直在想他们，想和他们谈谈。等有时间的时候。

"他们两个都很好。"她说。

很好。一个快九十岁了髋骨骨折，另一个也已经七十岁了。但是还不错，他们都很好。她的脑子现在越来越慢了。可悲啊，她会这么形容自己的脑子。"可悲"这个词就像别人送给她的小惊喜一样出现在她脑海里。她想，我要睡着了。

她侧过身。这么一动激起了她最后一刻的清醒。和杰克的谈话并没有偏离蒙蒂塞洛的主题。终有一天，罗伯特也会死，这是某个人特别关心的问题。罗伯特，这个与她相遇，成为她生命中一部分的男人，可能会瞬间消失，就因为他参加了战争。她正坐在桌子旁，就像她楼下的桌子，但这张桌子放在了蒙蒂塞洛一个客厅的中央。她和她的文学俱乐部的女伴们聚在一起，手拿一支鹅毛笔，落在一张白纸上。一动不动。她不知道该写些什么，但她清楚地知道，必须要为自己的丈夫，南方人罗伯特·昆兰——一个在一场失败的战争中死去的老兵——谱写一篇悼词。

对罗伯特来说，这种沉默让他愈加清醒。过去发生的事自然而然地涌进他的脑海，就像刚刚陷入睡眠时的梦境。

林莲站在香河河畔一片盛开的火焰树的树荫下等他。那是六月里的一天，难得地晴朗，但是酷热。沿河的黎利街上，"恢复行动"已经清除了被夷为平地的建筑物的瓦砾和死亡者的尸体。树上星星点点开满了血色的花朵。

随着"春节攻势"的展开，她也消失了。全城都在传言，要把死去的平民集体埋葬。于是人们理解了在顺化被北越杀戮的都是哪些人：政府官员、自由思想的大学教师和学生、能够辨认出潜伏的越共的人、曾经和美国敌人一起工作过的人和曾经跟美国敌人睡过的人——酒吧女，美国人的女朋友。罗伯特真怕林莲已经死了。

当限制解除，可以离开美军司令部大院时，他立刻去了裁缝店。楼还在，但是店门关了，还用木板封住。等到那些在中央市场附近靠划舢板谋生的人们重新聚集起来，罗伯特在香河两岸不停地寻找林莲的叔叔。他努力回忆他的样子，也希望自己能被那人认出来。

一天下午，一个老妇在美军司令部大院外面把他拦住，对他说了林莲的名字，告诉他这个日子，还有时间和地点。现在，他慢慢走向她。

她身穿白色的奥黛，紧致合体的越南丝绸裙装，外面的衬衫从脚到腰的位置两侧开叉，露出里面的黑色灯笼裤。这件衣服她在某些特殊的夜晚只为他一个人穿过，不过当时里面没穿灯笼裤，从脚裸到了腰。

他手里拿着一个用麻绳捆扎的棕色纸包裹。

听到他走近的声音，她转过身，迎上前。她没有碰他，但是开口第一句话就解释说："我不碰你，是因为我害怕别人看见。"

"我明白。"他说。

她漆黑的眼睛盯着他的眼睛，眼神却移动得很快：看看他右眼，再看看他左眼，来来回回地看。仿佛她不相信这只眼睛，想先从另一只眼睛中找到不同的内容，再回到之前看过的那只眼睛重新搜寻，希望刚刚看到的内容有所变化，或者确认一下，没有变化。她的眼睛看上去很紧张，仅此而已。因为她的法国血统，她的眼睑有点圆。他一直渴望着她能闭上眼睛，让他亲吻那里。她当然能够体会到让他生出渴望的感觉。但他已经感觉到，他以后再也不会亲吻她了。

"我害怕，他们杀了你。"他说。

"我藏起来了，"她说，"我有个地方可以藏身，后来我就跑掉了。"

"你是什么时候回来的?"

"几天前。"她说。她屏住呼吸，挺起胸，似乎开始要说更多的话，但是又放松下来，什么也没说。

他脑子里不停闪动着几个问题：她会留下来吗？他们能在一起吗？但是他不敢问出口，却只感受到了手中的重量。

"我把你爸爸的手枪带来了。"他说。

她从他手中接过包裹，说："我也害怕他们杀了罗伯特。"

她又一次望向他的眼睛，定定地，仔仔细细地研究着，目光不再跳跃。

他的心在颤抖。在林莲的注视下，想到他心里已经怕了几个月，怕她死掉了，他就很难一下子完全理解自己的颤抖。他简单地以为那只是出于激情。

"所以说，他确实帮了你?"她说。

罗伯特没明白。

她看出来了。

"我父亲。"她说，举了举手中的包裹。

"他救了我的命。"罗伯特说，希望自己能相信，事情确实就是那么简单。

她点点头，因为眼中萌生的泪水而目光闪闪。

他渴望自己能抬起手，抚摸她的脸庞。但他知道这之后会发生什么。其实一直都是这样，肯定是。可是他们已经失去了很多个夜晚。数过他床边墙上的日历，他知道在这个国家，他还有八十七个夜晚。现在她安全了，她就在这里，至少利用这八十七个夜晚中的某些夜晚，可以让他觉得仿佛他永远都不会离开她，仿佛她会和他一起走。

可是他已经明白，不会再有那样的夜晚了。

"我很高兴，"她说，"我父亲会喜欢你的。"

"本来可能会喜欢。"他说。她父亲已经过世了。他的更正其实是一种怅然若失的反应。她一直要他纠正她的英语，一直盼着为了他，自己的英语能做到完美。

"我父亲本来可能会喜欢你的。"她说。

他们等待着。

他感觉到她的某种变化。

"你明白的。"她说。你必须，你应该，你会，你不能，明白。

116

"你必须得走了吗?"他说。

她笑了。她听到自己跳跃着把话说出来,用了一种他应该听不懂的方式,但是他听懂了。他们总是能互相理解。她的微笑很快消失,眼泪开始往下流。

她没有拭去泪水,也没有移开目光。

"我明白。"他说。他觉得自己的眼睛开始发热。

"我不能看见这个。"她说,声音非常温柔。他知道她在说他的眼泪。

他扭过脸望向河水,不想让她看到自己的泪。平日里,顺化城连绵不断的云层使香河的水呈现一片廉价玉石的颜色。而今天,在空荡荡的天空下,香河的水是蓝色的。

他问道:"你会离开顺化吗?"

"会。"她回答。

他觉得可以把握好自己的情绪了,于是回过头来,看着她。

"我爱你非常多,永远。"她说。

她令人啼笑皆非地说了一句酒吧女的招牌用语。两人还没来得及笑出来,她抬手摸了摸他的手,转瞬即逝的轻抚,然后,转身,离开。

看着她的离去,他明白了自己之前的颤抖。不只是激情使然,也许本来是想促使他和林莲谈谈他杀的那个人。她是那个有可能原谅他的罪过的人。

可是来不及了。白色的奥黛飘然而去,漆黑的长发披散着低垂。他看着她离去，发觉自己又开始颤抖。然而这次，是的的确确的激情了。当他切切实实盯住她的眼睛时，最终唯一的感觉就是，他极度渴望把她拥在怀里，紧紧地拥在怀里。

接下来的几个月里，他对林莲的热情逐渐消退。她永远地离开了，这个他曾经爱过的女人，永远不会再回来。无论她在他的内心留下了什么独特的东西，他都不能，不会，也不敢去想。

那是在另外一个国家，一个处于战争中的国家。他努力把林莲当成一个"越南女人"，只去关注越南女人的不同之处，关注他们两人看似共同的运动——他的胸，他的手，他的腰，无不在感知他们的渺小，感知身体的娇柔和意志的坚定，感知他们在一起滑动，飞翔。待他一回到美国，回到从孩提时代就塑造了他的欲望的女人身边时，越南女人所有吸引他的那些品质都消失了。这些美国女人才是女人，各种各样，不同尺度，她们让他铭记于心。所以后来在路易斯安那州巴吞鲁日的一家咖啡馆里，他感觉到了自己身体的欲望，感觉到他的欲望深深地生长在一种长期以来他与之共享的文化中，一种与他共同的气质性情中，根植在另外一个独特的女人身上。一个美国女人。他已经准备好迎接达拉的到来。

就在现在，在这间昏暗的房间里，在他父亲病倒，开始加速走向死亡的这个夜晚，他回想起自己已经逝去的激情。这回忆就像一条钴蓝色的河流，在他的心中流淌，汇入大海。他的大海是达拉，就是今天晚上她从书房出来的时候。他站在她的门口，那是他们相处的方式。两个人中不管是谁先注意到过了时间，就会走到另外一个人的书房门口，等在那儿。她像往常一样出现了，因为在想事情，所以注意力回到罗伯特身上时，表情微怔。她冲罗伯特轻轻地叹口气，好像在说：嗯，是的，一天的工作结束了，你来了，我很开心。罗伯特感觉到，他有时候会有这样的感觉，内心充满温柔。今天晚上他站在达拉书房门口的时候，就有这样的感觉，此时此刻躺在床上，他又一次感受到了。他想把达拉拥在怀里，紧紧地拥在怀里。

他侧身躺过来。达拉正背对着他。他踌躇片刻。

在罗伯特和达拉之间，从什么时候开始睡眠战胜了欲望？是的，完胜。即便他现在疯狂地想要她，这也不是一个他要问自己的问题，他只是在事实面前停下来而已。也许是他们在一起的若干年后开始的，在他们对彼此产生刻骨的熟悉感以后；也许有那么一两次关键的时候，他对她有所需求时，她都正在睡觉，她在他的抚摸中醒来，只是拍了拍那只渴求的手，又蜷过去继续睡了；又或许，她是先伸手抚摸对方的那个人。两人都没有把这当成普遍情况。但很快，情况有了变化。也许是因为到了一定的年纪，他们确实更倾向于睡眠，而且尊重对方的这个倾向。他们对自己说，这种情况只是发生在这个或者那个特定的晚上，然而他们并不知道，这会带来什么样的后果。

~

鲍勃知道自己在哪儿。他在他的脑袋里。他的脑袋就是一只长满脂肪的鹿蜱，可是他不敢动，否则会有一只粗糙而毛茸茸的手——如果你想面对现实就要知道，那是上帝之手，而鲍勃已经准备面对现实——上帝之手会伸下来，用拇指和食指掐住他的脑袋，只要使劲一握，他的脑袋就会被挤爆，血溅当场。鲍勃能做的就是双手抱头，让自己的脑袋不被捏爆掉。他从被单下抽出胳膊。他知道自己在什么地方。这好像是他今天一次又一次必须搞清楚的事。他正躺在急诊室外一个摆了八张床的观察室里。以前他也因为各种其他的原因来过这里。这地方有他母亲的味道，她的高乐氏清洁剂的味道。在他们单倍宽拖车房的家里，她总是用海绵浸上高乐氏清洁剂，擦橱柜，擦操作台，擦水槽。她手上的味道和这个地方一样。一直都是这个味道。一边忙着用海绵擦拭，她会一边轻轻地咕咕哝哝，愤愤不平地抱怨，呼哧呼哧地喘气，也会伤心地哭泣。鲍勃把双手放在头上，手掌张开捂上耳朵，手指向上伸直，用力按住，直到最后躺在床上睡着了。

等他醒来的时候，听到耳边一个声音说："鲍勃兄弟。"

他把头转向声音传来的方向，突然剧痛袭来，就像一股血猛地涌进他的右眼，横冲直撞，激起层层泡沫。

120

一只手放在他的头上。

该来的终于来了。上帝之手握紧了。

但那只手只是放在他头上。鲍勃看着德韦恩牧师，他正在祷告。鲍勃听不懂他具体在祷告什么，但猜测是要解决他的问题。

"奉主耶稣的名。"德韦恩牧师结束了祷告，微笑着把手拿开。

鲍勃的头还是疼。

德韦恩牧师说："鲍勃兄弟，你还好吗？"

"鲍勃兄弟的头疼得像个狗娘养的混蛋。"鲍勃回答。

德韦恩牧师依然保持微笑，甚至比刚才更暖心。"上帝护佑你免受严重伤害。"

鲍勃说："你们找到我要免受谁的伤害了吗？"

"恐怕没办法确定。我们找到你的时候，那个人已经离开了很久。你也知道，任何有需要的人都能去那个地方。"

鲍勃的身体想让他怒气冲冲地坐起来，但是他头上的剧痛马上抑制住了他的冲动。

"现在别动，"牧师说，"我是来帮你的。医院只允许你在这待二十三个小时，现在马上到时间了。我和社工谈过，这种情况下，他们通常会给你找个中途之家住几天。我也问过是否可以带你去教堂，他们同意了。如果你这边也没问题就行。"

鲍勃心不在焉地同意了。你总是把施舍摆在明面。

"等你的头好点了，我们也许能给你找份工作，"德韦恩牧师说，"天父把你带到我们这里来一定有他的目的。"

如果不是又一波头痛如海潮般滚滚而来，鲍勃现在就会提出反对。天上还是地下我不知道，反正这个啥父他妈的不干好事。鲍勃知道头痛其实帮了他的忙。要是从这老头那儿还能得到更多的好处，那就不说他坏话了。

于是上午晚些时候，教堂办公室外面的会议室被改造成了鲍勃的临时住处，里面有一张充气床垫，一盏阅读灯和一本新的国际版《圣经》。改造工作进行得毫无困难，所以鲍勃知道，在他之前是有其他落难者在这里住过的。鲍勃穿着法兰绒和牛仔装，对他来说算是新衣服了。衣服上散发着廉价干洗剂的味道，以此掩盖从慈善商店买的旧衣服上难以去除的怪味。他洗过澡了，也用了他们给他放在那儿的爽身粉，还有新内衣。但他知道，他最好不要留在临时住处里。

德韦恩牧师给鲍勃祝福，并鼓励他今天休息一下，读读书，叮嘱他吃止疼药。牧师还保证说，今天下午晚些时候，等他忙完一天的工作，会和鲍勃好好聊聊。这段时间里，如果有任何需要，隔壁房间的教堂秘书洛雷塔修女都会帮助他。

德韦恩牧师说这话的时候，洛雷塔修女就站在会议室门口，笑容满面地对他点头表示赞同。洛雷塔修女身材丰满，而且毫无疑问用过爽身粉了。现在德韦恩牧师离开去忙他的事，洛雷塔修女也回到她的办公桌旁，正在打电话和朋友聊天。她突然压低了声音。不过鲍勃弯腰趴在门边的毛玻璃板上，还是能听到她用仁慈的口气谈起会议室里那个不幸的人，说牧师要对他负责任，但是没有关系，朋友应该中午来接洛雷塔修女，那个可怜的人睡得很沉，她离开一个小时，德韦恩牧师不会介意的。

中午过后不久，洛雷塔走了，鲍勃从会议室走出来。远处的走廊里传来锤子的敲打声。一个穿着连体工装的男人扛着梯子从办公室窗户外面的砾石路上走过，鲍勃退回去，拉上会议室的门，让它挡在自己和任何可能瞥过来的目光之间。

砾石路上的脚步声渐渐远去，周围安静下来，甚至远处锤子敲击的声音也停了下来。鲍勃站在那里没有动，直到那声音再一次响起。

他穿过房间，经过洛雷塔的办公桌，打开门，走进德韦恩牧师的办公室。

鲍勃不是小偷。

他已经几十年不偷东西了，即使是十几岁的时候做过这种事，也不过就是几年的时间，而且，他从来不用枪，从来都不用。他是个安安静静的贼，业余的。后来被短暂地关进去过两次，但是在留下永久的犯罪记录之前，就收手不干了。

他进德韦恩牧师的办公室不是为了偷东西，连一闪而过的念头都没有。

鲍勃站在房间里，门在他身后关上了。一月的上午，明亮而清冷的沉默紧贴在窗户上。德韦恩牧师那张巨大的红木桌盘踞在他面前。鲍勃说不清他为什么要来这里。他最好穿上他们从某个捐献箱里给他搜罗来的毛衣、外套，戴上保暖帽和围巾，趁着没人看见，马上走出去。

但是这个男人，德韦恩，在鲍勃的头脑里发现了一张空着的乐至宝功能椅，他坐了上去，还把脚抬了起来。哪怕他现在虚情假意地说着好听的话。当时，他站在刚刚洗完澡，穿了新衣服的鲍勃面前，跟鲍勃解释了他要做的工作，并对鲍勃一天的活动提出期望，然后他停下来，上上下下看了鲍勃好一会儿，说："我从你身上看到了某种东西。"

也许这就是鲍勃现在站在这个男人的办公室里的原因。你认识我吗？你到底是谁啊，你能认识我？鲍勃要以其人之道还治其人之身，把"他"找出来。我打赌我认识你。

桌子后面是一面墙，夹在两扇窗户中间，窗外可以看到林线。墙上靠近天花板的位置，挂着一个青铜十字架，下面是相框，相框，好多相框。

鲍勃绕过桌子，走近了一些。

那是一组彩色照片。德韦恩和他妻子。鲍勃没有看她的脸。德韦恩和他的儿子：年轻的德韦恩和幼年的儿子；年长的德韦恩和青年的儿子；现在的老年德韦恩和成人的儿子。每张照片，两个人都是胳膊搭在对方的肩膀上。

鲍勃不悦地把目光从家庭照上移开。所有的照片中，德韦恩·基尔默牧师都在模仿耶稣摆出慈爱的父亲形象。鲍勃的目光落在另外一组照片上。

鲍勃·琼斯大学神学研究专业硕士学位证书。

一张是德韦恩牧师正在和佛罗里达州州长握手的照片。两个人紧紧抓着对方的手，但是眼睛看着镜头。州长是一个秃顶男人，脸上带着一副马上要扑过来似的傻乎乎的微笑，就像是半夜在避难所里你需要小心的那种避难人的微笑。

一封打印出来的信，镶在镀金盘子里。最上面是一只鹰坐在呈十字形交叉的步枪上，这是美国全国步枪协会的标志。

　　亲爱的基尔默牧师，感谢您以及您在我们保护第二修正案所赋予的权利时对我们的支持。我们的对手不明白的是，之所以会有第一修正案，只是因为我们有第二修正案。像您这样的上帝的子民……

鲍勃直接跳到最后看署名。他看不明白。第一个名字看着好像是以一个大大的曲线字母 P 开头，其余的则是一堆没有区别的字母组成的紧密排列，这些字母可以全部都是 u，也可以全部都是 m，或者 n，或者 l。然后鲍勃的目光滑向右边，他意识到这个应该是配套照片。他认为他认出了照片里站在讲台后面说话的那个方下巴的男人。于是目光又移回那封信和信上的标志。没错。那个人的名字用很小的字体印在

125

下面。签名里面的字母不是 P，是一个花哨的 C。查尔顿·赫斯顿①。鲍勃他老爸爱死这个家伙了。神枪手摩西。

鲍勃不再看墙上，猛地转过身来，就好像有人偷偷溜到他的背后，但那是德韦恩的高背椅。

鲍勃绕着椅子转过去，坐了下来，把双臂放在扶手上。

他尽量让自己坐得舒服些，因为他的头疼得厉害。

没什么办法，只能按压一下。

他开始打开抽屉。

中间的抽屉。圆珠笔，回形针，杂七杂八的小玩意。

他很难集中精力，也很难看清楚东西。但渐渐地，头疼减轻了些。鲍勃知道，头上一跳一跳的疼，是心脏跳动的节奏，是他的心脏在操纵着头疼。

他打开右排抽屉里最上面的一个。里面的东西更加杂乱。教堂的宣传册，一瓶阿司匹林，一根谷麦棒，一根电话充电线。第二个抽屉里是崭新的信封、邮票，还有订书机。

鲍勃讨厌这个家伙。仿佛他就在当着他的面撒谎。他说的那些平淡无奇的狗屁事，全是谎话。

他砰的一声关上第二层抽屉，去拉最下面的一层。拉不开。

鲍勃坐在椅子上往后一推，看了看抽屉。这是最深的一

---

① Charlton Heston（1923—2008），美国著名男演员，代表作有《戏中之王》《宾虚》《十诫》，"神枪手"和"摩西"均为他在电影中饰演的人物；曾担任美国全国步枪协会主席。

个，里面大概是文件。谁在乎呢？

但鲍勃就是不喜欢德韦恩守着他的秘密。抽屉上的锁是那种最简单的弹子锁。鲍勃十几岁做小偷时候的技术还没丢。

他打开桌子中间那个抽屉，从里面拿出两枚回形针，把一枚弯成扭矩扳手，另一枚弯成耙。

他得离开椅子。当他强迫自己蹲下身，头和膝盖开始剧痛。但他下定决心了。

他凑近锁，插入第一枚回形针，转了转，保持扭力，再插入第二枚，开始推里面的下弹子。他用手指摸索了一会儿。很久以前他对开锁就有很好的手感，所以很快就找回了以往的记忆。他一个一个地耙，直到让最后一个弹子滑回原位，锁开了。

他拉开抽屉。

里面是立式档案，但都被推到了后面。前半部分，躺在抽屉底部的是一支格洛克 21 式手枪和一盒 45 口径的子弹。

鲍勃心想：德韦恩，德韦恩，德韦恩，德韦恩牧师。真盼着几个恐怖分子到塔拉哈西，破门而入，强奸洛雷塔，把你抓住，砍下你的头。但你已经准备好了用你的第二修正案格洛克来保卫你的第一修正案教会，你准备像一个好父亲那样守护你的羊群，像一个好牧羊人，像一个天父。

天父个屁！

鲍勃自己的声音，在他自己的脑海中朝天国爬上去，一直爬到最老最老的那个人面前。

一路嘲笑，当然。

又一阵剧痛袭来，冲上他的眼睛，沿着脸滚下来，进入喉咙，胸口。

毫无疑问，这是对他的嘲笑做出的惩罚。

然后，他听到了一个声音。

不是他自己的声音。

响亮的声音。

他妈的很大的声音。

我带你来这里是有目的的！

鲍勃没有疯。他知道这个声音来自他自己的想象。但不能因为它是从他自己的脑子里发出的，就不算是声音。一个真正的声音，在和他讲话。你在这个房间里听到的任何声音都会穿过你的脑子。即使你闭上眼睛，让正说话的脸和嘴都消失，声音也依然存在，不停地说。那么，声音到底在哪儿？在你脑子里啊！在你自己的脑子里！就因为它在你脑子里，并不意味着它不是真正的声音。

我带你来这里——

声音停了下来。

鲍勃的头一跳一跳地疼。

这是对碎碎念发出的邀请。

我带你来这里——

鲍勃的回答是：让我好起来。

你有你的目的。

我想好起来。

我带你来这里——

你把我带到你这里，到你这里。

你有你的目的。

我要武装我自己。

鲍勃拿起那把格洛克21式手枪和子弹，关上抽屉，又施展自己十几岁时候的技能把锁复原。他心里想着：德韦恩永远都不会知道的。恐怖分子闯进来之前，他应该都想不起自己的武器。之后他就知道了，就会……呸，他们会砍掉他的头。

~

今天上午早些时候，正当德韦恩牧师商量着把鲍勃交给他照顾，罗伯特再次向达拉保证，说她今天不必去医院看望，因为他父亲现在这种情况，被人看到一定会感到很尴尬。于是她自己去晨跑了。罗伯特正坐在厨房的中岛旁喝咖啡，脸颊上被达拉吻别的地方还能感觉得到。当然，这是一个功利的吻，是对罗伯特的好意表达感激之情，不过她的吻就那么湿漉漉地落在那儿了，好像当时她的嘴唇是分开的。也许不是那么惊讶，但是达拉确实是心怀感激。他很能理解她的感觉，因为他自己也不想去，因为觉得在看完父亲后，会有一点不太严重的恐惧一直困扰他。

他喝光最后一口咖啡，把杯子端到水槽里。他恐惧的不只是父亲，还有母亲。想到母亲，他记起了那张卡片。

他转过身背对着水槽，回忆起卡片放在了哪里，把手伸进口袋，掏出卡片。她写的是：詹姆斯。她脑子里在想什么？她用了吉米从来不用的正式名字，是为了谴责她的这个儿子吗？还是想让自己从这件事中抽身，保护自己？但这张卡片是打算给罗伯特看的，这不过是母亲另外一副装模作样的姿态罢了。名字下面写着一个区号是 705 的电话号码。

这将是充满选择的一天，在一个令人不快的选项和另外一个同样令人不快的选项之间做出的选择。现在的决定是：时隔多年后给弟弟打电话，冒险和他打交道；否则就会招来他母亲更加恳切的哀求，求他帮忙缓和家庭关系。后者将意味着他所熟悉的那种无聊，前者却因为不熟悉而让他不安。但至少给吉米打电话的未知情况激发了罗伯特病态的好奇心。如果电话沟通不顺利，那就顺其自然。罗伯特会直接挂断电话，仅此而已，直到他们四个都死掉。

罗伯特从靠近门厅的支架上拿起电话，拿到客厅里。在连接阳台的那扇推拉门对面是一扇内缩窗。罗伯特在内缩窗旁的座位上坐下来。

他拨了那个电话号码。

电话刚响了一声，吉米就接起了电话。

他正坐在厨房的桌子旁，面对着森林，电话就放在他身边。琳达起得很早，他下楼来的时候她已经走了。她留了字条，说贝卡的精神崩溃了。吉米本来一直盼着琳达打个电话过来，因为两个人本来打算今天早上的第一件事是商量一下把已经过期很久的加拿大 DSL 换成 UPS。等电话的心情太过强烈，以至于电话响的时候他都没有看来电显示。

吉米接起电话，声音中带着很明显的夫妻间的熟悉感，"找我？"

对方不得不沉默了一下，这让吉米在椅子上挺直了身体。不知怎么，他知道这又是佛罗里达的电话。

罗伯特本来希望，盼望，在答录机上留一条简明扼要的信息就行，然后把一切沉重的负担转交给自己的弟弟。但是这突然而至，惊人地熟悉，也惊人地温暖的声音一下子把他带入了他们共度的岁月。罗伯特知道，温暖的对象不是他，但他并没有感到失望。他弟弟只是在等别人的电话。有那么一瞬间，罗伯特想挂掉电话。

但他还是开口了："吉米？"

吉米没有立刻听出哥哥的声音。

罗伯特把接下来的几秒钟沉默理解成：是你，对吧？你到底在干什么？给我打电话吗？

罗伯特几乎要挂电话了。

但后来吉米对上号了，"罗伯特？"

"是我。"

他们都不说话了。

131

吉米的心里激荡起同样的冲动，促使他只想把昨天的信息抹去，按下按钮，毕竟往事不堪回首。他并不是有意识地这么想，横亘在他和哥哥之间的疏远，已经被岁月磨砺得柔软了一些，但那块巨石依然矗立在他的心里，和他对母亲的感觉又不一样。所以他说："老妈让你这么做的。"

"当然。"话一出口，罗伯特听出了自己话里很容易推断出的潜台词：否则，我就不会跟你说话了。罗伯特不是故意的。

但吉米显然是这么想的。"你已经做了你该做的事。"他说。

吉米最后那句话的口吻让罗伯特听出了他的潜台词：既然已经完成任务了，那就挂电话吧。罗伯特很遗憾，两人的通话这么快就变成这样，对此，他也有责任。四十多年过去了，他们两个人终于在电话里聚在了一起。不管发生了什么，为什么不能聊聊呢？罗伯特并不恨他弟弟，也没有生他的气，甚至连失望也算不上。已经过了这么多年，罗伯特慢慢地什么感觉都没有了，就像他这个弟弟已经不在人世一样。年纪轻轻，大学一毕业就死了，以至于两兄弟还没有机会轻松地成熟长大，生出成人间、兄弟间的友谊。他已经死了，不管带来了怎样的悲伤，很久以前都已经结束了。甚至没有人想到去凭吊他。

但事实是，他的弟弟还活着，就在电话线的另一端。罗伯特说："和她没有关系。"他停顿片刻，不知道该怎么去缓和局面。

吉米问："那他死了吗？"

"没有。"

"是不是夸大其词了？"

"也不算，只是还没有死而已。"

"我不想见他，不管活着还是死了。"

"我怀疑他也有同感。"罗伯特其实没想这么说。

吉米没有回答，心里在想：至少他直言不讳。

但罗伯特在试图让这个感觉更加确定："并不是他的感觉对其他任何人来说都意味着点什么。"他觉得，这话听起来很讽刺，具有批判性。

而吉米想的是：直言不讳可以到此为止了。

罗伯特说："我很佩服你这一点，一点都不在乎。"

"什么？"吉米吐出这个词，意思明显是：胡说。

罗伯特不想再让吉米陷入窘境。

但是他说的话却变本加厉："我佩服你这点，因为我也这样。"

"那是什么时候的事？"

"我们都不再是二十二岁了。"

"你觉得你是真的长大了，不用努力去讨好他了？"

"代价太高昂了。"罗伯特说。他对自己都没有这么说过。那棵榕树和黑暗中的男人最近离他太近了。在他所付出的代价中，这些都是高额项目。

这些话让吉米也很吃惊。这样的坦白是他从没预料到的。

两兄弟之间的沉默持续了很久，久到最后罗伯特问了一句："你在吗?"

"我在。"吉米说。

罗伯特意识到他正站在阳台门口。他根本就不记得自己什么时候站起身，穿过了房间。他正面对着外面的橡树，但直到这一刻才看到它。

吉米正站在厨房的窗户旁。一百码远的地方，雪松一棵接一棵，紧紧地挨在一起，就像正在燃烧的建筑物前被警戒线拦住的人群。多年来，他一直把劳动节那天下午他哥哥的决定性行为理解为一种背叛。他认为：这无关他的个人观点，而是有关忠诚的行为。他不在的时候，罗伯特一直是威廉·昆兰忠诚的儿子，他唯一的儿子。这种代价当然很高。

"我不会去的。"吉米说。

"我明白。"罗伯特说。

"你知道，和他在一起对我来说是不一样的。"

"我知道。"

"对我来说不一样，因为对你来说是一样的。"

罗伯特以前以为也许会从吉米嘴里听到这句话，但是没想到这么简单这么直白。他们目前的状态，无论在精神上还是在感情上，都与外界隔绝，单独生活了太久的结果。罗伯特意识到，摆在他们面前的是长达四十六年从未表达的责备和辩解，愤怒和后悔，嫉妒和不安全感。面对这一切，兄弟两人都步履蹒跚，摇摇欲坠。

吉米也有了同样的认知。

两人都不想陷入这样的境地。

尽管电话中出现的沉默不断延长，他们都不愿意就这么挂断电话。

这次是吉米开口问："你在吗？"

"我在。"罗伯特说。

他们对彼此了解都不算多，消息来源也一样。在过去几年的某个时刻，夜深人静的时候，穿着睡衣，意志薄弱的时候，力争超越技术专家的时候，受到肥皂剧的蛊惑燃起了对过去的好奇心的时候，他们就开始各自用谷歌搜索名字。罗伯特搜过的：顺化美国驻南越军援司令部，一个仁慈的指挥官，把自己的女朋友留在后巷的房间里，很高兴罗伯特能从"春节攻势"中活着回来，一九九八年去世，之前在奥马哈做了二十年的保险经理人；林莲，去向不明；眼睛又大又黑的高中生；还有吉米。吉米搜过的：马克·萨坦，多伦多反征兵计划负责人；吉米和琳达理智决定自由性爱会自由地存续在他们以后的生活中，和吉米上床的第一个女人；希瑟，Facebook 相册中全部都是酒吧派对和她孩子的照片；还有罗伯特。

吉米说："我听说你教书。"

有那么一刻，罗伯特惊讶于吉米对他现在的生活有所了

135

解。根据对吉米的了解，他意识到，完全不需要对这事动感情，更不用说爱。

"是的，"罗伯特说，"在佛罗里达州立大学，教历史。"

"听上去有点像你从杜兰毕业要去的地方。"

罗伯特听出来了，还有一个意思是：不是去越南。

虽然吉米并没有这个意思。

罗伯特说："美国历史，一般来说是美国南方历史，尤其是二十世纪初。"

"我在学校网站上看到了你的个人简历。"

"你做皮具？"罗伯特说。

"是的。"

"箱包？"

"也做其他的东西，不过箱包是我们的特色。"

如果罗伯特知道这些，那他们的母亲也知道。吉米几乎忍不住加一句：她有我卖的包吗？但是他没办法在问了那个问题之后，还能同时清楚地表明他一点也不在乎。

罗伯特几乎要谈谈外界对吉米的网站热情洋溢的评论和新闻报道，谈谈吉米对皮革所做的特殊处理，但是罗伯特没办法马上就简明扼要地说出这些词，同时还能保持恰当的语气，继续和吉米之间亲切而温和的寒暄。

所以，他们最后一次陷入沉默。

两个人各自从他们面对的窗户方向转过身来。

然后吉米说："你理解吗？"

"就是你不会来看他这件事吗？"

"是的。"

"当然。"

"告诉她别管这事了。"

"我试试看。"

两边的房子里都悄无声息。在结束谈话前，兄弟两人感受到一种莫名的冲动，想再说点什么，但两人都想不出该说点什么。

"那就再见吧。"吉米说。

"再见。"罗伯特说。

他们挂断了电话。

两人各自把无绳电话从耳边拿开，对着电话凝视半晌，仿佛看到的是刚从鞋盒里找回来，已经褪色的宝丽来一次成像照片一样。

~

吉米的四名女工去了梅薇丝家，她们每个月在那里聚会一次。吉米很高兴能坐在工作台旁，自己独享工作间。琳达一直没打电话过来，估计他们朋友家里的情况很糟糕。

吉米拿起一个鹿角叉和他最柔软的一块方形骆驼皮，伏下身开始疯狂地工作，给几个邮差包磨边抛光，让自己被包围在充满温暖的蜂蜡和边漆的味道中，以此清空头脑中残留的罗伯特的声音和被自己抛到脑后的那个家的痕迹。

但是没过多久，中间那个隔间的门吱嘎一声打开，又关上。他抬头看过去。

是琳达。吉米心里想：很好，解药来了。他刚才拼命干活也没办法甩掉的罗伯特、佩吉，或者威廉的消息，琳达来后五分钟就会统统消失。

室外的阳光和严寒让她脸颊绯红，她一边走过来一边脱下绗缝大衣，里面穿着顶到下巴的高翻领毛衣，考究漂亮的黑色牛仔裤衬出她的大长腿和窄臀。

她在他面前站定。

摘下针织帽，把头发甩了甩。"你的女人们都走了。"她说。

"今天是梅薇丝的妻子炖鹿肉的日子。"

她显然没有注意过这个情况。

"新创业公司的传统活动。"

"哦。"她说。

她没再说话，大衣搭在胳膊上，手里拿着帽子。她眼睛盯着他，但吉米却没有感觉到她在看着他。他觉得她有心事。

显然贝卡跟她吐露了什么秘密，琳达想谈谈这件事，但又可能向贝卡保证过不会泄密。琳达一向很重视那种约定。

"你有事要说。"他说。

琳达在喉咙深处低低咕哝了一声，听上去不完全是赞

138

同，更像在考虑犹豫中。

吉米等着琳达自己搞清楚，哪些事是可以说的。

然后，琳达说："她们什么时候回来?①"

吉米脑子里正在想的是他们的两个朋友分手的事，就听错了。他的困惑一定很明显，于是琳达解释了一下："你的女人们。"

"我的女人们……"吉米说——他从琳达话里挑出这个词，不言而喻的意思是：既然你这么奇怪，非得这么称呼她们的话，我也只好这么说下去——"炖肉的日子，她们通常会要一个半小时或者更长一点时间。下班前她们会把耽误的工作补回来。"

"那她们是刚走吗?"

"大约二十分钟前走的。"

琳达点点头，把大衣和帽子靠边放在吉米工作台上，说："一起去沙发上坐一会儿吧。"

"好啊。"吉米说。

他跟着她走到库房南端，进入他们办公室隔壁的休息室。

"咖啡是新煮的。"他说。

"我很好。"她说，朝着法兰绒长沙发走过去，吉米跟在她的后面。

---

① 原文是 "When will they be back"，也可以理解为 "他们什么时候能再在一起"。

139

她侧身坐进沙发一端，腿蜷起来放在屁股下面。看来这个故事很长。

吉米坐在沙发中间，距离不远不近，需要的时候既可以伸手即触，也可以抽身离开。他转过身面对着琳达，等她开口。

她还在梳理思路，然后开口说："他们结束了，贝卡和保罗。永远的结束，但也是最好的结果。"

"我很遗憾。"吉米说。

"不，"琳达说，"这确实是最好的结果，对所有相关的人来说。"

这对夫妻最近的样子闪现在吉米的脑海中：在多伦多的一家餐馆里，他们两个人肩并肩坐在长椅上。保罗长着拳击手一样的下巴，戴着角质框阅读眼镜，贝卡挽着芭蕾舞演员一样的圆发髻，碧姬·芭铎①一样丰满嘟起的嘴唇。他们比吉米和琳达年轻二十多岁，但四个人能够走到一起，是因为他们共同选择了新民主党的政治方向，都有去哈得逊湾钓大比目鱼的共同爱好，以及夫妻之间既能同情怜悯又能恶语中伤的特质。

吉米还没有来得及细想，画面便从脑海中消失，因为琳达伸出手，把吉米的手从他的腿上拿起来拉向自己，亲吻着本来应该戴结婚戒指的位置。

---

① Brigitte Bardot（1934—），法国女演员、歌手、模特。

"亲爱的。"她一边说一边把他的手放回去，但他马上就感觉到发生了什么。

"我需要离开一两个星期。"她说。

如果客观地考虑，作为贝卡最好的朋友，她确实可能会陪伴在贝卡身边，或者和她一起离开，帮助她度过婚姻解体带给她的最初的创伤。保罗离过婚，贝卡没有。

但吉米明白，琳达正在援引他们正式结婚时双方达成一致的协议。这是二十五年前他们两个人冷静考虑后，共同都想要的，是他们两人面对这个世界时，处理有关平等、权利、人际关系和爱的本质等问题时的方式，无论婚前或者婚后都是如此——所有这些都要自由地给予、接受和分享。

吉米对此一直很满足，这是他曾经想要的。

但是现在，他的头脑中感到了一股热在膨胀，就像一部周六系列电影的录影带突然插入放映机，画面裂开，灼热，燃烧起来。

"我很快就回来，我亲爱的吉米。"她说。

吉米没说话。

这个声明比他们的约定更清楚。

她一直直视着吉米的眼睛，目光中并没有什么强烈的情绪。他们两人的相处一直如此，总是对彼此的问题充满爱意。这是他们想要的方式。

谈话就要结束了。

他们可能会拉着对方的手，可能会接吻，甚至可能就在这沙发里做爱，以此宣誓捍卫他们之间的关系。

但是吉米头脑中的燃烧已经结束，只留下空白的屏幕，白板一块。他问琳达："你是他们分手的原因吗？"

琳达有了细微的一丝退缩——吉米知道，细微的变化对于琳达来说已经是不同寻常了——随后她重新镇定下来。

她又握住他的手。"他们对你来说，从来不像对我那么重要。"她说，"你并不需要担心他们分手。"

在这件事上，她说得对，但这并不是问题所在。吉米没有这么说。

"你我之间的关系没有任何变化。"她轻轻地握着他的手说。

然后他听到自己问了另一个问题，"是他们中的哪一个？"他意识到，只有问了，他才能得到这个问题的答案，猜是猜不到的。

她放开了他的手，声音依然柔和，"我觉得我们一直以来对这种事情的处理方式都是最好的，不是吗？"

于是他又问："另一个知道吗？"显然不知道。否则现在这一切都不足以让他惊讶了，他肯定会从被排除在外的人那里得到消息的。

琳达在他面前挺直身子，深吸一口气，没有像他们吵架时那样眼睛眯起来，目光变冷或者冒出怒火。如果有什么的话，就是变得更温柔了。对此，吉米竟生出一股扭曲的钦佩之情，然后是一股更加扭曲的，柔情，再后来，是一阵突如其来的揪心的悔恨。

她说："亲爱的，我们错了吗？当然没错。我们在这件事上一直做得很明智。这个世界上的爱并不是稀有物，而是有很多很多。简单得就像在收银台上说一句善意的话，复杂得就像你和我。但爱总是有界限的，要由我们的大脑、身体、心脏来决定，无论是参与其中的，或者没有参与其中的身体部分。这还包括要达到什么程度，持续多久。我很确定，眼前这件事只是我生活中的一部分，而且是短暂的经历。我们对于彼此的爱——你的爱和我的爱——是我每一次去经历飞逝而过的生命馈赠的基石。对你来说也是一样的，不是吗？我们是怎么对彼此经常承诺的，对此，我们不是很感激吗？"

说着，她抬起手摸了摸他的脸颊，说："我们两个人不论谁先死，我都希望在那一刻吻别的是我们。"

又停了一下，她说："我爱你，吉米。"

她等待着，指尖在他身上摩挲着。

他没什么可说的，也没有动。

他无法想象自己的脸上会是什么表情。

她收回了手，活动了一下腿，把身体向吉米的方向扭正了一点。

她说："你为什么不去和那个叫希瑟的姑娘待上两个星期呢？我敢肯定，她会非常开心。"

他还是找不到话说。

她又说："也许她可以帮你，让你不再担心之后会发生的

143

事情。"

~

　　快中午的时候，罗伯特在门厅那儿接到了电话。不出所料，是他母亲打来的。"亲爱的，他已经停了吗啡，马上要醒过来了。"

　　"我一小时内就到。"

　　佩吉准确无误地把这句话判定为罗伯特的最后一句话，赶紧抢着说："在你挂断电话之前，我想问一下。我现在在走廊里。你试过了吗？"

　　"吉米？"

　　"当然是吉米。"

　　"打过了。"

　　"结果呢？"

　　"他不来。"

　　罗伯特希望到此为止。

　　他等着她说话。

　　她也等着他说话。

　　片刻之后，她说："你为什么要这么对我？他说了什么？"

　　"你真的想知道细节吗？"

　　"是的。"

　　"没有多少。我们又没有马上变成好朋友。"罗伯特在撒谎之前稍微犹豫了一下，"我不记得具体都说了些什么。"其实他记得很清楚，"大致的意思就是，一切都没有改变。我们需要给他自由。"

罗伯特等待着电话另一端传出某种戏剧化的声音，备受打击，甚至呜咽。但什么都没有，只有沉默。

这比她平时的情绪化更加让罗伯特感到困扰。对她来说，愤怒可能会更好些，她需要战斗的状态。于是他说："我们对他来说，是毒药。"

"他真这么说的？"佩吉尖声问道。她已经举起了拳头。这就好。

"不是，"罗伯特说，"不是用的这些词。"

"他用的什么词？"

"妈妈，我不会在和你争论的时候做他的代言人。一小时以后见。"

"毒药。"她说。

"听我说，妈妈。这件事唯一正确的处理方式是让老爸先伸出橄榄枝，而不是吉米。多年以前，最近一次是卡特颁布特赦令的时候，老爸就应该叫吉米回家。告诉吉米，他理解了，他不怪他。"

罗伯特把想说的话都说了，只是喘息之间，佩吉便开口反驳："我烦透了这个家里的每一个男人。"

罗伯特没有再去激怒她。

但是佩吉依然没有挂电话。于是罗伯特也不挂，但他的思绪没有停留在佩吉身上，而是想起了吉米，想到他这么多年是如何牢牢地把握住自己的生活，认真生活的。

"你还在吗？"佩吉终于发问。

"在。"

"怎么回事？先来我这儿吧。"

没多久，他已经开车路过羔羊之血全备福音教会教堂。他转脸看着教堂，心想不知道昨天早上这里发生了什么事。一个身穿连体工作服的男人正扛着梯子沿着教堂大楼的一侧走过去。

然后，教堂消失，映入眼帘的是阿巴拉契路上成行的松树。

佩吉正站在病房外的走廊里等罗伯特。她朝罗伯特走过去。

"你一直都在这儿等我吗？"罗伯特问。

"不是的，"佩吉压低了声音，拍拍罗伯特的手，示意他也不要大声，"一个小时。你总是很守时。"

"他还醒着吗？"罗伯特随着她的语气，也降低了自己的声音。在大厅里私下交谈会引起她和老爸的争吵。

"非常清醒。"她说。

他们已经在争吵了。

罗伯特问道："那你想私下里和我说什么？"

佩吉的头微微一顿。他能看穿她的心思，她对此总是感到惊讶。

"是的，嗯，"她说，"我只是想提醒你，他现在正处于一种微妙的状态。"

"肯定是。"

"不仅是他的身体，还有他的精神。他失去理智了。"

"药物作用。"罗伯特说。

"他头脑很清楚，"佩吉说，"就是精神失常了。"

"那我猜他是不想让牧师来吧。"

"我不会告诉你他原话是怎么说的。"她说。

"这是他的选择。"罗伯特说。

"所以，拜托别让他因为任何事情绪激动。"

"我会尽力的。"

佩吉抓住罗伯特的手。这个动作让她感觉很真实。"我知道你会的。"

罗伯特握住了她的双手。

她说："我就是害怕我要失去他了。"

"他是条硬汉，能战胜困难的。"

"上帝知道，我会想他的，即便他表现得很糟糕，我也会想他。"

尤其是在他表现糟糕的时候，罗伯特心里想，他的糟糕让你兴奋不已。但罗伯特只是轻轻地握了握佩吉的手，说："你最好下楼去，要一杯咖啡和一块丹麦酥，细细地品尝。让我和老爸两个人待在一起，我会处理得更好。"

佩吉认真审视着罗伯特的脸，似乎要确认什么，然后点了点头。

他们各自松开手，佩吉没有再说话，直接走了。

罗伯特走到他父亲病房门口，迈步进去。

最初，在房间里罗伯特唯一能辨别出来的声音是父亲的心跳声，数字化后变成了监控仪柔和的哔哔声。而此时，穿墙而过的氧气正流入他父亲的肺里，发出轻微的嘶嘶声。父亲半卧着躺在床上，两只胳膊伸展开放在毯子上，左边胳膊从手到肘被厚厚地包扎起来。他正注视着窗外午后明亮的天空和远处的长叶松。

罗伯特犹豫了，眼睛依旧盯着父亲。父亲脸上总是刮得干干净净，仿佛正站在那里接受巴顿的检阅。他的脸颊和下巴都藏在阴影中看不清楚。

罗伯特走到床边，心里揣度着他父亲的脑子是不是真的出了问题，他现在正在期待的是不是他自己的母亲，早已去世的昆兰奶奶。但显然，父亲期待的是自己的妻子佩吉。

"我让她去喝咖啡，吃点点心。"罗伯特说。

"那就好。"威廉说。然后他的目光开始游离，好像刚才的对话让他陷入了沉思。

为什么罗伯特会产生一种瞬间印象，觉得他知道老爸的想法？也许就是因为最近发生的一些事生动地提醒了他父亲和母亲之间的日常斗争。那些事，还有咖啡和点心，激荡起了他内心的过去，不算是回忆，但足以在他走到父亲床边时给他留下些印象。

无形中给罗伯特带来影响的有两件事。其中一件事发生在十年前，本来应该是很普通的一次从新奥尔良打来的例行电话，但他母亲突然间在电话里听着真实起来，通过某种戏剧化的技巧而让自己听起来很脆弱。罗伯特只是刚刚不经意地提到达拉下午在学校。

　　"她有课吗?"佩吉问。

　　"没有。"

　　"那去干什么?"

　　"有什么做什么吧。"

　　"她总是不在。"

　　"不在?"

　　"不在家，在学校。"

　　"当然。"

　　佩吉的声音跳到了那个貌似真实的地方，而罗伯特还没完全理解。"当你和某个人非常亲近的时候，这种规律性的分离，会给你带来困扰吗? 就在你并不是真的了解对方的生活中到底发生了什么，或者他们到底在做什么的时候。"

　　"哦，我很容易就能猜到。"他说。不外乎就是学生、同事、论文，以及与官僚机构的各种纠葛。

　　"你父亲每天下午都会做这样的事，"佩吉说，她的声音越来越低沉，"他每天这样，已经很多年了。从他退休就开始了。除了我，没有人注意到。"

　　她停了下来。

149

罗伯特清楚意识到这段即兴谈话的真实性。

然后佩吉继续说下去，就像她一段时间以来在做的那样，想把事情理清楚。"他喜欢开车，这是真的。他一直喜欢开车。毕竟从十一岁起，他就开始开车了。那时候还没有驾照。这种爱好如影随形，一直伴随着他。我能理解。但是他做的可不仅仅如此。他说，他要开车去兜风，他说他要去喝咖啡，每天要走好几个小时。我知道我可能是个负担。就只有我在身边，他大概想逃避一下。但我就想知道他能喝多少咖啡，想知道他是不是独自一个人。"

之后是一段长久的沉默。每到这种时候，罗伯特通常知道她什么时候会希望他给些反馈。但这次的沉默感觉不一样。

然后，她轻轻地说："我有时候在想，他是不是有女人了。"

又是一段沉默。

令罗伯特惊讶的是，老爸在这个年纪会和某个女人保持暧昧的友谊，这个想法并没有让他觉得可笑。不过虽然是笑一笑就能过去的事，他还是觉得需要否认一下。他开始斟酌一个答复。

但她说："你不会知道的。"

"我肯定他没有。"罗伯特说。

"没有人会知道。"

罗伯特想再说点什么。

但佩吉突然插进来一句，语气一下子变成热切的保证，"并不是我想暗示达拉有什么事。"

"我没觉得……"

"你找了个佳人，鲍比①，我的儿子。你最好看护好她，否则你得给我一个解释了。"佩吉大笑起来，刺耳的笑声。

后来，也就是几年前，罗伯特和达拉一起开车六个小时到新奥尔良去参加一个符号学会议。达拉参与专家小组工作时，罗伯特开车去看望他的父母。这是最后一刻做出的临时决定。威廉和佩吉三个月前才去了佛罗里达，短时间内他们之间应该不会有长时间的闲聊。但要是距离他们这么近又不去待上几个小时，罗伯特就觉得很内疚。他要给他们一个惊喜，如果他们出去了，也至少证明他努力了。

那是一个星期五的下午，差一刻两点钟，他从杂志街转到第三大街，穿过报喜广场，进入他父母住的街区。就在他前面，他看见爸爸的黑斑羚汽车正从路边开出去。这是下午的失踪行动。罗伯特可以选择把车停在他父亲刚才的停车位上，进去看望他的母亲；或者他可以跟踪父亲。

在第三大街尽头，威廉驶向住宅区。罗伯离他很近，没有让自己冒任何跟丢的风险。这几年里，罗伯特很少考虑他和母亲之间关于这件事的谈话，通过总结得出的结论竟然是，他母亲本人从来没有和他说过这件事。电话对话的无实

---

① 英文名中，鲍比（Bobby）是鲍勃（Bob）的昵称。小说中母亲佩吉这样称呼罗伯特，是十分亲昵的叫法。

体状态让她陷入一种根深蒂固的天主教教徒心态，仿佛她当时正置身于告解室，向一个隐形的牧师做忏悔。

这么做可能会比较简单，也就是喝喝咖啡，而且可以逃避争吵。可要是爸爸真的在赴一场耄耋老人间的约会，罗伯特也想瞄一眼绯闻中的那个女人。不过妈妈没必要知道。

威廉一直沿着乔帕图勒斯大街开，途经河运码头全程，直到街尽头的动物园。这一路他都是绕着外围走，之后便沿着堤坝进入卡罗尔顿，拐上了与这个地区同名的主干道上。又往前开了一小段路，他拐进了一个沿街购物中心的停车场。

罗伯特沿着一排停车位开进去找了个地方停车，看着他父亲从车上下来。如果爸爸当时抬头环顾一下四周，就能看到路尽头罗伯特的头和肩膀从车顶上探出来。但他没有，丝毫没有偷偷摸摸的感觉。他没走卡罗尔顿大街的人行道，就沿着停车场的路往小巷方向走去。

罗伯特跟在父亲后面。

他对这个男人刚劲有力的步伐印象深刻。也许这就是一个男人去见一个女人时的步伐。当然这也是一位父亲的步伐。从这个距离看，他好像一点都不老，没准能长生不老呢。

他穿过小巷，转身背离卡罗尔顿大街。过了几家店，到了一家咖啡馆门口。菊苣咖啡和甜甜圈。看来父亲的话里有关咖啡的部分是真的，他走了进去。

罗伯特走近咖啡馆，急忙放慢脚步，小心翼翼地靠近，在门口停下来。他爸爸背对着他，正站在一张桌子旁，还有另外三个男人也站在那儿，椅子推到一边，好像他们刚刚站起来。他们的年纪都不小了，但是每个人都举起了右手臂，纹丝不动地敬军礼，而且胯部轻轻转动，彼此致礼。

然后，几个人落座。

墙上的时钟显示：两点整。

马上有女店员给四个人送来一盘甜甜圈和咖啡。她放下托盘，四个人分别从托盘里取了自己的一份，一边和她寒暄着。这些人是常客。

罗伯特拉了一把椅子放在父亲的病榻旁。他现在明白了为什么自己会了解父亲在想什么。咖啡、点心，还有母亲可笑地因为那件事而渐渐疏离。咖啡、点心、几个男人间的陪伴，还有这一切有可能永远不再来。直到昨天，他父亲还在开车出门。他肯定在托马斯维尔又找到了一家咖啡馆，但他找到另外几个老兵一起喝咖啡了吗？希望找到了。多年来罗伯特一直保守着父亲的秘密。佩吉肯定一直在唠唠叨叨，让他下午不要再出去，因为她肯定以为那些个下午时光，他是和某个情妇一起度过的。

罗伯特坐在椅子上，身体向父亲靠过去。最初在不知不觉中对他产生影响的一段往事已经有了定论，就是和佩吉的那次通话以及后来跟踪父亲这件事。但是那家新奥尔良的咖啡馆的记忆却一直挥之不去。当时，罗伯特站在咖啡馆的门口，他只想简简单单地转身，安静地消失。

但他没有，他走了进去，在那四个人的旁边一张桌子旁坐下来。父亲依然背对着他。罗伯特点了一杯菊苣咖啡，喝了一口，耳边断断续续地听着他们聊天。他们谈到了天气和圣徒，他们疼痛的关节，还谈到了奥巴马和基地组织，最后说起了巴顿和艾森豪威尔，以及他们如何因为让俄罗斯人进入柏林而从此失去了和平。这时候，罗伯特的咖啡已经喝完了。其实这样做他已经很贪心了，他真的不想让父亲看到他，也真的不想给最近啮食着他大脑神经的那个问题找到答案。问题是：父亲能摆脱掉德国宾根的那栋注定毁灭的小屋的故事吗？罗伯特的思绪突然失控，甚至在怀疑，爸爸是不是也会让他的二战战友们数数，一个密西西比，两个密西西比。

罗伯特把钱留在桌子上，走出咖啡馆，心里想：不，这些都是他和他的那些伙伴自以为理所当然的事。宾根的故事就是编造出来糊弄两个小男孩的。

你们以某种方式共享了一场战争的感受，又在另外一场战争中把这种感受传递下去。

这个想法快速掠过罗伯特的脑海，虽然还在阿奇博尔德纪念医院父亲的病房里，他还是因为自己这么想而感到不自在。

不过现在陪着父亲聊聊的想法占了上风。他说："感觉如何？"

威廉哼了一声，说："几个小时以前就好多了。"他呻吟着，小心翼翼地动了动放在两人之间受伤的那条胳膊，"我这辈子第一次开始理解瘾君子了。"

"不可能，"他说，声音中带着一丝愤怒，于是他缓和了一下语气，"这是怎么回事？"

他父亲说："使用吗啡二十四小时，停用四小时。"

这些年来，罗伯特和他父亲有两种谈话方式。大多数时候，他就听着，不挑战，态度严肃，让父亲决定谈话的内容和说话口吻；或者，当偶尔对这个男人的超传统思维、右倾政治观点，以及蓝领工人的做派容忍度达到极限时，他就变得讽刺、对立，与父亲争执，但都是生拉硬拽式的，好像这样他就可以被拉到左倾这边。

罗伯特知道，面对一个髋骨骨折，手臂受伤，躺在医院病床上的年迈老人，他应该让这场对话以最令人舒服的方式展开，但他没有。他说："空气中有那么一丁点吗啡，每个人都是神清气爽的。"

"你这是在引用别人的话呢，还是自私自利蛮横无理地对待一个受了重伤的老人？"

"劳伦斯①说的。"

"他是个瘾君子吗？"

"我觉得不是。"

---

① 此处应指英国小说家 D. H. 劳伦斯，其代表作品为《查泰莱夫人的情人》。

"我一直都是，"他父亲说，"我对咖啡因和糖有瘾。"

听到父亲用这样的表达坦陈自己，罗伯特有点惊讶，哪怕是父亲现在的心情只是想回击他的嘲讽。"很严肃的忏悔。"

威廉对此嗤之以鼻。"别这么无礼。你妈妈还想着找个该死的牧师来呢。"

"我猜你拒绝了。"罗伯特想让这句话成为亮点，但不太成功。

威廉看着他，就好像受了刺激一样。事实也差不多如此。"我告诉她，要是她真找一个来，我扔点什么就能把他砸死。"

说着，他试着用受伤的手臂做了个动作，便疼得大叫，继而开始令人揪心地咳嗽，咳得缩起了身子，又因此扯到了受伤的手臂，甚至髋骨。

罗伯特把手放在父亲的肩膀上。"放轻松些。"他说。他的动作毫无作用，咳嗽还在继续，身体也还蜷缩着，罗伯特只是把他的手按在原位不动。"会好起来的，"他说，"你是个硬汉。"他又说："要我叫护士过来吗?"

威廉猛地摇摇头，"不用。"

咳嗽最后终于停了下来，身体也平静了。泪水从威廉的脸上流下来。

他似乎对此一无所知。

"他妈的!"他说。

罗伯特发现自己的手还放在父亲的肩上。他轻轻按了按，然后把手拿开。

"我可能连这个也做不了了，"他父亲说，"该死的投掷不够有力。"

罗伯特的内心感受发生了变化，变得更加复杂了。不是变得戏谑，也不是要鼓励他休息，更不是安慰性的奉承。他的父亲的的确确是个硬汉。对此，罗伯特深信不疑。但是，他的父亲将不久于人世了。

罗伯特坐回到椅子上。

威廉安静下来。他眨眨眼睛，用那只健康的手在脸上快速抹了一把泪。注意到罗伯特在看着他，他说："太疼。"

"你不应该因为她让自己激动。"

"那是我们的生活。"

"她可能会继续尝试着把牧师叫来。"

"她以为我要死了。"威廉说，但是语气很温柔，"她说，如果没有我，她都不知道自己是谁。"

"你开始理解她了吗?"

"瘾君子挺舒服的。"威廉把头扭过去，看着窗外。

然后又转过来。

他定定地看着罗伯特，眼皮沉重的样子，看上去在使劲睁着，但给人的感觉不是疲倦，而是悲伤。这悲伤让罗伯特深受打击。他觉得自己就是父亲悲伤眼神的对象。

罗伯特没有问这背后意味着什么，而是说："你在德国的时候还是天主教徒吗?"

威廉轻哼一声,他的眼神放松下来。"你的意思是,'散兵坑里没有无神论者'?"

"差不多吧。"

"想出这句话的人就是胡说八道。要不就是没参加过战争,要不就一开始躲在了牧师的口袋里。"威廉小心地调整了一下肩膀的姿势,"不是说我是无神论者,那只是另外一种信仰。"

他停下来,忍住疼痛。

"要我找个护士过来吗?"罗伯特问。

威廉猛地摇摇头表示拒绝,深吸了一口气,拖着肩膀调整了一下受伤的手臂,疼得闭上了眼睛。

罗伯特抑制住自己的手和声音,也不会提供任何帮助。老爸就是老爸。

痛苦过去,威廉说:"那到底是为了什么,我的善意之战?而我们的国耻又是为了什么?"

按他说的,后者指的是罗伯特参加的恶意之战。

威廉说:"它只是把我们带到了这个该死的世界上。"

罗伯特轻声说:"就是这样①。"这句话让他大吃一惊,他已经几十年没说过了。这是当年在越南的军人中流行的文化基因,意思涵盖范围很广,从"我很满意"到"我们都

---

① 原文是"There it is"。

完蛋了"都可以表达。眼前这个情况下，它的意思是：你说得对，兄弟。

威廉又开始咳嗽。

但他猛地倒吸一口气，身体微微一缩，一声冷笑，生生忍住了咳嗽。他冷笑的对象是咳嗽，还有身体的痛。好一会儿，他把这口气呼出去，击退了震颤后的剧烈干咳。

罗伯特努力控制自己不要把手放在父亲的手上。那个男人不会认同这样的姿态，所以他不敢。但是老爸的话落在了他的心里，他有同感。这有点像彼此间的某种理解，甚至像是他作为父亲的自豪感的某种私密表达。老爸参加过战争，罗伯特也参加过战争。两个人产生了共同的想法。

罗伯特接受了这种理解。同时，思绪随之回到了杂志街酒吧的一张角桌旁。那一天，天色足够晚，两人喝得足够醉，灯光照亮的范围足够小也足够昏暗，他和他父亲好像都独自窝在黑暗中，但是依然有足够的灯光从某个地方照过来，所以当他父亲微微侧过脸时，罗伯特看到他的眼里开始充满了泪水。虽然根据他自己参战的经验和罗伯特向他描述自己将在越南从事的工作和职责，老爸肯定已经明白了，但罗伯特还是想要让他放心。罗伯特因为父亲的担忧而感动，补充说："没关系的。我是通过无线电工作。我在越南会很安全的。那儿的工作就像搞科研。我一定会安全回家的。"他父亲没说话，也没转回头看他，眼中的泪水却开始落下。罗伯特从未见父亲哭过。罗伯特自己本来也马上就要哭出来，可是他敏锐地意识到，父亲眼泪中的骄傲和欣赏会因为他自己的泪水而被大大抵消。罗伯特要做的，是保持士兵的镇定。这一点，他做到了。他忍住眼泪，等待着父亲恢复正常。慢慢地，默默地，父亲恢复了原来的样子。两人不停地喝，但谁也没有再提起战争的话题。那天晚上没有提，以后也一直没有再提起。他们不再谈及关于战争的个人体验。

可是现在呢。

七十岁的罗伯特发现自己像个青少年一样需要并渴望去取悦眼前这个男人。于是他把椅子尽量拉得离床更近些。他身体倾斜靠向父亲。"无论是与政治有关还是与宗教有关，归根到底都是因为人类的某种肮脏下流的基因让我们参与了战争。但是战争一旦爆发，就需要战斗来平息它。从远处看，战场上的敌我双方其实差不多，但这并不意味着他们其中一方就是非正义的。"

尽管被青少年的自我所激励，罗伯特还是以他本来的声音在讲话。他也听到了自己的声音。他心里想的是：这话我连一半都不信，不相信它以这样的方式结束。他更加确信的一个想法猛地冲到他的头脑中，他认为，这场正义战争的进展，甚至这场战争的胜利，都能触发某种阴暗基因，所以战争的胜者接下来打了一场非正义的战争。也许这才是导致所有麻烦的真正的基因。一场为了正义的战争。政治、宗教、纯粹的战争过程和结局，无不如此。

但是罗伯特怎么想都没关系。那个拉着椅子靠向父亲的罗伯特并不想解释这个微妙的不同。他的意图既深刻又简单。两个男人，在分享他们的经历和他们真实的自我。就是那样的一个罗伯特，开口对父亲说："老爸，没事了。咱们两个人都没事了。我们都不得不去参加战争。你和我，已经尽了我们所能。"

听到这话，老爸把脸扭了过来。

他们注视着对方。

罗伯特等待着。

威廉挣扎了一下，然后说："这个想法我藏在心里很久了。"

他停了下来。

罗伯特心跳加速。

威廉说："我彻底失去了一个儿子。"

吉米。

罗伯特很遗憾，不得不与他的弟弟形成对比，但因为他对接下来的事情非常渴望，所以把遗憾抛在一边，甚至因为看到吉米在父亲心里获得了更加重要的位置而松了一口气。

威廉接着说："所以我一直闭口不言。但事实是，你没有参战。你经历了所有的过程，但是把它变成了研究生院，你想方设法在战争外围找了个舒服的地方去学习，甚至你的命运都不是由军队来决定。你靠着诡计在征兵前跟人做了交易，给自己谋到一个安全的小差事，逃避了真正的战争。你跟所有那些勇敢的人说，'最好你们去做那些肮脏的事，而不是我。最好抛洒的是你们的热血而不是我的'。"

罗伯特在无力的沉寂中跌落回椅子中。他可以站起来，他可以走掉的，但他还是留了下来。

他的父亲说："看看你把我放在了怎样的位置上，我又能对你说些什么呢？我怎么能支持我的儿子去冒生命的危险呢？我怎么能那样对待你的妈妈？要是我劝说你那么去做的话，他们又会怎么谈论你呢？你自己已经做了选择。"

威廉不说话了。

他盯着罗伯特。

罗伯特的眼睛盯着远处松树的顶端。

"也许我应该把这些话带到坟墓里去。"威廉说。

罗伯特没有回答。他觉得他看到了那些松树在晃动。哪怕离得这么远，也看得到。今天的风一定不小。

"不管怎么说，都结束了。"威廉说。

罗伯特转头看着他父亲，"对不起，我让你失望了。"

他后悔这么说了。他应该据理力争，或者应该站起来一句话不说就走。他不该在乎他父亲是怎么想的。他们两个都老了。但是现在话已经说出口了，哪怕再后悔，他也想等着父亲来反驳他：不，罗伯特，一点也不。我没失望。其实后来我很高兴，高兴你还活着。你弟弟的行为是我唯一的耻辱。毕竟，你去了越南。我以你为傲。

但是他父亲对此只字不提。他已经把自己的想法说得很清楚了。

罗伯特想起了"春节攻势"。

对于一直困扰他的那些事，罗伯特从来没有提起过。就算提，他父亲也只会持批评态度。当然，这位学者，尽力给自己创造了一个舒适的小空间，却被某种行为困扰不堪。而这种行为，在任何一个真正的战士、真正的男人看来，都是必要的、不可避免的、正义的行为，本该骄傲地完成。

顺化安全以后，士兵们排队排了一整夜等着打电话回家，罗伯特只和父母说他没事，说美军司令部没有被占领，他很安全。

后来，一家人在美国安全团聚时，也没有人再讲过越南发生的事。没有人讲，也没有人问。因为多数时候大家都在讲他父亲和他的那场战争。罗伯特对自己说，他的沉默是将他和他父亲紧密联系在一起的另一个因素，因为那样会让父亲感到骄傲。

而现在，罗伯特说过的话还在两人周围的空气中飘荡。罗伯特把目光从这个男人身上移开，继续看远处的松树和天空。

威廉不说话。

罗伯特最终还是转回头看着他。

他父亲双眼紧闭，正因为身体的痛苦而默不作声地扭动着。

"我去找护士。"罗伯特说。

他站起身，走出病房，在护士站那里对第一个抬起头来

163

看着他的护士说:"威廉·昆兰疼得很厉害。"

然后他乘电梯下楼,穿过大堂,推开大门,找到自己的车,坐进车里。

他坐在车里,好一会儿,身体颤抖得就像周围摇晃的松树顶端。

之后,他开车离开了。

~

达拉坐在她的书桌前,手指摆好姿势端放在键盘上,却又放下来,端上来,又拿下去,来来回回几次。她正在试着用文字来描述昨天站在南方邦联纪念碑前时她的感受和她的理解,但首先要把感受和理解区别开来。求而不得,于是变为求证试图区别感受和理解这样的做法是否一种谬论,以及将纪念碑的所指意义智能化这样的做法是否完全错失重点。而这一切造成了她的那个吻,今天早上她给她丈夫的那个吻。

她向他张开双唇,却吻在了他的脸颊上。她会更喜欢他的嘴唇吗?是的。那么这种喜欢和她的指尖一次又一次在键盘上逡巡又无法敲下去有关联吗?也许吧。是的。在她昨天与十九世纪佛罗里达那些美丽而忠诚的女士进行了精神恳谈之后,她灼热的嘴唇便在今天早晨渴望着吻上罗伯特的唇。但她理解他:这个时候他满脑子都是他父亲,时机不对。她

164

的思想战胜了感情。

她的手又拿下来。

不过，如果真的吻了他的唇，她现在会找到合适的语言来描述那些女士立起的纪念碑吗？

她再一次抬起手，放在键盘上，弯起手指。

前门的门闩响了一声。他回来了。

她自己书房的门开着就是为了等他。这是对他发出的邀请。

沙沙声到了门厅。

她把手放在桌面上。

等待着。

什么声音都没有。

她在椅子上转过身来。

他没有悄无声息地出现。也许他认为她书房的门开着就意味着她在别的地方。

抑或者，他需要独处。她希望这个解释是对的。她应该不想听到有关他那位住院的父亲的事情。达拉一直觉得他的父亲是个令人难以忍受的男人。但实际上，达拉希望罗伯特理解了书房门打开的含义，冲过来。

他并没有这么做。

而她的思想，沿着自己的轨道驰骋下去，得出了这样的结论：威廉·昆兰是一支凯旋之师的产物，纪念碑上写满了传统的自我庆贺类的陈词滥调。

她转身对着电脑，但目光越过显示器，透过窗户，看着外面的常青橡树。她的女士们在撰写文字的时候，这棵树已经长得很大了。她邀请她们，把她们安排在橡树下，她们的裙子在身边展开，手里拿着篮子，里边是自制的午餐。

突然，她们转过来面对着她。

她站起身去找她的丈夫。她走出书房，沿着走廊经过门厅，在楼梯的下面停下来，听了听楼上的动静。

传入耳中的是红雀的弹跳声和唧唧啾啾的叫声。很遥远。在她所处的位置，什么声音也没有。

她走进客厅。

客厅顶头的推拉门开着，罗伯特站在门那边，背对着她。他一动不动，静静地站在那里，望着那棵橡树。

她也站在原地没有动，久久地盯着他。

然后他突然低了一下头，仿佛内心的某件事做了了断。他转过身来，看到她后吃了一惊。

"抱歉。"她说着，朝他走去。

他跨过推拉门。"我刚才不知道你在哪儿。"他说。

他们靠近对方，但突然又停了下来，都没有触碰对方。她在试图读懂他的心事，而他在努力镇定下来。她仔细看着他的眼睛，绿色的眼睛。前一天夜里躺在床上，躺在黑暗中，当她陷入一段久违的记忆中的时候，她就想这么做。第一次见面时，这双眼睛的颜色多深啊，可是现在看就有些淡了，依然还是绿色，但绝不是莫奈的绿色了。以前是吗？是

166

过了这么多年，颜色渐渐消失了，而她却丝毫没有注意到吗？还是说它们从来就不是她想象中的那个样子？现在她从这双眼睛中看到的，是悲伤吗？

她走进她丈夫的怀中，展开双臂搂着他，转过脸把头靠在他的肩上，告诉橡树下的女士们保持安静。

他轻轻地把她拉近。

两个人相对无言，直到后来轻轻地分开。

她再一次盯着他的眼睛。他的眼睛湿漉漉的，但眨都不眨一下，不让泪水流下来。

"发生什么事了？"她问道。她没有直接问，他死了吗？

她试图澄清自己的意思，"我以为他病情恶化了。"

"他已经糟糕得没办法再恶化了。"

"我明白。"她说，感到自己有点口拙，她一直觉得罗伯特的悲伤可能是因为他父亲已经去世了。她以为，如果仅仅是痛苦，只会激起威廉·昆兰最伤人感情的一面，而这样的一面首先会激怒罗伯特。"他一定很痛苦。"她说。

罗伯特只是耸耸肩。

一定有事发生，她认定，只不过不是死亡。现在她觉得可能是威廉说了什么话。但是除了日常的暴戾和条件反射一样的侵略主义，她想象不出还有什么别的。而这两种，肯定都不会对罗伯特产生现在这样的影响。

罗伯特转过身，想坐下来。多年前只有一次，他向达拉吐露过他的错觉。他向她坦白，因为他去越南参战，他父亲

167

很骄傲，以此来解释自己是如何成为那场战争中的一名士兵的。而这位美丽正直且充满激情的女人对那场战争却是不屑一顾。他在坦白的时候，明确无误又成熟理性地表现出对父亲认可的需要。毫无疑问，这么做的结果是两个人有了一样的错觉。

他现在最想做的是坐到他的阅读椅里。椅子斜放在推拉门旁边，远离房间里所有其他物品，面对着他心中的橡树。罗伯特从来没有和达拉说起过他在黑暗中杀死的那个人，和任何人都没说过，一个字都没说。他很疲倦，只想坐在椅子里，为他头脑中现在的想法保留一点隐私，但又不想冷落妻子，于是走到沙发旁。沙发也是对着阳台的。他在沙发的一端坐下来。

达拉看着他做出选择，也感觉出他这么选择是为了承认她的在场。但他做这些的时候都没有看她一眼，也没有说一句话，还把后背对着她。所以她绕过沙发，在沙发的另一端停下来。"你是想要些个人空间吗？"她问。

罗伯特看着她。"不用，"他说，"对不起，我就是想歇一歇。"

她也坐下来。没有挨着他坐，但也离得不远。

两个人都没有说话。

达拉不会逼他开口。

此时罗伯特满脑子想的是：如果按照他对我的想象，我得到了他彻头彻尾的鄙视，那就再好不过了。如果我那天晚上待在美军司令部大院的高墙后而没有杀人，或者简单些，我以某种不确定方式被杀了，就像我在之后的几天里可能做过的事情那样，和其他人一起拿着来复枪向树林里的，向建筑物外立面上的，或者大街上的炮口装置扫射。如果我第一天晚上不走运的话，那就更好了——没找到回美军司令部的路；没有在战斗间歇的时候到达，没有喊出正确的口令，也没有人刚好听到，让我可以冲到门口；没有躲过最后一刻敌人受惊的炮火。要是我在第一天晚上想要回来的时候死掉就好了，那样的话，会让我的父亲出乎意料地，从大街上一具拿着手枪的尸体上感知到某种勇气吗？他会吗？当然不会。当然不。他应该已经知道我到底做了什么样的事，一头扎进隐蔽处藏身，更加证明我本能的懦弱。但至少我可能永远也不会听到这样的话。混蛋，老爸。你混蛋！

处于真心觉得"老爸混蛋"这一情绪间歇阶段时，罗伯特意识到妻子就在身边。他把脸转向她。

达拉正目不转睛地看着阳台外面，一对交配的红雀拍打着翅膀穿过院子。她马上感受到罗伯特的目光，扭头看向他。

情绪间歇结束。他把目光从她身上移开，但是她已经替代了他脑海中父亲的位置：直到我们做爱，直到我们最终平静下来，汗流浃背，我才向她解释我在越南的工作。我说我的工作更像是做研究，而不像一个准备为国家杀人的人。当她最终问我在那里怎么样时，我只跟她谈及了我精心安排的工作。她只想知道这些。于是她松了一口气。我不是杀手，但我也不是懦夫。对她来说我是完美的。她很高兴我还活着。要是我继续告诉了她那个黑暗中的人的故事，她会怎么想？要是我告诉她我是如何杀了一个人，一个有可能是任意某个身份的人呢？告诉她，这个人是怎么吓到了我，我又是怎样一枪打到了他。几十年后，她会严厉批判佛罗里达的两起备受瞩目的案件。两起案件中的嫌疑人都因为正当防卫而无罪开释。回到以前，回到我们刚开始的时候，她还处于高涨的反战激情中，她会不会立刻站起身，走进浴室，关上门，把我永远从她的身上清洗掉？抑或者，她已经爱上了我，会不会因此而庆幸我没有去冒险？

罗伯特的心中弹出一股反常的冲动：告诉她，现在就告诉她。告诉她你杀了一个人。就如同你老爸正坐在你身旁一样，告诉她。告诉她，用一种父亲可能会充满敬意的叙述讲给她听，一种我热切希望是事实的叙述——在越南那个称作战场的地方，我孤身一人，所以我做了人们在战场上应该做的事。我本来去越南是为了把我面对的危险降到最低，但当真正的战争来到我身边时，我孤身一人站在黑暗中，稳稳地举起了手，杀了一个人，而我对此很满意。

这种冲动在罗伯特心中停留片刻。如果她的反应是对他勃然大怒；如果她不顾正值他父亲气息奄奄，也就此抛下对他支持性的关心，并对他大声疾呼，鼓吹实用主义的反战主义政治观点；如果她对他深感失望，一整晚都待在书房里不出来，那么罗伯特就会明白：听了同样的故事，他父亲可能就会态度温和下来，他父亲可能会赞同，他父亲可能会重新考虑。

但这一切突然而来让他感觉很疯狂。疯狂到居然那么在乎他父亲对他的看法；疯狂到居然幻想要冒着失去妻子的爱这样的危险讲一些往事；疯狂到在和缓的环境中依然对自己杀死的第一个人过度纠结，几十年后还记忆如新；疯狂到认为一九六八年那个二十三岁的年轻人和二〇一五年现在的他有着千丝万缕的联系。而最后一个念头反过来想的话，瞬间也让人感觉疯狂，就是说，那个二十三岁的年轻人和七十岁的他之间竟然没有很深刻的联系。毕竟，他是个历史学家。

这种轻率的思想混沌掩盖了一个他几十年来忽略了的简单事实：他可能从来没有赢得过他妻子和父亲的尊重，也没有赢得过他们的爱。他总是不得不做出选择。

他举起胳膊，把手腕紧紧按在额头上。

达拉看着罗伯特，侧身向他靠过去。罗伯特的这个姿势让她得出了错误的结论：她觉得是父亲的痛苦触动了他。

罗伯特也误解了达拉：即便刚才他打算说出他想说的话，哪怕是为了得到父亲的认可而杜撰个故事，他也不会拿她的爱来冒险。就算回到一九六八年，他也不会那么做。

而事实是，尽管她知道自己最后必须要问，她还是等到确定至少能和他上一次床的时候，才问他服兵役时的细节。

她想要他的强壮，甚至粗暴，她想要在那个过程中感受到这个男人可能是个杀手。想要他那样，但也没关系，因为完全是凭着她的欲望，由她主动，得了她的允许，他才能和她上床的。她控制着他在她体内的撞击。是她紧紧地抓住他，是她在大叫着还要，再用力些，所以，没关系，她是发号施令的那个人。她可以把他假想成一个杀手，但那是在另外一个国家，而此时此地，在美国的这张床上，她有能力改造他。她有能力原谅他，一个曾经杀了人，也许杀了更多人，不停杀戮的男人。虽然是个危险的人，但他需要她，他需要她把他带回来。

她不见得完全意识到这一切。这种意识，存在于她的急促喘息间，存在于她的双手上。她的这双手，抓住了他的手，关上卧室门，把他拉到床上，剥下了他的衣服，又让他剥下了自己的衣服。这双手，用力抚过他那用剃头圈理出的锅盖头的发茬，抓住他拉到下面，抓住他的那个东西。那个东西也许用类似的方式结识过越南的女人，伤害她们，又离开她们。她可以为了那些女人原谅他，她也可以原谅那些女人。

这些都不在她的意识里。那时候没有，那以后也没有。只有他们第一次做爱的时候，它们确实存在于她的双手中，她的呼吸间，她的颤抖中，他在她体内的碾压、撞击和释放中，在之后她的汗水中，在做爱的间歇阶段。

那天晚上，她和罗伯特做爱后，她被引导着问他在越南到底做了什么，听他说他的工作如何像搞科研，他是如何在

172

一个安全的地方统计人员和武器数量，那里又如何不太像战争。当她听了这些话后，起身去洗了澡，穿上衣服，回到他的身旁，在床上挨着他坐下，挎起他的胳膊。做完所有这些后，她对他撒了谎，也对自己撒了谎。她说："我很高兴。"

不完全是谎言。她的理智很高兴。如果她想永远和这个男人在一起，就像她已经感觉到的那样，如果她相信他们那一代人的正义事业，那他最好没有参加过导致战争变得邪恶的基本行动。她的内心无比满足，甚至感激。

但是她曾经期望过不同的答案。在她的身体里，有些东西感到了失望，有些东西变少了。她的身体害怕，同时她的身体也知道，即使她对他的爱会增长，和这个男人做爱的感觉再也不会这么美好了。

他的手腕从额头上拿下来。

他的目光越过推拉门，看着别处。

达拉说："他放弃了？"

"我不这么觉得。"罗伯特转头看着她。

"你妈妈怎么样？"

"沉迷其中。"

达拉缄默不语，对罗伯特的双亲闭口不再谈。

"我和吉米谈过了。"他说。

达拉瞠目结舌，"什么？"

"我母亲找到了他的电话号码。"

"你真的和他谈过了？"

173

"谈了。"

"哇!"

"她就喜欢这种闹剧。"

"但是你确实给他打了电话。"

"是的,我打了。"

"为了她吗?"

"是吉米造成了这种永久性的分离,不是我。"

她轻轻咕哝着,表示同意。"那他真的和你谈了?"

"谈了,谈了一点。结局如你预料的那样。"

"他心里有他的父亲。我看他永远也不会原谅。"

罗伯特迟疑了一下,虽然与吉米无关。他把脸转向阳台,以此掩饰自己的迟疑。他沉默着。

"你不这么觉得吗?"达拉问。

他依然没有说话。

"我知道这很讽刺。"她说。

"是实话。"他说,"他永远不会原谅我去了越南。"

"而你父亲却会因此永远爱你。"达拉把这个讽刺的意思过度解释了,以此来安慰他。

罗伯特猛地站起身,穿过推拉门。

"你不需要吉米的原谅。"达拉以为自己读懂了罗伯特的意思。

罗伯特转头看着她。

午后的阳光照进他身后的树林里,她看不到他的脸。

他强打起精神，放弃了父亲的话题。从弟弟开始谈会容易些，于是他回答说："我知道。我甚至都不想念他。这是真的。"可他心里想的是：我也不想念老爸。老爸：言不由衷。我不会，罗伯特坚持。但是那个男人不会就这么放弃，可能得等他死了。等他死了，一切就都结束了。

于是罗伯特冒出了另一种冲动。不，也算不上是冲动，那还是经过深思熟虑的。等父亲过世，某些未完成的事情不会随他而去，而是会保持未竟的状态留下来。罗伯特想：去告诉他，不管结果如何，去找他。明天就去。告诉他那个黑暗中的人。告诉他真相。告诉他你无法克服这个心结。

~

吉米不喜欢白天小睡，这对他来说不啻一场小小的死亡。当琳达说了那些话，并且对他们的未来提出建议后，他们就不再开口。她站起身，弯下腰想轻吻上他的嘴唇，但他却没有抬起头送上他的唇。于是她改在他的前额上轻轻啄了一下，走出休息室，在吉米的工作台旁边停下来，穿上她的绗缝大衣，戴上针织帽，关上仓库的大门，然后，毫无疑问，上了车，驱车去找保罗，或者贝卡。吉米只想闭上眼，他觉得眼睛发胀。他抬起脚，转过身，在沙发上伸展开来。他心里想着要睡一觉，眼前却出现了大草甸般广阔的茫茫白雪，遥远处，林线已经被蚀刻得线条稀疏，太阳低低地挂在林线的后面，马上就要落下去。他发觉，在沙发上转来扭去，不管朝向哪个方向都一样：他孤身一人，完全孤单的状态。于是他在沙发上继续转过来扭过去，当他再一次面对夕阳时，他好像看到了点什么。远处，雪地上出现了三个很小，却依稀可辨的身影。刚看到他们时，他挺直了身体，但后来他知道他们是谁了。他无法想象，他们怎么会来这里，来到冰天雪地的加拿大。但他们确实在那儿，他的父亲、母亲和哥哥。他们正朝他走过来。吉米猛地一蹬，坐了起来。

梅薇丝的脸出现在眼前。她皱着眉头，灰色的眸子里现出悲哀。

她安静地等着。他使劲闭了一下眼睛，拇指和其他手指一起夹住太阳穴揉了揉，等着白天睡觉那种昏昏沉沉的感觉渐渐消失。终于，他抬起头，看着她。

"你还好吗？"她问。

"就是打了个盹，就这样了。"

"我不是说这个。"

想起最近几周她对待他的态度，尤其想到琳达是他们之间看似例行的话题时，他终于明白了。"你知道？"他说。

她看了他几眼，两人无言地交流着。"只是猜测而已。"她说。

"这件事不会影响到你们中的任何人。"他说。

"我不担心那个。"

"我没事。"他说。

她点点头，动作轻得几乎觉察不到，好像她并不相信。

"那是一个共识。"他说。

"我不想干涉你们。"她说。

"谢谢。"

他们静静地盯着对方，好一会儿。

然后他问："炖肉怎么样？"

她脸上闪过一丝笑意，"我给你带了点。"

"太好了，"他说，"够我吃两个晚上了。"

她把手放在他的肩上，轻轻按了按，走了。

他站起身。

他穿过房间走到咖啡壶的位置，倒了一杯咖啡，喝一口。咖啡已经不新鲜了。一九六八年七月，在布法罗的付费电话旁，听到父亲在电话那头咔嗒一声挂断，他放好听筒，转过身背对着电话，看了看手表。他不需要看时间就知道该出发了。在休息室的时候，吉米并没有特意记得那个动作。但那个动作，以及促成那个动作的惯性思维，驱使他从此以后过上了现在的生活，直到现在还是一样：他看了看手表。还差五分钟到一点。三个小时以后他就能到鲍德温街，赶在商店关门、希瑟回家之前。现在该走了。

不到三个小时以后，吉米走进了他的商店。门口的复古铜铃在头上发出叮叮当当的声音，鞣制好的皮革味道扑面而来，这两种东西总是能让他一下子高兴起来。这是他开创的空间，他制作出来的产品。长途驾驶对他有好处。他很快不

177

再去想琳达的事，而是重温了希瑟脸上那副心照不宣的表情和赞美的话，他把这些压缩成一个没有讲出来的故事，使他确定自己并不是要做傻事。

店里空空荡荡，包括收银台。他沿着中间的通道走过来，突然敏锐地感知到了希瑟：在一个空空荡荡的地方，一个他希望她在的地方，他想念着她。

这时，她出现在通往后面房间的门口。

她身上穿着一件销售区的衣服，一件成衣夹克——今天穿的是一件羔羊皮飞行员夹克，里面是一件黑色圆领T恤。黑色配黑色，这让她黑色的眼睛显得更加乌黑，皮肤却更加白皙。她很开心。他的故事支离破碎。他要做傻事了。

她走过来。

在距离他触手不及的地方停下来。这可不是好兆头。

"我没想到你会来。"她说。

他只好和她寒暄。"好像有点萧条啊？"他说。

"冬天的星期三。我让葛丽塔回家了。她要感冒了。"

"做得好。"他说，但听出了自己话里的暧昧，很快补充一句，"让她回家是对的。"

她对此微微一笑，然后嘴角弯起，笑容更大，冲吉米抬起下巴。是问询，也是暗示。

这个情况是他开在400号高速公路上时构思的故事中的一部分。

她在说话，但她又没有在说话。

内心还在坚守的那个他只想含糊地对她表示感谢，然后告诉她自己只进来看看店里的情况，接着就去街那头见一个人，他还得离开。

于是他试图逼着自己向相反的方向努力，采用了一个不大可能的办法。他冲着她的胸部点点头，意思是指她穿的飞行员夹克。他说："你今天做模特呀。"

"我今天上午把和它配套的那件卖了。一位女士看了一眼后跟我说，'我要你身上穿的那件。'"

"而且还是个冬天的星期三。"他知道这话听上去没什么说服力。

但是，她很宽容地笑了。

太多暗示了。吉米很困惑，这事为什么对他这么困难。他从来没有觉得接近一个女人有这么尴尬。于是他给了自己一个解释：这次太重要了，这就是为什么。这次不一样。

"你看上去很漂亮。"他说。

希瑟叹了口气，仿佛一直在屏着呼吸。凝了凝神，她轻声说道："谢谢。"

他发现有必要解释一下，对她，也对自己。"你一直很羡慕我，说我的精神看上去有多么自由。"

他还有很多话，但这句话说完，却让他停了下来。

她开口填补了他的停顿，依然很温柔，"是的。"

"意识形态方面的自由，"他说，"协议方面的自由，还有……"他在想用什么词更合适，"贬值了，"他说，"所以，

179

所以它就贬值了。自由。"

他停下来，努力整理自己的思路。

"我现在有点麻烦，"他说，"把我脑子里想的用语言表达出来。"

"你必须要这么做吗？"她说。

又是引诱。他不会忽略，但也相信再过几分钟它也应该还有效。"我必须这么做，"他说，"我想我明白了。我是自由的，因为我妻子和我决定自由去做的事情，并不值得付出那么多。"

他发现希瑟拉近了和他的距离。

他们正依偎在对方的怀里。

在商店楼上的房间里，吉米侧身躺着，窗户上蕨类植物状的霜冻被路灯染上了一层昏黄。希瑟蜷在他的身体里，胳膊弯着环绕着他的胸。他闭着眼睛，感受着在他肩胛下面，她的乳头的柔软触感。

他和希瑟身上盖着被子，房间里还是很冷。他会叫她找人来看看炉子。

从昨天有了这个想法到现在，好像过去了很久很久。时间的弹性。

然后他想到了暗物质和暗能量。天体物理学家们是如何理解所有可见物质——从银河系到我们的身体，再到我们的 DNA 链——只构成了宇宙物质的一小部分。其余的物质和能量，即那些不可见的以及没有记录的，黑暗的，95% 的物质和能量，如何以某种方式存在于以前被认为是真空的空间里。量子物理学家如何开始将平行世界的存在理论化，以此来解释物质最小颗粒的奇异结构。以及，如何知道我们的身体由原子构成，在电子轨道上围绕着原子核运转，中间是真空区，而我们的身体大部分也是真空区。因此，如果暗物质和暗能量存在于恒星之间的空隙中，那为什么我们的身体里没有呢？是否我们自己主要就是暗物质和暗能量？那要是平行世界就存在于我们的身体中，会怎么样呢？

琳达错了。和希瑟在一起并不能阻止我思考以后将发生的事情。琳达愚蠢地想错了。这不是担心。千百年来，我们都在想，除了我们存在的这个地方，应该还有一个别的地方可以容纳我们。我们在这个野蛮的地方，互相争斗，互相残杀。我们必须逃离，从太阳到月亮到地球，从希瑟的乳头到我的肩胛骨，从她的原子到我的原子。在所有内部及相互间的真空地带，是意识，是存在，不会受到战争、背叛以及感情冷酷的影响。那才是我们都要奔赴的地方。

"你醒着吗？"希瑟低声问道。

"醒着的。"吉米说。

"在想什么？"

只因为想着要回答她的问题，他才意识到，"在想我是怎么到加拿大来的。"

希瑟搂在他胸前的手臂紧了紧。"我没办法抱得更紧了。"她说。

181

~

第二天早上，希瑟和吉米起晚了。她女儿和外婆过的夜。外婆已经习惯了送女孩上学。他们必须抓紧时间做好准备准时营业，争着抢着要先用马桶，又停下来大笑，感觉已经是夫妻了一样。罗伯特和达拉像往常一样起床，昨晚也是按往常的方式上床睡觉。罗伯特心烦意乱，这次是他有意想和父亲对话，而达拉则听着巴赫以求精神的升华。她现在准备去晨跑，然后上午晚些时候自己开车去医院。罗伯特会更早一些去。不过达拉晨跑离开以后，他在家里又逗留了一段时间，第二次磨了咖啡豆，煮咖啡，然后坐在面对橡树的阅读椅上，慢吞吞地喝下他的第二杯埃塞俄比亚咖啡。佩吉睡了个懒觉。她住在位于长叶村她的那套一居室辅助看护型公寓里。丈夫的痛苦让她疲惫不堪，身边的另外一张单人床是空的，这让她很遗憾，又很担忧不知道什么时候才会不再空。睡在"仁慈温和的庇护所"里双层床上的鲍勃很早就起来了。他很高兴，北佛罗里达的天气就像经常会发生的那样，突然间驱走严寒，温暖了清晨。他朝着曼森斯洛旁边的一个小树林走去，在那里他将花上两三个小时用他的格洛克练练空枪射击，好找回控制扳机的感觉。

阿奇博尔德纪念医院有一位名叫塔米的物理治疗师，是佐治亚大学的前垒球明星。她不停地唠唠叨叨地鼓励威廉，

182

说他看上去很强壮，说他使使劲就能度过眼下的小插曲。她打开他的加压绑腿，然后用一根粗粗的布带子捆住他，开始让他站起来，让他直立站好，让他在她的帮助下站起来，哪怕只站一会儿。这么做是为了他的身体恢复做准备，保证他能活下来，也让他慢慢习惯这样的辛苦努力。这是她的专长。她是这方面的冠军。

威廉脾气暴躁，但还算顺从。考虑到世界的发展，他大概觉得现在死去，是历史上一个很好的时间点，但是让他低头屈服，这太让人不甘心了。所以他现在站得笔直。他感觉从右侧小腿中间位置开始，有一种放射状拉伸感，就像绑了很久的自粘绷带突然拆除。从小腿那儿一直往上，到膝盖后侧，然后绕到大腿内侧。这个感觉很好。就这么舒服下去吧。但是这一路冲上去的感觉发生了变化，就好像绷带又缠上了，有什么东西从那下面冒出来，一只该死的夜爬虫一路钻过他受伤的髋骨，爬过他的脊椎。威廉想：我体内到底有什么鬼东西，它又在做什么？但是它动得太快，比蠕虫移动的速度快得太多了，血栓击中了他的心脏，引擎一下子卡住，是爸爸那辆福特牌轻便皮卡。皮卡和我的年龄一样大，也许到了该最后报废的时候了。沿着伯纳德河口的土路开，爸爸褪下了身上的衬衫，打开敞篷，像妈妈无法忍受的那样满口粗话。现在我们就坐在河口旁，等着福特车冷却下来，也等着爸爸平静下来。我在他后面一点点，像往常一样偷偷窥视着他肩胛骨下面那道呈斜线的伤疤。从我蹒跚学步的时候妈妈就告诫我不要问他关于伤疤的事，因为那是那场大战带来的后果，充满了糟糕的回忆。可是我今天真的问了，他转过身来抬起手，但没有打我，只是安静下来，变得很悲伤，抓着我的衬衫把我往后一推，力气不大，目的不是让我受伤，只想让我闭嘴。后来，他在火车站像个婴儿一样跟我一起哭泣，我身穿制服，又有一场大战爆发了。我把背包扛在肩上，背包砸在身上的感觉就像来复枪击中了大脑，一直以来他走到哪里就把它带到哪里，战争在他背上留下了伤疤这一事实，在他该死的背上。他转过身，于是我也转过去背对着他，我把我该死的后背对着他，然后我跑着离开了这个男人。之后我正在德国美因茨的一栋房子里上楼梯，这只是战后扫尾工作，整个街区我们都没找到一个活人，只有我们这些巴顿将军麾下的士兵在做整理工作，再有就是准备横渡莱茵河的第三集团军。我正在检查二层的情况，只是为了安全例行公事，我站在楼梯的最上边，在我的左手有一道门，我走进房间，在房间的那一头，他背后的窗户是明亮的，他端坐在那里，我看不见他的脸，因为有阴影所以我看不到他脸上的表情，但是他的施麦瑟冲锋枪就横放在他的腿上，他的手垂着，我没有检查他的手在哪儿，只知道是垂着的，我没有检查他用来射击的那只手是不是放在枪柄附近。一切都发生得太快了，我已经举起了我的 M1 卡宾枪，我使劲抓紧，抓紧，然后那个德国佬的胸膛就爆开了，他的身体往后飞去，死了。我注意到一些细节，不，我没有，那时候没

184

有，那时候我只是看到了，并没有真正注意到，我冲进房间杀死我的敌人时，就像战争中发生的那样，我顺顺当当冲进去的时候，并没有真正注意到，是在很多年后，我的儿子们快十岁的时候，和我坐在那辆报废的福特车里差不多大的时候，住在第九区时，一个炎热的夏天，下午的雷雨天气刚刚过去，我的儿子们脱下鞋子，赤脚在湿漉漉的草地上奔跑，直到那会儿，我才真正注意到德国士兵的靴子，就放在他身边，两只靴子并排挺直地放在他身边，袜子搭在上面，他的脚受伤了，这个家伙，他的脚受伤了，所以他脱下了鞋子和袜子，所以不管这一天还会发生什么事情，至少他的脚不会疼得那么厉害。我把头扭向一边，不去看我的儿子们，这样他们回头的时候就没有机会看到我眼里充满了泪水，余生中，我没有哪天不在想起这个男人，想起我扣动了扳机，使劲扣扳机，我好不匆忙，也没有一丝一毫的甜蜜，我自己的胸口炸开，心脏骤停，我走上楼梯，走进房间，我看见他坐在那里，注意到他身边放着靴子，然后我把手从扳机上拿下来，我没有扣动扳机，他背后的光线越发明亮，但他脸上的阴影渐渐消失不见，我们注视着对方的眼睛，只有两个小伙子在一个阳光明媚的房间里。

威廉·昆兰死了。

~

当电话铃声在门厅响起时，罗伯特还坐在他的阅读椅里，咖啡杯已经空了一段时间。他内心并不惧怕他的父亲，他会毫不犹疑地告诉他。他只是有点迟钝，心里想着要克服这个问题，恐惧感逐渐加深，左右摇摆不定转变成昏昏欲睡的精神涣散：琢磨着烘焙器里那么多咖啡豆是不是都已经用完了；观察一下阳台外红雀一闪而过的身影；屋子里太热了，是不是一夜之间天气发生了变化。电话第二次响起的时候他才从椅子上站起身，慢悠悠地，内心没有丝毫恐惧。电话铃声依然在响。

是泰勒医生亲自打的电话。很抱歉，虽然采取了所有可能的措施，但骑跨栓塞也还是经常发生。死亡证明已经签字了。正在医院太平间里等待进一步指示。你以前处理过这种情况吗？有固定的殡仪馆吗？

"没有，"罗伯特终于开口，"我得去找一个。"

"没问题。等你决定了就打这个电话通知我们。之后的事，殡仪馆会全权负责。"

"好的。"罗伯特说。

"我很抱歉。"泰勒医生说。

"嗯，"罗伯特说，"谢谢。"

"他没受什么罪。"

"那就好。"

谈话结束。

罗伯特放下电话。

他发现自己又变迟钝了。

他并不想念父亲。

但是有些东西错位了。

环顾四周。"达拉?"他开口叫道。

没人应答。于是大声又叫了一次,"达拉?"

还是没人回答。她还没回来。有时候她会突发奇想,跑上很久。他可以理解。之后她得去医院,所以她想先痛痛快快跑够了。

不对,她不需要再去医院了。

耳边响起哗哗哗的声音,不是很清晰,但就在附近。

他看了看,是无绳电话,他忘了按挂断键。他拿起电话,切断信号,再放下。

他飘飘悠悠地走回客厅,盯着推拉门,走过去推开门,走进一个已经转暖的清晨。

抬头看着眼前高高大大的橡树,罗伯特走过去,背过身,重重地坐在树根与树干分叉的地方,他紧紧倚着树干,感觉手脚的力气都渐渐消失了,摇摇摆摆中,他把腿伸直放平,然后让双臂垂在身体两侧。

橡树的树干很粗糙,修长而蓬勃向上的树干的脊状突起硬邦邦地顶着他的后背。他喜欢这种坚硬,也喜欢闻到空气中突如其来的那股佛罗里达的温暖。他很开心现在待在自己的国家里，而且还活着。但他也很痛苦，为了死去的人痛苦。一个他根本不认识，另一个他又太熟悉。

他就这么坐着，直到听见达拉在屋子里喊他。

"在外面。"他没有动。

她出现在推拉门的另一侧，身穿跑步服，脖子上搭着一条毛巾，汗流浃背。"这是什么情况？"她问。

"他死了。"罗伯特说。

她走到阳台边，停住了脚步。

她不想距离橡树太近，从而迫使他站起来。他似乎在那儿硬撑着，好像刚打完一场拳击比赛。"你还好吗？"

他打起精神，双臂胡乱挥着，抱着两条腿。

她递上一只手，"你不必……"

"我很好。"他说着，站了起来。

她走近了些，准备抱住他，遗憾自己身上有汗，就没行动。

他还没有做好准备面对这样的仪式，一动不动，低头看着他和达拉之间的位置。

电话响了，从门厅那边传来，声音不大，却让罗伯特抬起目光，看着达拉。

他知道是谁的电话。看他的表情，她就知道了。

达拉说："你想让我和她谈谈吗？"

他考虑了一下。

电话又响了。

"谢谢,"他说,"还是我接比较好。"

他从她身边走过去。

她站在原地没有动。

不仅仅是她的腰还记着他手的触摸,也不仅仅是她的胸部还记着他身体的挤压,而是在她现在有意识的记忆里,她还记得当她父母躺在千里之外的医院停尸间里时,在她与罗伯特的卧室里,在黑暗中,他的双臂搂着她,把她拉近他。她刚才就应该马上这么做,就像他为她做的那样,而不是在门口,或者在阳台上犹犹豫豫。但他和那棵树在一起的生动画面,让她吃了一惊。她没有料到他会因为一个如此麻烦的人,一个以后再也不能让他失望的人死去而深受打击。她需要点时间来消化自己的惊讶。然后,电话铃声再次强行介入。

达拉现在需要靠近他。

她转过身,跨过推拉门,穿过客厅,朝着门厅,朝着他的声音走去,"当然,妈妈……当然……在我过去陪你之前,一定要保持冷静……祈祷一下,或者念念《玫瑰经》。"

达拉听到他说最后几句话的时候如鲠在喉,还没走到客厅门口让罗伯特看到她,便停住了脚步。

"很快,"他说,"是的。"

他听电话,然后说:"当然,非常安全。"

片刻后,她听到电话啪嗒一声放到支架上。这时候,她走进门厅,他也转过身看着她。她走上前,伸开双臂搂住

189

了他。

他把她拉到身边，但是很快，就轻轻地推开了她。"我现在得赶过去。"

"我会尽快跟着过去。"她说。

一小时以后，罗伯特已经坐在他母亲的沙发里，搂着她，她靠在他的肩上啜泣。房间的另一头，他父亲那张塞得又厚又软的棕色天鹅绒躺椅的踏脚板还保持着上次他坐在那儿时升起的高度。那不过是四十八小时以前的事。只要佩吉泪如泉涌，开始呜咽，罗伯特就低声安慰，我知道，我知道，直到她的泪水消退。她没有追忆，没有颂扬，也没有批判，只是哭，让他觉得她的悲伤是如此纯粹。于是他一直搂着她，温柔地抓住她的肩膀，让他很渴望母亲能更经常地显露她的这一面。他不知道达拉到了没有。观众的增加，会让她恢复在舞台上表演的状态。

他更用力地搂住她，好像要防止那样的事情发生。

这么做的时候，他注意到那个躺椅的踏脚板。每当父亲觉得自己恢复过来时，就会升起脚踏板，然后让身体与躺椅成斜角站起来。刚站起来那会儿，他走路是蹒跚的。虽然没有提起过，但他肯定是膝盖疼，很可能是关节炎。把脚踏板往下踩，膝盖就会疼，虽然这么狼狈地从躺椅上爬起来可能膝盖一样会疼，但他主观上就觉得这是最好的办法，所以他就会永远这么做下去。上次坐在那儿的时候，他挣扎着想把一条腿从椅子上伸下来，把坐在垫子上的屁股拽下来一点点，再把另一条腿拉过来，屁股再拽下来一点点，直到两只脚能平放在地上，然后撑住自己站起来。他这么做过上千次了，以为自己马上就能再做一次。但是他出错了。他没想到，再做一次之前，他会死掉。

罗伯特意识到眼里溢满了泪水。

罗伯特并不觉得自己的眼泪是为那个男人而流。也许一部分是，也许是为罗伯特心目中希望他成为的那种父亲，但主要是因为明白了这么微不足道的寻常小事，明白了他是怎样从躺椅上站起来的。以他的性格看，是真实的。固执。为了不伤害自己而伤害自己。罗伯特用简单而生动的方式来了解的这个人已经从这个世界上消失了：这就是罗伯特最初流泪的原因。他抬起闲着的那只手，用手腕抹了一下眼睛，不想让眼泪流下来。

罗伯特发觉母亲的脸朝他抬起来。

她会误解的。

这让他很恼怒。

他猛地放下胳膊，不看她，也不说话。

感觉母亲的脸又低了下去。

还好。

佩吉·昆兰轻轻地把儿子的胳膊拉开，举起手里一直攥着的手帕，抹抹眼睛，再擦擦鼻子。

然后把手帕折起来放进毛衣口袋。

罗伯特还是没有看她，也没看躺椅。他的眼神飘向柯里

191

尔艾伍兹版画公司发行的一幅雪乡上的雪橇图。拉雪橇的两匹马步伐整齐划一，雪橇上载着一对父母和两个孩子。这幅画在他父母家客厅的墙上挂了一辈子，罗伯特很久以前就已经对它视而不见了。他记得自己小时候一直把两个裹得差不多的孩子当作是兄弟。不是的，他们当中有一个是女孩。

"他爱你。"她说。

该死！

罗伯特对她充满关切。他希望自己能像过去的半小时里轻易就能做到的那样，给她以宽慰，只说一句"我知道"就可以让她为了威廉的爱而克制自己。那个男人自己从来没有任何明确的公开表示，以至于罗伯特多年来都想错了。比如，酒吧里的眼泪，现在就没有什么分量了。昨天以后，就没有了。他告诉自己：昨天以后，我没办法再在这件事上撒谎了，哪怕就只说这几个字。

但他考虑着还能说些什么。

她不停地说着一些不着边际的安慰的话。

"我知道。"他说。

而他心里想的是：他妈的，我是你儿子，所以我们之间允许这个谎言存在，就这么继续下去吧。

她又把头靠在了他的肩上。

她没有再哭。罗伯特觉得她想到很多话要说，尽管这会儿的沉默让他心怀希望，希望这些话不会是要去证明他父亲对他的爱。

可是她刚要开口，就听到有人敲门。

她站起身走开了。

罗伯特活动了一下刚才抱着母亲的那只胳膊来缓解酸痛，又扭了扭抽筋的肩膀。这时候，他的母亲和妻子两人还在门口互相拥抱，低声说着话，罗伯特从沙发上站起来，走到父亲的躺椅旁。他盯着那个人在靠背和坐垫上留下的凹痕看了一会儿，然后抬起脚，把脚踏板往下踩，直到咔嗒一声扣到卡扣里。

他无法想象接下来的几个小时他们将怎样度过。达拉紧紧抓着罗伯特的胳膊肘，跟佩吉在沙发上挤着坐了一会儿。很快，因为威廉还躺在阿奇博尔德的地下室里等着，情况变得越来越实际，气氛也越来越悲伤。他们需要一个殡仪馆把威廉送走，这导致佩吉恳求他们把威廉埋在塔拉哈西，这样等她去世后也能葬在那里，他们两个就会距离罗伯特和达拉更近些。顺着这个思路，他们选择了殡仪馆和墓地，确定了守灵和葬礼细节，在佩吉的桌子里找到遗嘱副本，个人保险及社会保险的文件，还在这个过程中找到一盒家庭照片，随之而来的是后面一系列亲昵的缅怀及评论。佩吉时不时地哭泣，后来则因为哭泣而愈加疲惫。下午晚些时候，达拉蜷在那儿打了个盹，罗伯特则漫无目的地来到客厅，疲惫不堪。他盯着父亲的躺椅，想不出有什么理由不坐下来，把脚抬起来，但他发现自己做不到。而后，达拉站在了他身旁。

"为什么不回家去呢。"她的声音很温柔。

她把头靠在他的肩膀上。这个位置今天已经被占用得太久了。

她说："我怀疑这件事对你来说比你想象中更艰难。"

他搂住她，轻轻地用力搂住，然后放手。

"我会处理她的那些文件。"她说。

"谢谢。"他说。

"我们需要打几个电话。"

"没错。"

"我来做吧？"

"不用，我可以。"

"那我们分头给关系亲密的人打吧。"她说。

罗伯特点点头。

达拉建议说，由她来给他们的女儿打电话，罗伯特给儿子打。

一个念头突然闪过，于是他脱口而出："我们动手晚了。"

"我们需要先做些安排，这样他们才能做计划。"她的声音依然温柔。

她对他很有耐心。

罗伯特抱着达拉，吻了吻她的头顶。

她扭过头，贴在他的胸口，深深地呼出一口气。

他强忍着等了一会儿才结束拥抱，这样她就不会怀疑有什么不对劲了。他想到了该说什么，"我真的很感激你在这里做的一切。"然后他走出公寓，摸索着把钥匙插进他的奔驰车门锁里。

在佛罗里达—佐治亚公路上，他给在亚特兰大的儿子打了个电话。凯文的声音在答录机上听起来很高兴。罗伯特只说让他给回个电话，就挂断了。在逐渐浓重的暮色中，他打开车头灯。他决定在新叶商店停一下，迅速解决一下晚饭。

~

鲍勃坐在新叶商店前面一张露天桌子旁，看着天空渐渐暗下来。这一次，他不会让黑暗偷偷靠近他。如果它想来，他会等着它，他将拥有它。他足够强壮了。直到一个女人的声音响起。一个女人从鲍勃身边冲过去，用极快的语速对着手机讲话，叽里呱啦的话语乱糟糟地跳出来，就像你正打算瞄准射击的猎物突然受了惊吓，从李子丛中窜出来一样。然后她在马路边停下来，从他的眼前消失在新叶商店前面拱廊的立柱后面。她说话也好，大笑也好，都看不到了。笑，让他很无力。透过一层薄薄的墙，传来一个女人的谈话，一个女人的笑声。鲍勃十五岁了。他赤身裸体。为了抗击这个声音，不管是过去还是现在，他双臂在手腕处交叉举在胸前，一下又一下用力猛击自己的胸口，可是那个女人还在不停地冲着手机唠叨，鲍勃知道他不能站起来，走到马路边，走到那个女人身边去对付她，他只能让她随便想做什么就做什么，而他在自己的脑子里来消化这件事。于是他就唱歌，从他想到的第一首歌里挑了几个字，一遍一遍地唱——这里有什么事正在发生，最开始只是在心里唱，后来唱出了声，飘荡在黑夜的寒冷中，就那么一遍一遍循环着——这里有什么事正在发生。新叶商店前面马路边那个女人的声音突然消失，消失不见了。那些歌词悄悄地溜回鲍勃的脑海里。它们在他头脑中打闹的时候，他听了听，意识到它们可以停下来，于是他让它们停了下来。

周围的一切都陷入黑暗，但他并没有让黑暗发觉他已经解除戒备。他现在应该进去了。他还有些硬币。但他发现他没办法动了。有人在他额头里面燃起了熊熊大火。痛苦现在占据了他全部清醒的意识，它是趁着他心不在焉的时候偷偷地欺上了身，就像黑夜赶走了白昼。他依然是十五岁，但尚未赤身裸体。那是在夜幕刚降临的时候，他正盯着客厅里闪烁的电视屏幕，穿过厨房的那边，在他们单倍宽拖车房远远的另一头，在他父母卧室那扇紧闭的门里面，传来他们两个人疯狂扭打的声音。后来他们停了手，只剩他母亲哭泣的声音，再后来他父亲出现了，砰的一声摔上门，鲍勃硬下心等着这一切都把矛头对准他。但他父亲在厨房那儿停了下来，隔着薄薄的墙，他母亲还在那边哭泣。鲍勃想去找她，想帮她停止哭泣，但是他父亲就在他和卧室中间，所以他一直待在那里，眼睛盯着电视屏幕，却什么也没看到。冰箱门打开又关上。瓶盖启开再掉下来。又一个瓶盖。

卡尔文赫然出现在鲍勃面前。鲍勃继续盯着电视屏幕，并没有移开目光。他在强撑着自己。可是那个人就站在那儿，等着。鲍勃抬起头。看这儿，他父亲说。他手里拿着两瓶蓝标，把其中一瓶递过来给他。父亲目前正处于一个中间地带。他喝啤酒而不是烈酒时，有时候会陷入这样的状态。他母亲的哭泣声已经停止。鲍勃接过啤酒，他马上意识到，这就是他想要的。他父亲坐在他旁边的椅子上，两个人一起喝啤酒。这样的事，以前发生过几次。这就是鲍勃想要的。

啤酒喝完，他父亲起身说道，该你了孩子。鲍勃没有问那是什么意思。走出他们的拖车房，夜幕已经降临。那是个七月，独立日之后几天，卡尔文不知在什么地方进行了庆祝。再往后，他们已经坐在拖车里在 119 号公路上向南飞驰而去。过了许久，他竟然开口说话了。对你来说，今天依然是独立日，孩子。你和我在一起，我可以把这一天给你单独划出来。七月四日是我的圣诞节、感恩节，还有该死的植树节，全部都在这一天，就因为我为这个国家所经历的一切。我们还有一些烟火要放，你和我。我为这个国家经历过狗屎，你知道这都是为了什么吗？五天。他妈的在海边待了五天。美国军队会让你匪夷所思。他们把你关在丛林里让你去杀人，或者被人杀。然后，老天，他们把你从那个地方拉出来五天五夜，把你安置在一个漂亮的小城市里，就像耶稣自己拿着簸箕下了地狱，把你从那儿筛出来，把你放进本该属于你的天堂。你沿着一条街走下去，不是金子铺成的，但是比用金子铺成的还好，它铺满了女人，酒吧里的女人，按摩

197

院里的女人，这可不是妈妈桑，是真正的美人儿，哪怕就在前一天，如果在你正在清洗的村子里看见这样的姑娘，你都不能信任她们，更别说褪下裤子了。前一天，你可能得把她们漂亮的屁股炸飞，但现在，你可以进去做个按摩，还可以做更多别的，你可以干她们，干得你扔了脑子，扔了恐惧，扔掉你脑子里该死的血淋淋的记忆，你是在和你的敌人干这事儿——就是这事儿——你是在这个鬼地方和最漂亮的敌人干这件事。

卡尔文·韦伯停下来不说了，专注开车。他对儿子还有没说出口的话，尽管这也是他意料之外刚刚冒出的念头，这些他甚至在头脑中都没办法形成文字的话是这样的：从那以后，一切都不一样了，不管是性还是其他任何形式的亲密，不管是和一个女人在一起，还是和一个朋友在一起——你们两个人一起喝着酒，试着将这段经历一笑置之，试着把它变得原始而粗鲁，但是失败了，于是陷入沉默，你坐在越南头顿的一个酒吧里，陷入沉默，因为意识到了同样一件事：和一个女人在一起，和一个朋友在一起，和任何人在一起，再也不会那么美好了。而为此付出的代价却是不值得，无论是你必须经历的那一切，或是遗留给你的那些东西。

但对于鲍勃来说，之后发生的事就是，他父亲轻轻吆喝着，开车驶离高速公路，朝着树林那边的一个深红色霓虹灯标志开过去。上面写着：按摩。卡尔文说，看看我们在西弗吉尼亚找到了什么？你今晚就会变成一个男人，二等兵韦伯。后来，鲍勃和一个女人在一起，赤裸着身体。他父亲在隔壁房间。哪怕鲍勃意识到自己正和一个女人待在一起，意识到自己已经做好了干那事的准备，他还是可以听到薄薄的墙那边他父亲的声音。他听到父亲在那边大声说话，大声笑，也能听到里面那个女人和他一起笑。鲍勃知道之后将发生在自己身上的事不会很快乐，知道以后再也不会快乐。

然后，一个身影在新叶商店门前的黑夜中出现，一个又高又长的身影，差一点就贴到了他身上。鲍勃非常清楚这是谁，心想他不妨就解决了这件事吧，于是他的手动了起来。虽然现在他的反应不是那么迅速，他还是把手伸向大衣右侧口袋，动作很慢但是他妈的很确定，他知道一旦手伸进去，他至少能夺到对扳机的控制权，他就能彻底结束自己和这老头之间的这件事。可是突然间，那个人开口了，你好，鲍勃。鲍勃记得这个声音，他现在认出了这个人，可是他的手还是不想停下来，他想因为某件事而报复某个人。他意识到现在做这事地点不对，时间不对，人也不对，最终停住了手。现在站在他面前的是另外一个鲍勃。鲍勃回答说："你好，鲍勃。"

~

罗伯特在天刚刚黑的时候到的新叶商店附近，那会儿他并没有立刻辨认出坐在门边一张桌子旁的看不出形状的大块

199

头。罗伯特自己家老爸的事就够他受了，不过他故意逃避，让自己去想一些琐碎的小事：天气虽然暖和了但他还是觉得很冷；在过去的一年左右时间里，他的眼睛变得很脆弱；新叶商店里面的灯光看上去比它们本来的亮度要刺眼很多。那个大块头现在化成一个人形，脸也能看清楚了。一认出这个人，罗伯特马上回忆起三天前分手的时候鲍勃的那个问题：你认识我老爸？

也许这会让罗伯特继续走下去，也许这次他应该避开鲍勃。但这只是他内心的选择，他的身体却立刻转向这个潦倒的男人，这个对越战来说至少年轻十年的男人，这个在查尔斯顿还有责任的男人，这个父亲会不请自来，突然间跳到脑子里的男人。罗伯特在他面前站定，开口说："你好，鲍勃。"

"你好，鲍勃。"那人说。

鲍勃裹着绷带的额头现在彻底引起了罗伯特的关注。"你还好吗？"他问。

鲍勃上身往后一缩，好像这个问题很过分。

"你的头。"罗伯特说。

鲍勃放松下来，哼了一声说："我的头，我的头被一个神秘的男人用铁锹砸了。"

"可恶！怎么回事啊？"

"不值一提。"

"有人帮你吗？"

"头上的伤，有。对付那个狗娘养的，没有。"

200

"需要点什么吗?"罗伯特想给他买点止疼药。

"需要替我报仇。"鲍勃说。

他说得很严肃。罗伯特犹豫了,知道自己在回答这个问题时需要谨慎,但也想不到怎么回答。他被手机铃声救了。

"抱歉。"他对鲍勃说着,从口袋里掏出电话,扬起电话作为解释。他转过身,朝停车场方向踱了几步。

手机屏幕上显示:凯文·昆兰。

和寻常的祖父们一样,威廉对孙子们比对儿子们要热情得多。罗伯特对此很清楚。凯文和老爸很亲密。罗伯特得计划一下怎么说。

电话又响了。他接起电话,"凯文?"

"爸爸,有新消息?"

到底怎么开口呢?在这艰难的一天即将结束的时候,有那么一会儿,罗伯特自欺欺人地想,达拉已经和孩子们谈过了,在事故发生以后就谈过了。"你爷爷摔倒了。"他说。

"妈妈说过了。我们一直在谷歌上搜索髋骨骨折。"

上次凯文和罗伯特讲话已经是三周以前的事,正常应该是每周日一次。毫无疑问,他儿子最近一直忙于工作。这样很好。小时候凯文沉迷于乐高,并不爱读书,长大成人后,他在经济衰退时期拯救了他的小建筑公司,还把它发展成联合的总承包公司。罗伯特就想问问他这件事,问问他工作进展如何,问问他到底得忙到什么程度。但罗伯特知道他不能问这些。可是对于他必须要说的话,他却完全找不到任何话

201

说，更别说合适的话了。

"看上去似乎很严重。"凯文说。

"是的。"

"手术顺利吗？"

"手术本身没问题。"罗伯特犹豫着。

"手术本身？"

罗伯特因为自己的笨拙而有些焦躁，他转了转肩膀，转过身，说："他不在了。"

罗伯特现在正面对着鲍勃，但并没有看着他。鲍勃在关注着罗伯特。这个突然的消息在黑暗中清晰地响起。有人死了。

凯文沉默，还是沉默。

罗伯特又转过身对着停车场。"对不起。对不起你失去了他，对不起我就这么不假思索地脱口而出。"

"不，"凯文说，"没关系。我知道这一定对你的打击很大，比对我的打击大。那是你的父亲。"

现在是罗伯特沉默了。

"发生了什么事？"凯文问。

"血栓，据我的理解。他们第一次让他站起来的时候，血栓从腿上行到了心脏。"

"老天。"

更久的沉默。罗伯特再次变得焦躁不安，在新叶商店前面的人行道边缘来回踱步。

凯文问："奶奶怎么样？"

"就那样吧。"

"那，挺住吧。"

"挺住。"

罗伯特听到凯文电话那头传来的声音：砰的一声门响，大嗓门说话，一听就知道是他的孙子和儿媳。

"抱歉，"凯文对罗伯特说，然后捂住话筒含糊不清地在那边说，"杰克，我在谈事情，很重要的事。"

雅各布最近已经二十岁了。是的，像个祖父可能做到的那样，罗伯特对他毫无保留地热情。而在这件事上，他对自己的儿子也并没有什么可弥补的，因为他一直对凯文同样热情。但是在雅各布生命中的大部分时间里，这种热情主要是从遥远的地方流淌出来。多年来，凯文和他的一家都住在开车要开一整天那么远的地方，因此实际上来讲，就是每周日一个电话，一年拜访四次。在过去的十年里，他们来拜访的次数减少到每年两次。

凯文回头对着罗伯特说："对不起。"

"杰克回家了？"在社区大学待了两年后，雅各布离家找了一份建筑工作。

"暂时的。"凯文声音中给人的感觉是，他并不想谈及这个话题。

沉默中，罗伯特停住脚步。他现在宁愿多谈谈孙子。

但是凯文说："什么时候瞻仰遗容？"

罗伯特的不安又回来了，促使他看了看鲍勃的方向。"星期一晚上。葬礼在星期二。"

"在哪里？"

"塔拉哈西。"

"我星期一上午有个重要的会议。我们可能得直接去看他。"

"阿巴拉契的蒂洛森殡仪馆。"

鲍勃也听到了。

罗伯特隐约意识到鲍勃能听到。他停下来，转过身又补充道："六点以后随时可以。会有吃的。你奶奶想让那儿感觉像个真正守灵的地方。"

"爷爷不会喜欢那样。"凯文说道，声音里没有丝毫的讽刺，只有悲伤。

"是的，他不会喜欢。"

"我不会讲关于他的趣闻轶事。"凯文说。

"他会对此感激不尽。"罗伯特听到儿子深吸一口气，可能是要哭了。他觉得凯文会想着私下里做这件事，他应该不会想让自己的声音里听出流泪的感觉，于是罗伯特说："这么说很唐突，但是抱歉我得走了。我爱你。周一见。"说完就挂了电话。

罗伯特也气息不稳了。

他茫然地盯着停车场看了好一会儿，把电话揣进衣兜，记起了鲍勃，于是转身朝那人的方向走去，心里有点希望他已经离开了。

但鲍勃还在那儿。

罗伯特走近鲍勃，在他面前站定。

鲍勃抬头看着他，"有人去世了？"

"我父亲。"罗伯特说。

鲍勃感觉大脑里面有什么东西开始捣乱，就像晨起时感到恶心，有一种令人眩晕的肿胀感，但他强压了下去，深深地压下了，都没有辨别那是什么。

"你吃过了吗？"罗伯特问。

"有一段时间没吃了。今晚没吃。"

"我也没吃。一起吧？"

有时候，当鲍勃的下一顿饭已经有了着落；有时候，当某个挺身而出者在他身边表现得很自然，就像现在这个人表现的那样，脸上丝毫没有显露出那种表情；有时候，当鲍勃为自己已经陷入的生活挣扎了很久，那种恶劣的心情想要抬头又被打压下去；有时候，当这些情况发生，尤其是当它们几乎同时发生的时候，鲍勃发现自己突然可以像以前那样思路清晰，可以用别人能接受的方式讲话，可以给人留下一个很好的印象。现在就是那样的一个时候。

鲍勃说："这次该我买单了。但那样恐怕今晚的选择余地会比较小。"

罗伯特对鲍勃的玩笑感到惊讶，听完之后他脸上露出的笑容却没有任何怀疑，没有讽刺，也没有同情。对鲍勃来说，他的戏谑是有风险的：出人意料地给挺身而出帮他的人留下好印象；也会激发那种表情的另一个版本。但是另外一位鲍勃并没有露出任何痕迹，只是像对任何其他人一样对着他微笑，对此，鲍勃非常感激。

"我已经付过了。"罗伯特说。

鲍勃从椅子上站起来的时候，罗伯特突然想到一件事。当鲍勃站定，罗伯特伸出手，"我们还一直在纠结这个'鲍勃'。我叫鲍勃·昆兰。"

"鲍勃·韦伯。"

两个人握了握手。

两个鲍勃走进新叶商店，找了一张位于角落的桌子坐下来，远离其他几位就餐者。两人的面前摆着豆子和米饭。

"我很高兴，是你让我想起了这个，"他一边说一边冲着盘子点头，虽然是出于同情鲍勃的牙齿情况而做出的选择，"我以前就喜欢吃豆子和米饭。"

鲍勃从来就没喜欢过。"那是什么时候的事？"他问道。

"你会觉得它生长在新奥尔良。但我妈妈更喜欢土豆，而不是豆子。那是在军队里，基本训练。"

他是军人。鲍勃清晰的思考受到些许干扰。他眼前的这个人已经时不时地和卡尔文混为一体，难以区分。

罗伯特说："当然是基本训练。你可以爱上一次温水淋浴，一双干爽的袜子，分享一支香烟，哪怕你根本就不喜欢吸烟。"

鲍勃努力保持清醒。他根据从某个咨询师那儿得来的建议开始唠唠叨叨，喋喋不休。这个是这个，这个不是那个。这是这时，这不是那时。它们看着一样但是不一样。

行了。

他觉得他已经可以掌控事态的发展，可以继续了，然而，他听到自己依然在纠结这个问题。"所以说，你当时是在军队里？"

罗伯特点点头，"路易斯安那州波尔克堡。"

鲍勃使劲盯着罗伯特的脸看。这不是他老爸，这是另外一个人。他甚至不是什么挺身而出的施舍者，而是一个真正够意思的哥们。他们一起吃东西，心平气和地交谈。鲍勃可以问出这样的问题："你参战了？"

罗伯特迟疑了片刻，但足以让他的声音因为刚刚过去的二十四小时而变得沉重、悲伤和柔和。"我去了越南。"他说。

而鲍勃，内心依然还在恐惧会得到模糊的暗示，知道某种不可言说的秘密，结果却听到这个声音用他从未料到的口气在说话。他听到另外一个鲍勃清楚地说：我们别小题大做。然后又说：可能有些人会因为这事情绪激动，但肯定不是我。又说：我只是他妈的因为这件事很难过。

鲍勃也很难过。他感觉自己脑子清醒了。他说："你爸爸过世了？"

那人又迟疑了。鲍勃的手握紧。也许他不该问。他虽然

207

希望刚才自己的父亲出现在越南的故事里，但卡尔文现在才走进房间，大踏步走过来。他在鲍勃的背后停下来，鲍勃担心面前这个伤心难过的人会突然看到卡尔文，会生气，然后抬腿就走。但是没有，这人说："他今天早晨去世了。"

现在是鲍勃生气了。他想：那你今晚和我这样的人一起吃豆子和米饭干什么？但他问的却是："怎么回事？"

"心脏里有个血栓。他当时在医院里。"

卡尔文消失了，噗的一下。"我不相信医院。"鲍勃说。

"那样也许是聪明的。"

一段时间里，他们默默地吃着东西。罗伯特感觉很奇怪。终于，他今天谈起了他当兵的事，尽管对象是一个陌生人，一个穷困潦倒的人，一个不可能对越南有直接了解的人。虽然罗伯特谈到的都是些细小的琐事，但是琐事也能把战争中的人们紧密联系在一起，就像飞溅的鲜血一样。而听他说这些事的那人，也许他也在另一场战争中服过役？不太可能。从外表看，他应该也没去过阿富汗或者伊拉克，年岁不对，除非他是名职业军人。罗伯特差一点就问了，但他没有。

两人继续吃东西。罗伯特继续琢磨鲍勃的事。几天前突然说起鲍勃的父亲，这让罗伯特猜测，他在查尔斯顿未尽的责任可能与他老爸有关。

罗伯特又吃了几口他的军营基本训练伙食，试图把这些念头放在一边不再想。但他知道鲍勃是一个吃过苦的人，做过错误的选择，也失去了机会，同时也是一个没什么选择的人。他敏锐地意识到，没有人在弥补失去的机会这件事上，比他的选择更少。他也并没有太往这方面想，只是凭着冲动做事，但效果都是一样的：处理自己的问题，干涉别人的问题。

然而，罗伯特意识到这种干涉是需要机智圆滑的，于是开口说："那么你是从查尔斯顿来的吗？"

"是的。"

"离开很久了？"

"很多年了。"

"那边还有家人吗？"

此刻，那是鲍勃的痛处。任何时候都是。他耸耸肩。

"你父亲还在世？"罗伯特问。

好吧，好吧。这个鲍勃的父亲今天早上死了。鲍勃的思维还足够清晰，可以看明白这点，可是他就想保持清醒，而这个问题开始把他扯得离题了。他意识到时间的流逝，也意识到他什么都没说。他摸了摸前额，里面的嘶嘶声又响起来了。

罗伯特想给鲍勃买一张巴士车票，把他送回查尔斯顿去找他的父亲，还想建议他利用巴士旅行的机会想清楚，在还来得及的时候，要对老人说的所有话，哪怕就是一句：去你妈的。

鲍勃还是不说话。他在心里不停地抽打着自己，想让自

209

己想些什么，而不是另一个鲍勃和他死去的父亲想让他想些什么，额头里面熊熊燃烧的大火给了他一点想法：也许下一个寒冷的夜晚，他会走一段路到羔羊之血全备福音教会的园艺储藏室去检查一下，看看谁会有可能回到那个犯罪现场。

罗伯特感觉到了鲍勃的转变，意识到了自己的错误。逼问他父亲的事是错的，巴士车票也是错的。资助鲍勃的冲动倒是让他想到了另外一个计划，一个真正能帮到他的办法。"你今晚有地方睡觉吗？"他问。

鲍勃对于食物和住处的反应很强烈。这个问题，以这样的口气提出来，由一个够意思的哥们提出来，让他暂时抛开了卡尔文和报仇。"不，没有，鲍勃。"他说。

"你能在汽车旅馆里合理利用一周的时间吗？"

对鲍勃来说，这个问题的答案可能有点复杂。不过总的来说，是的。"能。"他说。

一个实际的问题立刻摆在罗伯特的面前。他犹豫了一下，认定坐在他面前的这位可能是内行，但他不知道该怎么问。"你知道有什么地方……"他就说了这么多，然后意识到他刚才本可以把那半句话直接变成问句。不幸的是，他的语气使这个问题变成了开放式问题。

鲍勃很理解。他用一种陈述的语气补充道："……会接纳像我这样的人。"在另一个鲍勃可能会觉得提问比较尴尬之前，他接着说："当然，你知道穆拉特王子汽车旅馆吗？"

整整一天，从一觉醒来到突然得知父亲去世，到陪在母亲身边几个小时，再到这顿意外的晚餐，罗伯特的内心在不知不觉中一直高度纠结。而现在，他稳妥的学者思维牢牢地抓住了某种熟悉的东西，让他感觉卡扣好像突然松了下来，近似解脱一样大口喘气。"我知道，"他说着，身体向鲍勃靠过去，"那是我在塔拉哈西最喜欢的商号了。阿喀琉斯·穆拉特王子是拿破仑·波拿巴的外甥，也是那不勒斯国王的儿子。在拿破仑最终战败以后，他随家人被流放到维也纳，后来移民到佛罗里达。他二十四岁就当了塔拉哈西的市长，是拥护杰克逊的民主党人，尽管他从没有在这个地区以外的地方有过任何政治上的建树。他是年轻的拉尔夫·沃尔多·爱默生的至交好友。顺便提一句，爱默生在一八二六年的时候曾经把塔拉哈西称为'怪诞之地'。但是让穆拉特最终闻名的是他的怪癖。"

罗伯特第一个想到的是穆拉特以"鞋子穿烂才洗脚"而著称，但他没提这个。他发觉，只有他一个人在说话。

鲍勃不明白罗伯特在说什么，他甚至开始怀疑罗伯特有类似他自己那样的麻烦。

两人沉默了一段时间后，罗伯特好像在为自己的微型报告做解释，他说："我确实很了解穆拉特。"

鲍勃依然没说话。

"我教历史。"

"他们会让我进去的。"鲍勃说。

"那么，就定穆拉特吧。"罗伯特说，没有再说其他话。

本来内心已经放松的感觉似乎又全部纠结在了一起。

~

罗伯特的父亲去世那天，在他离开妻子和母亲之后，一月的黄昏渐渐褪去，夜幕降临，达拉在隔壁房间里忙着整理文件，安排守灵。佩吉发现自己无法入睡，她扭头看着停车场的灯光透过百叶窗的边缘形成的光带。她闭上了眼睛。她静静地站在那儿，尽量不让自己流汗，也不要被等待中的那些女孩身上的廉价香水熏得晕倒。她也用那种廉价香水，她也和她们一样正在站台上等待着，等着部队的火车进站，等着漫长的等待结束。她们的男人将在这一天回到她们身边。比尔要回来了，佩吉的余生即将开始。她穿着一条印着雏菊的背心裙，胳膊裸露，留着蓬帕杜①式的发型，长长的卷发垂到肩膀上，额头那儿向后梳得高高的。小鲍比在别的地方。他十三个月大，长大了，已经会跑了，总是不停地跑，不停地说话，有一次和镶在相框里的爸爸咿咿呀呀地聊了一个小时。他就和那张照片坐在客厅地板的中央，玻璃板上沾满了鲍勃的手指印。他是在佩吉和比尔的新婚之夜怀上的，也是他们在一起的最后一个晚上。比尔从没有见过他的儿子，但今晚他也见不到他。孩子在她爸爸妈妈家，他们四个

---

① Madame de Pompadour（1721—1764），法国国王路易十五的情妇。

人在过去的两年里都住在那儿。乔叔叔很高兴地和他的伙伴们去工业运河疯玩几天，这样佩吉和比尔就可以在乔叔叔那栋康斯坦茨街上的排房里单独待一段时间，他们就可以第二次做爱了。

佩吉睁开眼睛，转过身，正面对着丈夫空空的床，可在昏暗的房间里几乎看不到它，仿佛须臾之间，这里是记忆，而火车站台是她的人生。

她再一次闭上眼睛。她迅速瞟了一下光幻视造成的闪光，是街灯的颜色，过后便只有新奥尔良明媚的阳光洒满火车站棚的阴凉处之外的地方。站台的另一端传来叫喊声，有人看见火车了。她周围的人群开始涌动，如潮水般涌动，但她一动不动。他会找到她的。她一直都知道他会回来，会找到她。

她对十九岁的自己说：哦，宝贝，不要抱有太大的希望。他一直在为打击邪恶军团的一场神圣战争而战斗，否则冷酷无情的恶魔总有一天会越过大洋，来到我们自己家门口。他的所见所为都需要超乎想象的英勇。你一直对他保持忠诚，你信任他为之战斗的崇高事业，所以你必须让他感觉到你是多么骄傲。你一定要紧紧地拥抱他，但是不要对你们已经做出的牺牲感到惊讶。今晚算一个牺牲，还有下一个夜晚，再下一个夜晚。尽量不要对他失望。

～

那天晚上更晚些的时候，吉米拐下哈里森小路，开进他位于十二里湾的家。他回来收拾行李，准备在多伦多一直待到安排好他和琳达的未来为止。希瑟跟在他的身边。在距离房子还有半英里远的时候，她突然安静下来。在城里，当吉米告诉她需要来这里取他的东西，而且最好是马上来的时候，她没有解释原因，但坚持要一起来。她现在情绪有些波动，身体向前倾，看着眼前不断推进的灯光。

"她应该不在。"吉米说，将手伸了过来。

他的判断是正确的。希瑟抓住他的手，紧紧地握住。

他们从松树林里钻出来。月光下，房子被照得通亮，但是房子里面没有灯光，车道上也没有车。希瑟放开他的手。

刚进前门，她就拉着他停住不走了。

"对不起。"她说。

"怎么了？"

"害怕。"

"没必要……"

"我知道这个地方也是你的，"她说，"但这感觉上就是她。"

"那你就在这儿等着。我得上楼去。"

她看着他。

门外是加拿大的一月。

214

吉米冲着旁边的门点点头，"客厅，在那儿感觉不到太多她的气息。"

希瑟站在他面前，整了整他的肩头，把他拉向她。两人接吻。

"我会很快。"他说。

他拿着两只巨大的普尔曼皮箱走下楼梯，刚走到楼梯最下层，希瑟就出现在客厅门口。她没有开灯。

吉米走近时，她从客厅里走了出来。他把行李箱放在地板上。

"怎么了？"她问。

"我只想再吻你一次。今晚我在这栋房子里做的最后一件事。"

他们还没接吻，电话响了。

他们同时看向客厅的门，然后回头看着对方。

"你觉得是她吗？"希瑟说。

"不会。"

"我想要那个吻。"她说。

电话铃声又响了起来。

吉米开始解释，说电话是有答录机的。为了这个吻，不管是谁的电话他们都得听着。但是还没来得及组织语言，很显然答录机上已经收到了第二条讯息，因为在电话第二遍响过后，答录机嘀嗒一声已经弹开了。

一个女人的声音从客厅里传了出来："喂，亲爱的。"

没等希瑟退缩，那个声音接着说："我是妈妈。"

佩吉顿了顿。

"赶紧说吧。"吉米说。

佩吉说："你父亲今天早晨去世了。"

她又停了一下。

吉米提起行李箱。

希瑟碰了碰他的手臂。"等一下，亲爱的。"昨天晚上两人花了很久匆匆忙忙互相介绍了各自的各种背景，他跟希瑟讲了他的家庭情况。

佩吉说："我知道你是怎么看他的。"

她又犹豫了。

"至少听一听。"希瑟说。

"我不怪你，"佩吉说，"我现在可以这么说了。我一点都不怪你。任何事都没怪过你。你得应付他对你的态度啊。"

吉米放下了行李箱。

"那并不是我的态度。你一直都是我的儿子，我心爱的儿子。以后也一直是。但是我嫁给了你父亲，我爱他。我是他的妻子。"

佩吉哭了起来。

她流眼泪是为了她钟爱的男人，因为他从这个世界上消失，从她的生命中消失，因为她的失去。而他从她的生命里消失，她的失去，也让她的眼泪里有释放，甚至解脱。她为自己感觉到解脱而愧疚不已。流泪也是因为他的爱，因为他

216

带给她的战栗虽已褪色却从未消失过。每当看到他出其不意的笑容时，每当他意外地从她身后走过，指尖在她脖颈上滑过时，他带给她的那种战栗。尽管她每次都是装作怕痒，不舒服地一跳，但她知道这是多年来诱惑他继续这个动作所必需的。流泪，还因为需要。流泪是因为相信还有来生，如她的信仰所描述的那样，同时她也相信他在来生亦不会做得很好。流泪也是为了她自己，为了她不得不靠撒谎和手段才能维持的家庭和谐与幸福；为了她在如此多的情况下犯下这些微不足道的轻罪，以至于她后来在告解时忘记了要充分承认它们，更不要说接受它们；还因为，在来生，她自己也不会做得很好。流泪是因为有可能在某个地方，当这些罪恶要面临惩罚的时候，她将发现自己有一次嫁给了威廉·昆兰，而斗争也将以几乎同样的方式重新开始。眼泪也为吉米而流。这样他就能明白，事情已经发生了变化，明白他可以回家了。明白他一直是她的儿子，她心爱的儿子。因为她是真的爱他。也就是说，在一定程度上，没有他的幸福，她的幸福就是不可能的，不过除非她用自己的方式做出判断并经营管理，她没办法放心地认定他是幸福的。所以她哭的时候没有挂电话，也没有把电话从她的嘴边挪开，而且她小心地让自己的哭声足够大，这样电话留言就不会被切断。

希瑟被她的眼泪感动了。"你就不能跟她说说话吗？"她说。

"不能。"吉米说。尽管他意识到在过去的三十六个小时里，情况发生了怎样巨大的变化。而在这个被他选中的国家里，一场漫天大雪把世界铺平，覆盖了他对家庭，对关联性的信念。他昨天才意识到这一点。曾经梦到过，然后就意识到了。历经五十多年才建立和凝练出的信念仿佛一夜之间就被颠覆。一种看上去同样坚定的新的信念在同一个夜晚盛开：他爱这个正站在他面前的女人，这个当他自我放逐，离开美国时甚至都没有出生的女人。在生命中的大部分时间里，要么他一直是自欺欺人的傻瓜，要么一直是被老爸愚弄的傻瓜，要么两者都是，要么两者都不是。

希瑟说："她们那一代人中，很多人最看重的是做忠诚的妻子。"

吉米心里想：我们这代人中的很多人接受了快餐式爱情。没有什么会被排除在外，包括年龄。

他想紧紧抱住希瑟。

佩吉的眼泪突然间停了下来。

吉米展开双臂，希瑟扑进他的怀抱。

佩吉说："对不起，对不起。这是个艰难抉择的时刻。但是如果这么做有一定的好处，如果我能见到你，这对你来说不也是一个终结吗？对我们所有人都是。"

她又停顿了一下。

"无论你怎么决定，亲爱的。"希瑟说。

吉米没有动。

"万一需要，"佩吉说，"塔拉哈西的蒂洛森殡仪馆。守灵从星期一晚上六点钟开始。葬礼是星期二早上十点钟。请你考虑一下。"

她最后又停顿了一次。

吉米等着他母亲继续她的表演，等着更多的眼泪。那是充满感情的爱的宣言，尽管她一直忠诚于那个到死都拒绝吉米的男人。但她却说："我们让他入土为安吧，儿子。一起去。我们都需要这么做。"

然后，她挂断了电话。

~

佩吉是在厨房给吉米打的电话，当时达拉正坐在过道下面的餐桌旁。佩吉睡了几个小时，几分钟以前刚从卧室里出来。

"真高兴你能休息一下。"达拉说。

"我感觉脑子清楚些了。"佩吉说。

"你睡觉的时候我叫了中餐，挺多的。我给你热一些吃吧？"

"不用，亲爱的。我不饿。"

"茶呢？"

"我得先打个电话。"佩吉说。第二部电话放在她刚刚待的那间卧室里，但她从达拉身边穿过，进了厨房。

达拉处理着眼前的文件，但什么也看不进去。很自然，她听了佩吉的电话，一直听到佩吉向她失散已久的儿子建议一起安葬威廉，然后挂上电话。

达拉放下手里的文件。没有装假，她在等。

橱柜门打开，传来锅碗瓢盆碰撞的声音。橱柜门关上，然后传来水流的声音。锅搁在金属炉灶上。"喝茶的事儿，我改主意了。你要来点吗？"

"谢谢，"达拉说，"好的。"

几分钟以后，佩吉端着一盘茶点出现，她把达拉领到沙发的位置，把茶盘放在她们面前的茶几上。

在这件日常琐事中，她们两个人都深受传统女性礼仪的影响，因此都同时拿着茶托和茶杯，也避免身体不得体地往前伸到茶几那儿。两人在沉默中小口小口地喝着茶。

达拉从来没有觉得和佩吉特别亲近。这么多年彼此熟悉下来，她曾经亲眼看过这个女人的各种姿态和表演——实际上，亲身体会过她的谎言和手段。但佩吉对吉米说的话，以及明显让达拉无意中听到她打电话的意图，还有她现在喝茶时的默不作声，这些都不像是手段。这是一个让人感觉不同的佩吉。

于是达拉把茶托和茶杯放在茶几上，开口问道："你为什么让我听到你们的谈话？"

当佩吉转过脸来时，达拉仍然期待着看到以前的佩吉。也许她会做出假装惊喜的表情。是吗？我太伤心了，都没想到过这点。

然而没有，佩吉给了达拉一个简短而拘谨的微笑。"我想让你也清楚知道我的想法。"她说。

达拉的震惊是真实的，但她掩饰过去了，什么都没说。

佩吉探出身把自己的茶托和茶杯放在茶几上，然后又坐回来。她把双手并拢放在腿上，好像这一发现是预料之中，而后面她要说的话也是经过考虑的。

她说："我希望我的话听上去不那么刺耳。我爱比尔，在接下来的几周里，我会一次次为他哭泣。请不要怀疑那些眼泪的真诚。但吉米需要了解关于这件事的另一面。"

"我明白。"达拉说。

"男人有男人的方式，"佩吉说，"在相互沟通，相互团结方面。比如我的丈夫和你的丈夫，他们的父子关系非常牢固，毕竟他们都去参加了战争。你觉得，这就是男人们为什么要制造战争的原因吗？分享类似的东西？难道只有这样他们才会感觉彼此亲近吗？"

佩吉停了一下，好像很想听听达拉对这件事的看法。达拉仿佛看到她的邦联军队的男人们坐在理发店周围度过了一个漫长而炎热的夏日午后，醉醺醺地喝着老林头波旁威士忌，听着战争故事，而他们的女人则坐在客厅里，一边啜饮着蓝莓甜酒，一边奋笔疾书着慷慨激昂的文章。

但是在达拉回答"是的，你说得对"之前，佩吉又接着说："吉米从来没有过这些。作为一个男人，他得本能地知道，当他去加拿大的时候，他正在放弃什么。这也许是他做的事情中最艰难的一件。我现在可以完全尊重他了。因为他有勇气拒绝儿子们通常想要的东西。"

达拉觉得这些话都很真诚。她把自己的手覆在佩吉的一只手上。

佩吉看着达拉的眼睛，安静地看着她。然后她说："我觉得我也一直被你拒之门外。你是我的女儿。真的。"

即便老佩吉唤醒了一个刚刚挣脱束缚的自我，一个坦诚而直率的自我，这话在达拉听来就是谎言，一个为了塑造虚假的家庭形象而进行设计的谎言。一个新近修整过，重新建立，没有大家长的家庭形象。但随即她觉得不对。佩吉的目光在接下来的沉默中没有丝毫动摇，佩吉很可能真的把她视作女儿。但是对达拉来说，佩吉从来都没让她有母亲的感觉，甚至连亲近都说不上。现在，在佩吉坚定的目光里，最真诚的那部分——如果是真诚的话——看上去似乎仍是佩吉的一种伎俩。这双眼睛期待着达拉来宣告，她对她也有着相应的女儿般的感情。哪怕这是个谎言。

关于女儿的这个身份，达拉是有话说的。"我想成为一个好女儿。"她这么说不是因为这话或多或少也是一个谎言，是因为她知道佩吉对一个好女儿的标准。

佩吉把手翻过来，与达拉手掌对着手掌，手指交叉。她咯咯地笑了，很坚强的笑声，带着悲伤的脆弱的笑声。她说："为什么上帝选择让这么多男人包围着我呢？哎呀，要是有女儿，我将是一个多好的母亲。"她们就这么坐了一会儿，

222

然后佩吉轻轻地握紧她们交叉在一起的手，说："亲爱的，我感觉和你非常亲近。"

达拉动用意念，不要把自己想象成佩吉真正的女儿。她一时间并不相信这样激动人心的宣言，但她轻轻地握了握手，以此表示接受。

佩吉并不需要她相信，甚至没有试图判断一下她是否相信。她想要的是，只要她的想法被接受就行。但她的确听到扑通一声，又一个微不足道的轻罪掉进了她的桶里。啊，好吧，她想，没办法呀。

~

达拉找到罗伯特的时候，他正坐在自己书房的写字椅上，面前的电脑屏幕上苹果图标在不停地往外弹。达拉先在门厅里叫他，听到他在楼上这个房间里答应，就静静地走过来。他书房的门是敞开的。她在门口站了好久，他才意识到她在那里。她看着他的脑后，心里一片温柔。他那灰蒙蒙的头发蓬松而杂乱地垂到衣领的位置。

终于，她开口说："嘿。"

他回过头，身体也随着转过来一点。"嘿，她怎么样了？"

达拉穿过房间走过去。

他坐在那儿没动。

"她做得非常好。"她说。

"那就好。"

她冲着电脑屏幕保护程序点点头。"你这个样子已经有一段时间了。"

他转过头看着被咬了一口的苹果弹出来，好像是为了证实她的话。"已经一整天了。"

他又盯着看了一会儿。

"我很抱歉。"她说。

她把手放在他的肩上。

"谢谢。"他说。

他没有动。

"最好到床上去睡一下，"她说，"把眼睛闭上。"

他站起身。

直到互相依偎着躺在被子下，两个人也没有再说什么。

没有 Kindle，也没有 iPod。

达拉对罗伯特挥之不去的温柔让她内心不再纠结，她很快进入了梦乡。当她的渴望在不知不觉中变得模糊，她最终说了一句"如果有任何我能做的"。那一刻，她看到她自己死去的父亲的脸停在他举起的汤匙上，他又浓又粗的眉毛一抬，说，你将在为民主党拉票和在晚宴上夸夸其谈中终老，你为这个世界所做的贡献，连制造优质的香肠都不如。而达拉在父亲面前闭口不言，在父亲谈到红色的香肠的时候，闭口不言反而显得意味深长，毕竟她是一个美丽而忠诚的女人。她还看到罗伯特，他的头剃成了锅盖头，他第一次把她抱在怀里，他身上还有那么多的事情她不了解，为了爱他，还有那么多的事情她不需要知道。

"你已经做到了，"罗伯特回答她睡意蒙眬时的提议，"谢谢。"然后他侧过身躺着，背对着他的妻子，自己也沉沉睡去。那个无家可归的男人坐在桌子对面，他问道，你去打仗了吗？罗伯特回答说，我去了越南。然后那人说，给我看看你的伤疤。罗伯特抬起手放在额头上，发现那儿缠着一条绷带，于是他把指尖伸进绷带边缘，把它撕了下来。

~

那张宣传单让鲍勃搬起石头砸了自己的脚。穆拉特因为要重新装修成经济型酒店而关闭了！另外一位越战老兵把他安置在公共汽车站附近的"旅居者"，从穆拉特走过去还有很长一段路，但那是唯一能接纳他的地方。看在暖和而且肯定有床睡觉这点上，那儿本来也是可以的，除了那张该死的宣传单。就在昨天，鲍勃才从里到外换上了一套新的"羔羊之血"衣服，洗了一次"全备福音"淋浴，甚至抹了一层该死的爽身粉。走进这个房间后，他把从慈善商店搞来的外套和毛衣挂在衣架上，把格洛克放在床头柜上，把枕头叠了叠以适应他来枕，把鞋子脱下来，他躺在那把手枪的旁边，抬头看看天花板。鲍勃发现，淋浴和衣服，还有爽身粉，切实有效地把他和他身上的臭味给划分开了，所以现在他能够闻出这家汽车旅馆的味道——蟑螂发霉的味道，空气中空调的霉菌味道，二十多年的香烟味道，撒了的食物味道，地毯上、窗帘上和床单上残留的精液味道，以及女人的味道——而所有这些把他带回到另外一家汽车旅馆里，那时他十六岁，和父亲一起旅行，因为他母亲已经有过好几次这样的经历，厌倦了。她去了惠灵①看望她的姊妹，在那儿待多久还不确定。卡尔文决定，他和二等兵韦伯需要离开小镇，需要到山里去打打猎。在路上，他们发现了那家便宜的汽车旅馆，里面竟然有一件破旧的奢侈品，一台电视。而卡尔文犯了一个大错误，他打开了电视。这绝对是个大错误，因为那天是一九七五年四月三十日。画面一闪，刚好聚焦到哈里·里纳森②在镜头前说：南越政府宣布无条件投降后几个小时，越共的旗帜已经飘扬在西贡总统府的上空。卡尔文正坐在床尾，他一下子跳了起来，低声说了一句：操！真粗俗。那之后，他就不停地踱步，偶尔瞥一眼电视屏幕，却一声不吭。看到这，鲍勃往后靠到床头板上，蜷起身体，吓得要死，这比他老爸生气时使尽了全身力气吼他还要吓人。因为这又是关于他不肯说的那件事，是那些他知道人们必须要屈服的事，鲍勃明白，这些事和杀人与被杀有关，和自己的伙伴被杀有关。当然，事情不可能这么简单，但真正让事情复杂起

---

① 美国西弗吉尼亚城市，邻俄亥俄河。
② Harry Reasoner（1923—1991），美国记者，新闻主播。

226

来的原因，却是不能说的，必须要保密。所以那是你心中永远的黑洞，吞噬了一切，不仅有杀戮和被杀戮，还有活着的人，它吞噬了你整个该死的生活。从墙那边传来笑声和说话声，可是你很清楚，该死的，根本没什么可笑，没什么可说。老爸在屋子里不停地踱来踱去，一言不发。电视里播放的是穿着便装的美国人和越南人，带着他们的女人和孩子，正涌上公共汽车，跑上直升机，直升机上的舱门射手正俯瞰着西贡的屋顶，之后是海边的屋顶，然后是大海。电视里的画外音在说：直升机掠过正在驶离沿海城市头顿的小型船只。听到这，卡尔文突然停住了脚步，猛地转身，盯着电视屏幕，身体往后退了几步，而后他横穿过房间取了他的温彻斯特70式步枪，端坐在了电视前面。电视里已经是晚上了，一个身穿西装，戴着太阳镜，头发飞扬的高个子男人正在和一个戴着鸭舌帽的海军上将握手。这时，电视机里的声音说：这位是大使格雷厄姆·马丁，他正从海军陆战队的直升机上走下来，登上了指挥舰蓝岭号的甲板，他终结了美国在越南的最后一章。卡尔文拉开了威彻斯特步枪的枪栓，装上一圈子弹。电视机里的声音又说：但这位记者询问他是什么感受的时候，马丁只是说，他饿了。卡尔文猛地把步枪往肩上一抬，鲍勃把脸扭到了一边，房间爆炸了。从那以后，老爸活了多久？两年多一点。他比以往更加安静，哪怕喝醉了酒也那样。他那么安静，以至于已经回家来的鲍勃的母亲看上去似乎很幸福；他那么安静，以至于鲍勃觉得找个晚上溜出家门上路，最后到得克萨斯打打零工，做做园林绿化和餐馆的工作也是可以的，做一个来自西弗吉尼亚的湿背人①也是可以的。然后有一天晚上，老爸一个人偷偷溜出去了。他一头扎进拖车公园后面的松树林，把他的温彻斯特装上子弹，然后把枪口放进嘴里，爆掉了他的后脑勺和他所有的秘密。

~

蒂洛森殡仪馆的泛光灯显示屏的外边缘雅致地用砖和波特兰壁柱装饰，如信号灯一样在夜色中闪动着下面的字样：

威廉·昆兰

丈夫，父亲，老兵

吊唁时间：晚上六点至九点

两百英尺外，越过风景优美的停车场向高处看去，便是蒂洛森。那是一栋乔治王时代②风格的房子，宽敞，两侧有配房，四坡屋顶。房子里也亮着灯。前门厅那儿，一座老爷钟刚好敲响了六点。

---

① wetback，从美墨边境的格兰德河偷渡进入得克萨斯州的墨西哥人，含贬义；也指非法移民。
② 多指英国乔治一世至乔治四世在位时间，即 1714 年至 1830 年。

228

正厅后面延展出来的吊唁大厅里，佩吉终于是一个人了。负责摆放热菜和冷盘的餐饮服务人员刚刚从后门廊那儿离开，她那些虔诚的教会女性朋友正在蒂洛森的厨房里，在她看不见的地方忙着清理。她们一边喋喋不休，一边帮她准备好了爱尔兰炖肉和爱尔兰土豆汤，现在这两样正放在她们自己的一排特殊的食物加热器里蒸着。佩吉感谢圣母玛利亚，让自己能有此刻的安宁。罗伯特和达拉从显示屏那儿转了过来。达拉想着这些女人——佩吉和她教会里的朋友们，还有那一排食物加热器，以及佩吉戴上"我婚前姓是佩金"这样的标签做了爱尔兰菜。她还想起，佩吉是多么想把她也拉到这个计划中，她们两人会因为昆兰家族的重新组合而紧密联系在一起，教会的女士们就是证人。达拉又想到，拒绝了佩吉的邀请，她可能应该感到内疚才对，但为什么自己就是不内疚呢？丝毫也不。罗伯特的注意力都集中在乔治王建筑风格的房子本身。一九二二年，霍拉斯·内勒在佛罗里达土地投机潮期间建造了这栋房子，又在一九二六年佛罗里达土地萧条时期失去了它。一九三四年，霍华德·蒂洛森为了造福逝去的人及他们的亲属，将房子改造成殡仪馆，其后两代蒂洛森家族的后人又多次对其进行扩建和现代化修缮。自然，罗伯特是个历史学家，而他恰好又住在一个集中了他很多兴趣点的城市中心，但是即便罗伯特从六根两层楼高的希腊科林斯风格的前门立柱上，看到了投机建造这栋房子的人的穷奢极欲，他还是意识到，他只是在竭力避免想到父亲的那张脸，因为他现在就在这栋房子里，躺在一个敞开的灵柩里面等着他。一英里外，阿巴拉契路向东行驶的路上，吉米从希尔顿逸林酒店的一个房间出发，正开着一辆租来的雪佛兰黑斑羚驶向殡仪馆。希瑟坐在他的身边。就在走出酒店房间之前，吉米拦住了希瑟，建议他们关上房门，就在房间里度过一个充满讽刺意味的性爱及电影之夜，然后就回加拿大去。但希瑟提醒吉米，他们在多伦多是经过一番挣扎才得出结论，吉米寻求的是结束而不是重新开始。要是事情进展不顺利，他们随时都可以逃走。吉米知道，这个结论过于简单了，但他无法开口说出全部的真相。尽管这个真相把他带到了这里，现在却又在催促他转身回家。两人在车上一直沉默。希瑟把手放在吉米的腿上，吉米把自己的手覆上去。他们从鲍勃身边经过，一个黑黑的、穿着臃肿的人正大踏步走在人行道上，也是往东的方向，身影映衬在贩酒店铺的霓虹灯光下。今天黎明前的某个黑暗时刻，塔拉哈西天气转凉，一整天都很冷，晚上也冷，但是鲍勃有笔旧账要清算，所以他奋力拖着疼痛的膝盖走着，忍受着从膝盖辐射到后背再到嘴里的疼痛，每走一步他嘴里仅剩的牙齿都在一跳一跳地疼。他忍受着痛苦，走在去往羔羊之血全备福音教会的路上，之所以忍受，是因为他希望在那个无名氏懦夫返回来的时候，他可以等在教会的园艺工具储藏室里。鲍勃为他准备了比园艺工具更有效的东西。鲍勃摸了摸外套胸口下面还有侧面的地方，那里面，他的格洛克在等待着。

罗伯特和达拉从中心立柱间走过，门廊左右两侧摆放着"饼干桶"① 餐馆里卖的那种乡村风摇椅，穿过前门，迎面碰上两个蒂洛森家的人低声向他们表示问候。这两个人身穿黑色西服，被晒得活像冬天里的尸体。其中一个人停下来，领着罗伯特和达拉穿过迎宾大厅，走过一个螺旋形楼梯，过了门口，进入了吊唁大厅的休息室。而这边，吉米他们驶过一块厚厚的东方风情地毯，朝着一扇敞开的大门开过去，"威廉·昆兰"几个字在黑暗中亮闪闪，令人不安地漂浮在吉米眼前。吉米目光躲闪，他稳住自己，专心盯着眼前空荡荡的小巷，又抬眼看了看殡仪馆那个长长的，昏暗而宽阔的停车场。那里没有几辆车。他并没有停车，反而加速通过。

"我们来得太早了，"他说，"我不想成为关注的焦点。"

"这很难避免。"希瑟说。

"站在人群里就不难了。"

"那我们就再开一会儿吧。"她说。

他们沿着林荫大道继续飞奔，蒂洛森悄然退下。与此同时，罗伯特和达拉走进吊唁大厅，停住了脚步。罗伯特扫了一眼里面。房间很大，还可以拓展得更大些。右边的可折叠门展开堵在那儿，使门口通道形成了一个更狭小，相对独立的空间。那儿的桌子上摆放着一盘盘冷盘和配菜，桌子的另一端隐藏在罗伯特看不见的地方。他的母亲一副"终于安静

---

① Cracker Barrel，美国乡村风格连锁餐馆和商店。

下来"的样子，凝视着上面摆放的爱尔兰食物。大厅里四处摆放着椅子和矮长沙发，大部分都面向左边。那个方向恰恰是罗伯特拒绝看的方向，但达拉的头已经转向那里。椅子和矮长沙发都是空的，只有两位戴着帽子的年长妇人坐在中间的长靠椅上。不过现在才六点钟，凯文和他的家人还在从机场赶过来的路上，罗伯特的女儿金柏莉早上还在康涅狄格州最高法院为一宗案子辩护。佩吉不知道去哪儿了，很可能是在检查食物，那是为直系亲属准备的。根据风俗，直系亲属是葬礼最开始阶段你唯一可以指望着能到场的人。

罗伯特需要在其他人来之前先解决一件事。他转向左手边的墙，科林斯式的半柱与灵柩靠在一起，天花板上的聚光灯柔和地照射在灵柩里，在蒂洛森家的人看来，无疑是来自天堂的凝视。然而才六点钟，灵柩里装着的那个人就被两个穿深色西服的男人的后背遮挡得看不到了。不是昆兰家的人，也不可能是蒂洛森家的人。不过，不管他们，还是把事情办完吧。

罗伯特碰碰达拉的胳膊，"等我一分钟。"他说。

"当然。"她说。

他朝着灵柩的方向走去，走近时，那两个人转过身来。他意识到了这两个人是谁。老兵们的面孔和卖甜甜圈的年轻人在细节上看是不同的，但共同点是他们枯萎的精神气质。这两个人是威廉在咖啡厅的伙伴，来自"最伟大的一代"托马斯维尔分部。

"你一定是他的儿子。"其中一个人说。

罗伯特握住对方伸过来的手说："是的,罗伯特。"心里想:他说的不是"他的一个儿子",他当然不会那么说,吉米从未存在过。

考虑到他新近的发现,他惊讶于父亲竟然和这些人说过他的存在。

他没听清第一个老兵的名字,发现自己已经握住了第二个老兵的手,只听到那人说的最后几个音节是"……菲尔德"。

第一个老兵说:"我和哈利跟你父亲同一时间在西部前线服役。"

"我们几乎每周都去喝咖啡,吃邓肯甜甜圈①。"哈利说。

"在托马斯维尔?"

"是的。他喜欢'格雷兹'和原味的'乔'。"

"他非常以你为豪。"第一个人说。

这句话让罗伯特猛地把脸扭过来看着那个人。

这人把罗伯特的眼神理解为自信,继续说:"他并没有谈过很多你的经历。他很尊重你对那段经历的缄默。"

第二个老兵说:"不过,他确实说了一点……嗯,我们都理解在越南的艰苦工作和步兵中尉短暂的生命。"他冲着罗

––––––––––––––

① Dunkin' Donuts,美国甜甜圈商店,"格雷兹"和"乔"都是其甜甜圈品种。

233

伯特了然于胸似的点点头，再一次伸出手来要和他握手。"谢谢你的奉献。"

罗伯特并没有握住他伸过来的手。如果拒绝伤害了这人的感情，那也是他的甜甜圈伙伴撒谎的错。那可不是我主动提出要奉献，我就是个懦弱的人，专门躲在掩体里数豆子。

但是那个人以为自己很理解罗伯特的迟疑。他挺直身体，收回伸出的手，改为敬了一个军礼，军姿站得一丝不苟。"中士哈伦·萨默菲尔德向您致谢，长官。"

呸！呸！罗伯特不能再拒绝下去了。不是这个人的错，但他又无法解释。于是罗伯特回敬了一个军礼，被迫相信了他那令人羞愧的父亲的谎言。这时候，他才突然间清楚地看到死去的父亲。因为两个老兵的遮挡，目前只能看到从胸部到胯部的部分。父亲平躺在那里，穿着那件还能穿但是已经过时了的西服，就是深灰细条纹，有垫肩，大翻领的那件，双手交叉放在腹部。

两个老兵发觉罗伯特的注意力已经发生变化。"现在我们把他交给你。"第一个老兵说。

"我们只想表达敬意。"第二个老兵说。

罗伯特内心揪得紧紧的，就仿佛他马上要从黑暗中走出榕树时的感觉。

"很高兴见到你。"其中一个人说。

说完，两人退到一边，在罗伯特的视线中消失。

罗伯特走上前去，置身于干洗用的三氯乙烯和太平间烤薄饼混合在一起的味道中。现在，他独自一人站在他死去的父亲面前。

在那蒂洛森式黝黑的外表下，威廉·昆兰那张无声的，在周日打盹时的脸被永远定格。那张脸对于罗伯特来说，好像总是很吝啬地表现出他们两个人之间没什么大问题。虽然没有说出来，但那张脸上的意思是：尽管我没有具体说过，但你对于我来说已经足够好了，我可以这么安详地睡在你的眼前。

老人现在就是那样睡着，睡在谎言里。就算他现在突然醒过来，带来只有一小会儿的高潮时刻，就算他盯着罗伯特的眼睛对他说：我知道你真正想做的事，好吧，做吧，如果你有种，就全力出击，一拳砸在我的脸上，罗伯特也不会抬起胳膊或者握起拳头，甚至不会费力气动动嘴唇冷笑一声。他只会说几个字：回去睡觉吧，老爸。罗伯特感觉到疲惫，疲惫不堪，只有疲惫。他感觉到了该死的七十岁的年纪。回去睡觉吧。

一只手放在他的肩上，他动了动。

灵柩这边的事，他办完了。

他转过身。

是他母亲。

她展开双臂。

他不愿意接受这样的姿态，就像他不肯接受萨默菲尔德敬的军礼，但他甚至更加不可能对此置之不理。他搂住母亲，对自己说：这个拥抱与我对他的感情无关，是给她的，只给她。棺材里躺着的是她的丈夫，她爱着他，以她自己的方式，以她自己的方式深爱着他。所以我现在可以抱着她，亲吻她的脸颊。他这么做了，然后说："我很抱歉，妈妈。"

"我知道。"她说。

她回吻了一下他的脸，然后把嘴巴靠近他的耳边，小声问道："这些人是谁？"

罗伯特小声回答："他二战时期的两个战友。"

"是吗？"她的语气猛地一沉，意思是：他怎么从来没跟我提起过他们？

她让罗伯特轻轻地挣脱了拥抱。

"他们就是随便在一起喝喝咖啡的战友。"他说。

达拉已经走了过来。

罗伯特的目光越过佩吉的肩膀看到她，于是把脸转向她。

达拉的注意力在佩吉身上。从后面看，佩吉灰白的头发卷得又平又紧，不再拥抱儿子的胳膊垂在狭窄的肩膀两侧，平时的强劲有力突然变得瘦骨嶙峋，像一只二十多岁的猫。她想起来佩吉最近说过的有关母亲—女儿的话，所有充满悲伤的话，还有终于摆脱了的话，以及准备爱尔兰食物这件事。这些，突然让达拉觉得有所指。某种程度上，如果可以从一座百年历史的纪念碑中激发出她对早已死去的女性的同情之心，那么，为什么不在这里，不对这个活生生的女人生出同情之心呢？

"佩吉。"她说。使用"妈妈"这个称呼的念头在她的脑海中一闪而过，转瞬即逝。也许下次吧，她想。

佩吉转身看到她，开心起来，张开双臂抱住她，轻轻拍了拍她。

"我很高兴你今晚和我在一起。"佩吉说。

"我也是。"达拉说。

"你可以时不时帮我招待一下客人吗？不会独占你的时间，罗伯特也需要你。"

"当然。"达拉说。

佩吉松开了达拉，往后退了一步，看着达拉的眼睛。"谢谢。"她说。说完这件事，她接着说："你现在是想和比尔待一会儿吗？"

佩吉，佩吉，佩吉！我怎么拒绝呢？你太聪明了！达拉说："当然。"

佩吉点点头，往边上挪了一步，还站在原地的罗伯特就被露了出来。他看着自己的妻子，一侧嘴角微微扬起，脸上相应牵出的曲线紧绷着，一脸嘲讽。"我给你们点时间好了。"他说着，也走开了。

达拉真想在他经过的时候用指节敲敲他的胳膊。她就想跟着他走。

然而，她向前迈了一步。

老昆兰的那张脸还是跟以前大致相似的，只是像被固定在橡胶模子里。但这确实是他。毫无疑问。造成容颜失真的就是死亡。他的身体里满满地填充了一堆东西，而非血液。这都是化妆的效果。可即便如此，"我羡慕罗伯特"这个念头让她大吃一惊。她是真的羡慕他。她自己的父亲当时是脸朝前方撞到了汽车挡风玻璃上，又飞出去撞上了立交桥的桥墩。达拉和她弟弟在距离尸体很远的地方，通过电话做出决定。那么做是合理的。别等我们，盖上棺材，封上吧。我们不想看到父母成了那个样子。我不需要看到我遇难的父亲那张破碎的脸。其实她是需要的，只是直到现在她才知道，当她看着这个无聊、感情迟钝、码头上的强壮男人，这个欺负儿子、过于简单狭隘的民族主义者，躺在这里死掉了。尽管这个男人的脸已经有了改变，但是和威廉·昆兰在一起的时刻仍然让她感到一种真实存在的亲密。让她感到惊讶，也有一点让她感到恐怖的是，她竟然热切地希望能与自己的父亲也曾经经历这种亲密关系的最终时刻。她的父亲那么霸道，在政治上又愚笨无知，对香肠和保守主义都热情高涨，但对她却沉默谨慎。为什么她会渴望那样的一个已经失去了的机会，去看看他沉默不语的最后的面具？她的理智是这么回答的：可能因为它会对你说，这就是最终的他，所以也是永远的他。一个与你有隔阂的他。这就是他最后的样子，不管他是否对你怀有温柔之情，不管你是否存在。你并没有让他的内心生出冷酷，你连这都没有得到。如果他的生命不再延续，那只是因为他命中注定要死去。那股黑暗的风已经吹到了他的脸上。如果你拥有和他在一起的最后时刻，可能你自己都已经明白了。不只是明白，你可能已经感受到了。

而现在，她站在另一位父亲面前，这些不过是她的内心所想。

所以她很痛。

她的眼里噙满了泪水。

她很后悔，后悔这样会让人们误以为她的眼泪是为哀悼威廉·昆兰而流，后悔她的眼泪没有洒到她自己父亲的脸上。

她等着泪水平息下去。

她回头看了一眼。

罗伯特正走过门口，从吊唁大厅的门厅那儿消失。佩吉正走向两对年长的夫妇，达拉没认出来他们是谁。

佩吉已经走到几个陌生人面前，那两个老兵，显然另外两人是他们的妻子。那两位年长妇人从长靠椅上站起来。

"你们好。"佩吉说。

两个老兵转过身。

"谢谢你们能来。"佩吉的话里格外分明地带着一种端庄得体的不屑：这些人是除家人外第一批来悼念她丈夫的人，可是她从来没有听说过有关他们的任何信息。

"我是佩吉·昆兰。"她说。

至少他们好像知道了她是谁。等他们报完名字并对她表达哀悼后，佩吉马上不再理睬两位妻子，目光从一个老兵身上转向另一个老兵，开口说道："请问比尔是在哪里认识你们的？"

"就在美国退伍军人协会的大厅里。"

比尔也没有谈起过美国退伍军人协会，更别说什么大厅了。

显然佩吉不想透露出她对此一无所知的情况。好在这时，她的三个教友完成了厨房里的工作，正从后门廊穿过厨房的双重门走进吊唁大厅。

佩吉冲着她们走来的方向点头示意。"我失陪了。"

陌生人大声地表达他们的理解。

她分别握了握他们伸出的手，说："请移步到隔间吃点东西，那儿有爱尔兰炖肉，是比尔的最爱。可能你们知道这个？"她并没有停下来等待对方确认或者否认，因为不管怎样那都会把她激怒。"或者，那儿也有很多别的东西吃。请吧。"

两个老兵和他们的妻子都同意去吃点东西。

佩吉向圣玛丽亚天主教堂来的教友们身边靠过去，她们已经转身往灵柩方向走去。佩吉追赶的脚步突然慢下来，因为她发现大脑加速运转，让她想起了一件自以为丢在了新奥尔良的事情，以为这件事已经不存在，已经消失了，肯定与她现在的生活毫无关系，和那个已经死去的男人也没有关系。但这件事依然还存在，确实存在。因为他如果搬到佐治亚州以后和这两个人做了朋友，而她却对此一无所知，这就证明他有能力维持一种私生活。而在他的私生活里，到处都是他并不想让她了解的人。更糟糕的是，它证明了她在新奥尔良所害怕的那些事，几十年来一直害怕的那些事：他每天下午外出并不是为了开车兜兜风，喝喝咖啡那么简单，而是为了一个女人，一个他爱的女人。他爱那个女人，不爱她。

她渐渐慢下来，最后停下脚步。

在她的前面，三个朋友站在比尔的棺木前一字排开。

她转过身，背对她们。

几位陌生人正朝着食品桌走去，已经看不到罗伯特的人影，达拉也即将消失在吊唁大厅的门厅处。

吉米再次靠近蒂洛森殡仪馆时，满脑子想的都是威廉·昆兰，仿佛是他最近拍摄的有关丈夫、父亲、老兵的电影中的明星。吉米和希瑟是因为雪佛兰黑斑羚车上敞开的通风口而被迫返回的。沿着阿巴拉契大道开了几英里后，通风口里灌进了树木遮掩下莱昂县垃圾场夜间的臭味。对两人来说，这是个明确的信号，说明不该继续开下去了。

吉米把车停到了第一个空车位里，距离其他几辆车和泛光灯照亮的房子都比较远。

车子熄了火，吉米却没有动。

希瑟说："紧张？"

"在墓地站在最后一排是一回事，但是这件事……我不知道。"

"亲爱的，"她说，"你是想送他下葬，而不只是一个棺木。你不觉得你应该亲眼看到他躺在那里吗?"

吉米慢吞吞地耸耸肩，很夸张的高高耸起的那种。

希瑟笑了。她认识他已经足够久了，明白这个动作等同于噘着嘴表示同意。她觉得挺可爱的，这让她怀疑自己坠入爱河了。

他说:"我们来得还是太早。"

"那我们坐在车里亲热一会儿好了。"她说。

吉米听了大笑。

他朝着她那边稍微转了转身，不过很遗憾，现在的汽车普遍使用中控台。于是他说:"我们得爬到后座上去才能做好这件事。"

"所以呢?"

"回去的路上吧，"他说，"入殓以后吧。"

希瑟大笑着，越过中控台把身体靠过去。她主动吻了他。吻到中间的时候分开了一下，最后以同样亲密的拥抱结束了这个吻，肩，胸，尽其所能的亲密。吉米的注意力飘到了殡仪馆那边，不过距离太远，他甚至没认出来站在敞开的前门那儿的身影。

罗伯特刚把手机偷偷塞进衣服口袋，之前心不在焉地拿着手机从吊唁大厅走到门口，而促使他来到这里的是他孙子的那条短信:马上到了。罗伯特很高兴，又有点惊讶。如果他们快到了，杰克没有理由发短信，除非他很渴望见到爷爷。

远处的车道上，有车灯转到停车场上，很快停靠在某处，然后灯熄了。显然不是凯文。凯文开关车门的间隔也不会这么短。学校同事的身影出现在那里。

"你还好吗？"达拉的声音从背后传来。

他看了她一眼，"是的，谢谢。我收到杰克的短信，说他们快到了。"

达拉走上前，站在他的身边。

四位佛罗里达州立大学的同事朝这边走来，三位是罗伯特的，一位是达拉的。

她感到罗伯特有些焦躁不安。"如果你愿意，就让我来接待他们。"她说。

"好的，谢谢。"

吊唁完逝者，达拉果真领着他们去了摆放食物和酒水的地方。有了食物和酒水，这里给人的感觉就更像是守夜，而不是葬礼。

又有车闪着灯沿车道开过来，越开越近，最后拐到距离最近的车位上停下来。罗伯特走进外面的严寒，下了台阶迎接凯文。凯文大踏步走过来，在昏暗的灯光下显得很年轻，完全不像四十二岁的人，感觉就像个大学生。他上前抱住了罗伯特。格蕾丝也跟上来，展开手臂搂住了两个人。温柔的女人，对凯文来说挺好的。罗伯特从儿子身上抽出一只胳膊，把儿媳也一并搂住。

对于罗伯特父亲的去世，凯文和格蕾丝两人的悲痛来得更简单些。他们并不了解威廉，他们所认识的是另外一个他。罗伯特向远处看去，沉默的一群人中，莫莉正在手机上打字，她竟已经十八岁了；杰克站在不远处，正紧紧盯着罗伯特。他们的目光交会，杰克冲着祖父点头问候。

这个孩子怎么长这么大了？长大成人，今年二十岁了，比罗伯特个头还高。也许不如罗伯特二十岁的时候高，不如罗伯特到了七十岁身高缩水以前那么高，但他确实是个高个子，也已经是个男人了。罗伯特奇怪，怎么会有这么大的惊喜。他一边继续无言的拥抱，一边努力回想上次见到孙子是什么时候。一年前，也许是两年前。他们一家人最近几次来看望，杰克都去了别的地方。生长突增也是有限度的。上一次，杰克肯定已经大致长成了眼下站在罗伯特面前的这个男人。但是更久以前，这个近乎成人的孩子就慢慢长大，成就了现在的惊喜。

格蕾丝开始致哀悼。"我很抱歉，爸爸。"她说。

三个人结束了拥抱，等人聚齐，开始相互热切地问候，然后转身，向前门走去。

鲍勃听不清他们说了什么，但是声音中轻微的骚动顺着停车场飘到他的耳中。他刚刚在拐到蒂洛森的车道上突然停了下来。泛光灯显示屏的光把他的注意力从人行道吸引过去，让他抬起头，并停住了脚步。远处的说话声传来，就像半夜里困扰你的某件往事，可是你就是记不清是什么了。还有那灯光，显示屏上的字。威廉·昆兰。昆兰。鲍勃猛拍了一下头，想弄清楚是怎么回事。就在最近出现过一个昆兰。握手。我是昆兰。越战老兵。越南。美国的最后一章。砰！就是这个！

鲍勃又迅速回头看了一眼那行字。

昆兰死了！他才刚刚跟我握手，事情发生得太快了。就这么完了。砰！这说不通啊。于是他努力想理清楚眼前看到的事。他使劲地想，仿佛在琢磨报纸上含糊不清的文字。他使劲地想，直到想出了一点眉目，就一点点，但足够他弄明白了。跟他握手的昆兰是鲍勃，不是威廉。他是鲍勃，越战老兵。在这方面跟老爸太像了。但这是和我一样的鲍勃。

现在鲍勃想起了其余的情况。另一个鲍勃的父亲去世了。血栓，医院里。蒂洛森殡仪馆。鲍勃又看了一眼显示屏。蒂洛森。这个昆兰：丈夫、父亲、老兵。又是一个老兵。这让鲍勃有些激动。退伍老兵也太多了。不过另外一个鲍勃没事。他们一起在新叶商店吃过饭，就他们两个人。可是他让我住进了一家旅馆，和我父亲一起。是他安排的吗？是他让他的越战战友把我安排进了住着我父亲的那个房间吗？

不是。

这是威廉的儿子鲍勃。而威廉已经死了。

鲍勃看着远处的房子。光闪闪的。

死了，在这个地方，在黑暗中闪闪发光。

致哀。

但鲍勃不能就这么走到门口。

他明白这点。

附近。二十码远的地方。树林。鲍勃知道穿过树林的路。这些树一直向上种到了发光的那栋房子那儿，绕房子一周又折回来，把这个地方围了一圈。鲍勃出发了。月桂叶栎、水栎，还有香枫，黑压压的，又浓又密。鲍勃走进树林，一声不吭，动作迅速地向前行进。

罗伯特和他儿子一家人安静地走进吊唁大厅。罗伯特走在前面，凯文紧走了几步站在他的身边，抬头扫视了一下大厅里面，看到了远处墙边的灵柩，又继续四下环顾。罗伯特觉得他明白为什么。当凯文的目光落在用餐区时，罗伯特说："我猜她们在那里面。"他说的是佩吉和达拉。凯文看着他，罗伯特冲着隔间的门口点点头，说："她们在用你祖母的食物招待客人呢。"

凯文扭头对他的家人轻声说道："现在是我们致哀的好机会。"

格蕾丝走到凯文身边，挎住他的手臂。莫莉已经把手机收了起来，抓住了她妈妈的胳膊。杰克站得稍远，当其他人朝灵柩走去的时候，他站在原地没有动。

"爷爷，"他用近乎耳语的声音说，"我们能谈一下吗？我需要一些建议。"

"当然。"罗伯特也用耳语般的声音回答。他冲着孙子一家人点了点头。"也许稍晚些时候才行。"

杰克明白。"谢谢。"他也跟上了其他人。

罗伯特向用餐区走去，心里想着杰克已经长到二十岁，他们俩怎么就没有像祖父和孙子常做的那样真正坐下来谈谈人生呢？今晚会不会是一个充满讽刺的夜晚？比如说，会不会所有人都以为罗伯特身上那种纯粹的悲伤，或者以为那些柔情和令人赞许的温暖——就像我们可能从一位慈爱的父亲那里得到的一样——都是罗伯特应该得到的。还有一种可能出现的讽刺是：老爸曾经提醒杰克，家庭是会解体的，所以你如果想和你的祖父建立一种交心的联系，最好抓住机会完成它。这一切并非都是因为威廉·昆兰的善良本意，而是因为，他自己碰巧死掉了。

罗伯特走到隔间，他母亲准备的食物摆放在盘子里、锅里和不锈钢加热器里，母亲站在一排桌子后面，一边舀着爱尔兰炖肉一边开心地抱怨着塔拉哈西没有羊肉。"但是小羊羔肉挺好的。"她说着，拿舀菜的勺子在达拉同事装满食物的盘子上边悬空敲了敲。看到罗伯特走过来，佩吉转过身。

"凯文和格蕾丝带着孩子们过来了。"他说。

这个时候，鲍勃还在树林里继续前进。为什么他内心会有一种紧促感？为什么他要在这该死的匆忙中折腾自己的腿、肺、肘和肩，穿越这片橡树林，就好像林子里有东西在追他一样？错了，他才是那个追击者。前方的黑暗在移动，聚结成形，再移动，消失，又聚结成形。你可以开枪，老天爷，鲍比。你可以开枪。鲍勃从外套里侧掏出那支格洛克，攥在手里，大拇指和食指分开，指尖恰好舒服地搁在扳机上，完美地与格洛克的弯曲弧度贴合，简直就是为鲍勃准备的，老天啊，完美的一击！老爸在树林里已经没有价值了。他没用了。没准他在越南的丛林里就是这么不中用，也许这就是为什么鲍勃让他如此恼怒。因为鲍勃很好，但他却不好。没准卡尔文·亨利·韦伯中士——不管他真正的军衔是什么，也不管他妈的编号是什么——是内心惧怕他的好儿子鲍勃的。当鲍勃手里有了一支莫斯伯格或者格洛克的时候，卡尔文·亨利·韦伯内心是害怕的。鲍勃继续前进，避开前进路上的树。他心里明白，自己不只是在追赶什么，他是有目的地的。他意识到有一栋建筑被橡树的树干割裂成了碎片，那栋建筑从他身边掠过，又掠过，最终消失，取而代之出现在眼前的是一条钠蒸气灯照亮的车道，一路沿着建筑后边延伸出来的门廊铺设。鲍勃改变了前进方向，刚才一直向北走，如今转向东走，隔着树林在他的右侧又路过了那栋建筑。他一直在绕着建筑的背面走，这会儿到了它的正后方，看到一个宽敞的入口，里面灯火通明。

鲍勃停下来。

情况明朗了。

他是来向一个死去的人表达敬意的。鲍勃的父亲。另一个鲍勃。他一直在树林里追随着自己的父亲，而鲍勃是他父亲在越南的战友。

搞清楚了。

鲍勃把格洛克揣进里面衣服的口袋里。

门是敞开的。

正当鲍勃穿越树林，来到一棵树干尤其巨大的月桂叶栎树掩映下的这个地方时，佩吉和罗伯特从用餐区那儿走到大厅另一边，等待凯文和他的妻子、儿女与威廉·昆兰的遗体告别。他们很快就结束了。凯文和格蕾丝紧紧拥着他们的孩子，转身去找佩吉和罗伯特。所有人都抱在一起，互相安慰，表达哀思。吊唁大厅里开始聚集更多来吊唁的访客，停车场上开始有车源源不断地到达。刚刚到达的车流中，包括从长叶村来的一辆小型货车。小货车的到来让吉米和希瑟对视了一眼，相互点点头，两人从车里走下来。他们的动作慢悠悠的，心里希望刚来的这些访客可以让吊唁大厅里的人多起来。吉米舒展了一下手脚，仿佛放松晨僵的肌肉那样让自己的不安释放出来。

吊唁大厅里，佩吉突然对凯文和他的家人说："你们直接从机场赶过来，一定饿坏了。我这儿正好有吃的。"她走到凯文和格蕾丝中间与他们并肩站着，挎住他们的胳膊把他们往用餐区带去。

"来吧，孩子们。"她转过头说。

莫莉说："我要饿死了。"随后跟上去。

杰克瞥了罗伯特一眼，罗伯特朝他的孙子点点头，等着用餐者朝可折叠隔断门方向走了一段后，罗伯特说："我们走吧。"他领着杰克穿过吊唁大厅，先是朝通往前门厅的出口处看了一下，不断有人从那儿走进来，有些人是他认识的，于是他又扭头往后门方向看过去。那边没什么人。"走这边。"他说。

杰克跟在他的身后。

两人穿过房间走到后门厅，其间两人谁也没说话。一盏光线向上的落地灯把那里照得很亮。正对面的两扇门直通楼外。

"里面还是外面？"罗伯特问。

"外面吧。"杰克说。

"好。"罗伯特说。

这时，鲍勃已经在殡仪馆后门对面的树林里停了下来。事情已经很清楚了，他也已经把格洛克塞进了外套里面。

门开了，鲍勃往后缩了缩，躲进黑暗中，就像他一直在树林里追逐的父亲的鬼魂。毫无疑问，他也像父亲的鬼魂那样小心观望着。

罗伯特和杰克走进清冷的空气中，来到车道的顶棚下，刚面对面站定，杰克就开口说："有一段时间了，我一直打算下次见到您的时候就这么做。"他伸出手。

罗伯特接受了，于是两人握了握手。他孙子的手掌坚定而热切，但并不紧张。

杰克说："谢谢您所尽的职责。"

杰克伸出手时，罗伯特就感到一阵困惑，他当时并没有表现出来。但现在他的脸上一定是浮现出了这种表情，因为杰克马上补充道:"为了我们的国家。在越南。"

他们的手依然紧握在一起,杰克说完这话又重复了一遍握手的动作。

罗伯特点点头,努力屏蔽掉屋子里躺着的那具尸体发出的声音,努力压制住和老爸的甜甜圈战友在一起时感觉到的同样的冲动。他控制住自己,艰难地说道:"你能这么说,真好。"

两人松开了手。

杰克说:"关于这件事,我们从来都没谈起过。"

"我倾向于不谈。"

"我尊重您。"杰克说,"但如果不是绝对不行的话,您说的是'倾向于',对吧?我的意思是,我从来没问过您,但我是想问的。我现在长大了。我很乐意坐下来和您谈谈战争。我是说,您是我的祖父,您经历了那一切,而我竟然从来没有去了解过您所知道的一切,这太不可思议了!"

他孙子的意图,尤其是现在,应该使罗伯特感到不安。但听到他脱口而出的这些话,小男孩杰克又跳回到他的身上,又变成了住在他附近那几年的杰克,那个和爷爷出来散步,却从来不走,一抬腿就往前跑的三岁小男孩。

罗伯特并不想探讨关于越南的话题,但目前他只是说:"今晚可能不行。"

"嗯,不行,"杰克说,"我明白。我们再找个时间吧。"

"当然可以。"

"尽快。"

"好。"

因为杰克，因为杰克对于两人在一起谈话的兴趣，他们站在这里，感觉到了从袖口往上，从领口往下，还有在领带下面的位置蔓延的寒意。所以当他的孙子说完，罗伯特就那么等着，很开心他把越南的话题推迟到以后了。几年来，两家人一直有着良好的愿望，希望能够更经常、更快地聚在一起，但好像从来也没实现过。对此罗伯特深感遗憾，不过也希望他可以借此不必面对这种特别的祖孙间的交谈。

罗伯特本以为这就是今晚私下谈话的目的，他希望杰克会让两人回到室内。

但杰克并没有这么做，他又找到了别的事情。他移开目光，看向树林的方向。那里，鲍勃正密切地注视着他们。

他看见我了。鲍勃没有贸然做出反应，但他的手还是想猛地伸进外套里。万一没事呢，万一我所站的位置足够暗。所以，他只是往后挪了挪，隐入更深的阴影中。极其细微的移动，甚至无法察觉，他的手已经稳稳地做好了准备，一旦需要就会行动。这时，男孩的头转向了老卡尔文的战友。

杰克对罗伯特说："还有一件事，我们现在可以谈谈吗？我们再多待几分钟，他们在里面找不到我们也没事，不是吗？"

罗伯特从杰克的声音中听到一种特别的情绪，一种紧急而迫切的个人需求。"你想要谈什么都行，杰克。"

"我只想说一件事，我打算加入海军陆战队。"

罗伯特的心瞬间冷了下来，没有做出任何反应。但内心深处，他是震惊的。

杰克继续说:"爸爸吓坏了，但我已经下定决心。他还把我当孩子看，也许永远都会这么看。至少得到我四十岁吧。我很聪明的，爷爷。这件事我已经考虑很久了，您知道吗？您参加过的那场战争——那件事我们可以再找时间谈——但那次他妈的搞砸了。原谅我说脏话了。对爸爸来说，这也是个问题。老天！不过是个该死的词而已。在越南战争中，我们和另外一个国家纠缠在一起。这个国家想自己来决定他们是谁，同时不想让其他任何人也这么想。即使不认同，但也不会有那么多杀戮。您知道吗？他们也不会派人跑到美国来劫持美国航空公司的喷气式飞机，一头撞进纽约的摩天大楼。见鬼！可是现在这场战争是不同的。这个世界上的恐怖分子正在砍掉所有持不同意见的人的脑袋。不只是基督徒，甚至还有其他穆斯林。他们现在冲我们来了。他们就是这么说的，他们是认真的。如果他们手里有技术，有现代化国家，有希特勒一样的政权，那他们会比希特勒更希特勒。这是一个真正可以为之奋斗的事业。如果我们不去做新一代最伟大的人，那些恐怖分子就会把我们变成身首异处的一代人。"

鲍勃已经不再继续向黑暗中后退了。男孩的声音大了起来，听上去很愤怒，虽然距离这么远，对鲍勃来说，想要听清楚他们说什么，再把这么多东西硬塞进脑袋里都太费劲，但他知道这个孩子在责备自己的父亲，在对抗自己的父亲。鲍勃的呼吸紧促起来，他的右手生出某种渴望，但他还是隐忍着把手放在身侧。他依然把这一切都归结到那男孩身上，所以很努力地听下去，然后听到他们说越战，还有恐怖分子，有希特勒，还有斩首。鲍勃喘不上气了，因为听到的内容太多，让他没办法理解。

杰克这会儿已经说完了，有点气喘吁吁。

罗伯特现在特别想说话。他的生活，他的工作就是有关语言的，结果却想不到说什么。杰克确实聪明。罗伯特很认真地听了他说的话。他听明白了。他理解杰克为什么会这样看待这个世界，为什么会认为这件事是正义的。可是怎么才能晓之以理，说服杰克不要去参战呢？虽然杰克的话听上去很合理，他的决定却不那么理性。现在罗伯特脑子里的一片嘈杂已经平息下来，他所能讲的那些话都没办法应付杰克的冲动和热情。

反正说什么都有可能已经太晚了。

罗伯特说："你已经参军了吗？"

"我已经做了能力测试，也通过了体检。下周向大家公布这件事。"

"需要我做什么？"

"您能不能跟我爸爸谈谈，帮他想通这件事。他真的很难过，不会轻易罢休的。"

凯文也很聪明，该说的话肯定都说过了。罗伯特绝望极了，不知道怎么才能阻止杰克。

"你爸爸说的话，你觉得没道理吗？"

杰克耸耸肩。"这个和道理无关。他爱我。"

"我也爱你，杰克。"

"可是您在我这个年龄的时候做了同样的选择。为了一个更糟糕的理由。"

这是今晚的又一个讽刺。也是关乎父爱。确实是为了更糟糕的理由。罗伯特突然想到了合适的话："你确定你不听他的，是因为他爱你吗？还是因为你需要成为你自己，才和他分开？"

杰克把脸扭向树林的方向，他要认真考虑一下。

鲍勃霍地挺直身体。对面出事了。鲍勃恢复了正常呼吸，但身心都保持静止的状态，努力想弄明白眼前发生的事，以及他该怎么办。然而不管是语言还是思维，这会儿都消失得无影无踪。那男孩移开目光看着别处，仿佛脸上被扇了一巴掌似的。情况很快会发生变化。鲍勃把手探进外套里面，握紧格洛克，不过暂时没有掏出来。

杰克回过头来看着罗伯特。他说："我确定。我要有信念、有感受地生活。假如不能做想做的事，我将无法忍受那样的未来。"

罗伯特太喜欢这个孩子了，喜欢这个聪明、坚强、思维敏捷的杰克。这孩子在生活中并没有得到祖父足够多的关爱。罗伯特抬起双手抓住杰克的肩膀。

老天，别这样。鲍勃从口袋里偷偷掏出他的格洛克，屏住呼吸。呼吸控制，触发控制。

罗伯特双手搂住杰克，把他拉向自己。

鲍勃的右手猛地举了起来，稳稳地托住格洛克，追踪着罗伯特的头部。

杰克本可以再深吸一口气，可以闪念考虑一下，也可以瞬间犹豫一下，要不要接受祖父的拥抱。在过去的几周时间里，他一直抗拒自己的父亲这么做。但爷爷可以，因为他是一名军人，因为他参加过战争。爷爷明白这意味着什么，因为他去过那里。杰克激动起来，张开双臂和罗伯特拥抱在一起。

只差这一呼一吸间，一闪念间，一瞬间，扳机就要被扣动。鲍勃的右手食指僵住了。一股强大的空气后坐力猛冲到鲍勃身上，迫使他垂下右臂，身体后退，仿佛有个越共狙击手一直跟踪他穿越这片树林，扣动了自己手中的扳机，一枪射穿鲍勃的胸部。因为，这个父亲和这个儿子已经拥抱了。

鲍勃靠在树上，闭上眼睛。

罗伯特和杰克没说话，只是拥抱着对方。过了一会儿，两人放开手，转身穿过那道门，回去了。

他们在进入吊唁大厅前稍做停顿。

"谢谢您，爷爷。"杰克说。

罗伯特拍了一下他孙子的肩膀，内心充满了一种复杂得不能简单称之为"后悔"的情绪，但对他不断概括总结的大脑来说，也算满意了。"你要为他们做什么工作？"他问。

"海军陆战队？"

"嗯。"

"这就是测试的目的吧，随便他们给我安排。但您知道，他们教的第一件事就是把每一个水兵都培养成枪手。"

罗伯特勉强点点头。

杰克说："反正，该规划一下了。"他打开昏暗大厅的门，为他祖父拉着门。

罗伯特坚信，杰克会让他的父亲比尔感到骄傲。

他抬抬下巴，示意杰克进去。杰克眨眨眼睛说："掩护我。"说完便消失了。

门旋回来关上。

罗伯特重新推开门，走了进去。

离门不远的地方，佩吉正快步走近杰克。她伸手拥抱了一下他，然后松开手，同时冲罗伯特歪头皱了皱眉，再把曾孙往用餐区的方向推去。

她自己并没有跟过去，而是朝罗伯特走来。"刚才你们俩去哪了？"

"杰克想和我谈谈。"

"他还好吗？"

"他挺好。"

"我相信这对他来说很艰难，"佩吉说，"失去了他的比尔爷爷。他以前从没有经历过死亡。当然,这是好事。现在他总得去面对。"

"他很好,妈妈。"

"你父亲很喜欢那个孩子。"

"我相信他的确喜欢他。"

"他充满了爱。"

罗伯特对此无话可说。

佩吉的眼里溢满了泪水,但跟杰克无关,或者和丈夫也无关。她现在双眼盯着罗伯特,举起一只手,摸了摸他的脸。

罗伯特接受了,等待着。

她收回手,回头看看。

这会儿,几十个前来吊唁的人被安置在大厅里的各个角落,三五成群地轻声交谈着。

佩吉转过头来看着她的儿子。"我受够他们了,鲍比。咱俩能谈谈吗?"

"当然,"他说,心里不希望她把他当作"鲍比"来谈话,"从这儿穿过去有个地方。"

他领着她走到后面的走廊,在两扇门的位置停了一下。"这地方不错。"她说。过了车道门,过了后面的车道,在漆黑的树林里,鲍勃已经在一棵橡树脚下的地上安顿下来。他背靠着树干,尽管自己到现在都没有意识到,但格洛克依然攥在他的手中。他的脑子里全都是金属的高声哀鸣。它们经

258

常出现在那里。说话可以掩盖住，或者其他声音也行。但他现在没有话可以说。此时此刻，周围的树林寂静无声，于是，他漫不经心地倾听着大脑中的哀鸣。一种跌宕起伏的哀鸣。虽然高音和低音其实很接近，但他是区分得开的。在那方面，他还是很聪明的。他开始数着脑子里哀鸣的高音，一个，两个……

罗伯特和佩吉往厨房对面的大厅尽头走去，在一杆落地灯发出的琥珀色灯光中停住脚步。两人面对面，佩吉主动拥抱了罗伯特，罗伯特也抱住了她。他们互相拥抱了很久，直到最后，佩吉挣脱出来，但她只退后了半步，依然紧紧盯着罗伯特的眼睛。

她说："我一直在想他回家时候的情形。你知道的，当时我和你正与我爸爸妈妈住在一起，就在爱尔兰海峡的那个克里奥尔风格的小屋里。你只有两岁大，他看到你的时候被吓坏了。他把你抓起来放在了肩膀上。之后的几个星期里，你就一直待在他的肩膀上。他到哪儿都那么带着你。'让他看得远一点儿，'比尔总是这么说，'让我的儿子看得更远一点儿。'"

这个故事罗伯特听过很多遍了，多到很久之前就没办法再打动他。而且，老爸作为一个年轻人，那时候已经人格完备，以后也永远就是那样子。一个蹒跚学步的幼子很容易就被他挂在身上带着到处走。而当你有绝对的制胜能力时，你就会很轻易地不把他放在眼里。

佩吉说："他本来想给你起名叫小威廉的，这你知道的。"

这件事他也不是第一次听到了。

"他那么爱你。"她说。

罗伯特心里想的是，今晚不要和母亲争吵起来，但他还是说了："他想要的是他的长子像他。"

她高兴起来："你明白？"

他对她这么说，好像是为了反驳他父亲的爱，但他意识到，她把这句话当成了父爱的证明。

她的脸上绽放出一副"证明完毕"的灿烂笑容，而她的笑容突然间让罗伯特觉得，这也是她的谎言之一。

她知道他父亲对他很失望吗？那个人一直对儿子隐瞒了这点，对他妻子呢？也隐瞒了吗？

罗伯特和他的母亲两人在沉默中长久对视。佩吉开心的神色渐渐淡去。罗伯特挣扎着，不想继续纠结这个问题，但又好奇她是不是也知道，想开口问，但如果她不知道，他还是想把真相严格控制在他和死去的那个人之间。

于是他说："但是我不像他。"

他希望听到一个杜撰的故事，或者逃避的借口，或者，一个谎言。

佩吉犹疑了一下。

然后，她出乎意料地说："其实是我说服他不要给你取名叫威廉的。"

而来自家庭的解释——罗伯特不记得确切是什么时候告

诉他的了，但肯定是母亲跟他讲的——是说他父亲意识到，要想在对话中显示区别，他儿子就得叫"比利"①甚至还要加上"小"字，可他觉得这听起来都太娘娘腔了。

罗伯特眯起了眼睛。"你说过是他自己想通了。"

"我这么告诉你的?"

"是的。"

"那是为了他着想。他不喜欢承认是受了我的影响。"

"你不喜欢有话忍着不说。"

"我忍着是爱的表现。"她正视着罗伯特，毫不退缩，"是我，我告诉他的，'这个男孩需要做有个性的男人'。"

"他明白吗?"

"谁知道呢? 毕竟他是一位强烈坚持自己想法的父亲。他带给你对书的热爱。一个士兵、码头工人竟然让他的儿子爱上了书。"

罗伯特并不是真的想通过母亲知道，老爸是否对越南流露出那种慈父般的厌恶。可能没有。但她确实见证了他对罗伯特的失望。听听，她说的是:你父亲可能不会因为你最后所成为的样子而爱你，但他让你读书。从你小时候开始，读书就成了他父爱的替代品。这样的结果还抵不上真正的父爱吗? 你不为此而心存感激吗?

罗伯特说:"他给了我对图书的热爱，希望我从书里面得

_____

① 英文名中，比利（Billy）是比尔（Bill）的昵称; 如果父子二人都叫威廉（William），以不同昵称作区别。

到和他一样的结论。"

她困惑得脸都皱了起来。"你似乎……"

她是对的。

"我也经常忍着不说。"罗伯特说。

她冲他笑了，似笑非笑。"爱的表现。"

好吧，但这种表现从没有赢得过他的回馈。在这话马上要脱口而出之前，他忍住了。这是她一辈子屡次尝试的伎俩。

佩吉紧盯着罗伯特的眼睛，有些焦躁不安。

"他爱我们所有人。"她说。

他理解。如果她能说服罗伯特相信威廉对他的爱，那么她可能就会相信这个男人也是爱她的。

因为她不相信。

她当然不信。

他突然想起：还没告诉过她老爸秘密幽会这件事呢。

她的牧师会因为我的疏忽而把我钉死在十字架上的。一个大疏忽。当然，这是为了保护老爸的隐私。可是，我确有责任告诉她。这是他们两人之间的事。我发现的时候，这种情况已经持续了很多年。她本来可以阻止他外出。如果她知道这件事并没有对她构成如此深刻的威胁，以至于她宁愿选择撒谎，她本来是可以唠叨得他不胜其烦回到家里来的。他没资格瞒着她。他从来都没有这个资格。这是我的错。

"妈妈，"他说，"对不起。我应该早点告诉你的。但我也是不久以前才发现，这么多年来，他在那些个午后独自开车出去的真相不是为了见某个女人，是见一些像你今晚见过的那些人。爸爸就是和他的战友们一起吃吃甜甜圈，喝喝菊苣咖啡。"

佩吉的脸上一片茫然。她眨眨眼，之后的一段时间里，她没有显露任何情绪。又过了一会儿。

罗伯特看不懂了。

于是他说："他爱你。"

她又眨眨眼，然后哭了起来。

哦，见鬼！罗伯特应该早点告诉她才对，或者他刚才应该想个更好的方式来告诉她。

他抬起手臂碰了碰她的肩，或许还把她往怀里拉了拉。

她把他的手抓住，举起来紧紧握在自己的手里。

"你确定吗？"她说。

"我确定。"

"我真得哭一会儿才行了，"她说，"谢谢你。"

"我真的很抱歉，"他说，"我本来应该马上告诉你。"

佩吉努力控制着自己的声音，忍住眼泪。"你被我们俩夹在中间了。我完全能理解。亲爱的，我也爱你的父亲。"

她四下看了看，放开罗伯特的手，走到落地灯下一张软垫椅子边坐下来。"我很快就进去。"她说。

罗伯特站在那儿，低头盯着她。佩吉低下头，哭了。

他转过身，沿着走廊走去。

在两扇门之间，他停了下来。

他真想就这么走出去，远离这里的一切。

面对着车道出口，他把手放在门把手上。

树下，鲍勃又一次睁开眼睛。脑子里的哀鸣声已经消退，几乎听不到了。计数的声音也不见了。以前他也这么计过数。鲍勃希望他可以决定这样的情况什么时候发生，也可以促成情况的发生。哀鸣也好，计数也好，总好过某些声音或者文字。你好，二等兵韦伯，我们谈谈吧。

罗伯特的手还放在门把手上。

可是他心里清楚，这么做是徒劳的。今晚他是逃不掉了。

他回头看着走廊尽头的母亲，看着她身躯的侧影。她上半身往前倾，头低垂着，双手紧握，放在膝盖上。

他转过身，穿过大门走进吊唁大厅，挤在人群中往前走。

达拉出现在他面前。

"嘿。"她说。她一定是就站在附近等着他的。

"嘿。"

达拉的目光越过罗伯特的肩往后看了看，发现佩吉并没有跟在后面。"她还好吗？"

"她需要独自在那儿哭一会儿。"罗伯特说。

"那就好。"

"希望如此。"

"我看见你们两个出去了。"

"这样的场合没什么隐私可言。"

"守灵的目的不就是这个吗？所以说你不是一个人。"

"你一直在做什么？"

"招待客人吃东西。"

"受欢迎吗？"

"爱尔兰炖肉大受欢迎。"

"这会让她很开心。"

"会的。"

罗伯特扭头看着吊唁大厅里面的人群，觉得数量比他出去的时候增加了。他并没有看到什么特别的人。他们现在都模糊在了一起。

达拉说："我能提个建议吗？"

"当然。"

"我自己的爸爸去世后，我就再没见到他的样子。这件事我告诉过你吗？"

他看着她，"没有。"

"呃，我真没见过。他那会儿用的是封闭性的棺材。我需要看看他。这是一个能让你理清思绪的好办法，这样他就不会一直萦绕在你心头了。"

罗伯特使劲去理解这句话的意思。他有点没把握，于是含糊其词地想搪塞过去。

"我还等着你的建议呢。"他说。

265

"你并没有在灵前陪他待多久，"她说，"今晚可一定要待在那里足够久才好。"

罗伯特抬眼向远处的墙边望去。一群生命力鲜活的客人端着盛满爱尔兰炖肉的餐盘站在大厅中央，挡住了视线。他看不到人群那边的棺材，但心里对达拉的话是认同的。

她说："这和你是不是乖孩子没关系。我和我爸爸之间的麻烦跟你们的一样多，甚至更多。"

"好吧，"他说，"你说得对。"

罗伯特和达拉都认为：这可谓是两人在智力上高度共识的典范之一了。有争议，有讨论，语义模糊时有耐心，能够领会对方的想法，然后达成一致，以片刻满足的沉默封缄。

沉默结束，在分开以前达拉问："你觉得，她需要我吗？"

"妈妈？"

"是的。"

"现在不用。我觉得她需要独自待一会儿。"

"我去舀点炖肉。"

"看来你开始喜欢上炖肉了。"

"拜托。"

她转身要走。

罗伯特伸手拉住她的胳膊，"嘿。"

她回头望着他。

"谢谢。"他说。

她点点头。

罗伯特朝着摆放灵柩的那面墙走去。

而达拉朝着反方向的用餐区走去。出了吊唁大厅的后门还没走几步，她就被她的系主任半路拦住了。系主任给了她一个拥抱，仿佛死去的是达拉自己的父亲一样。达拉认为他这么热情，主要是出于院系政治斗争考虑，这就意味着一场谈话迫在眉睫。她放弃了立刻躲到炖肉后面的希望。

罗伯特在那群戴帽子的老妇人和扎宽领带的老人们中间转了一大圈。他们都是从长叶村辅助看护型公寓来的。罗伯特尽量避免和他们正面遭遇，他是见过其中几个人的，但现在不是聊天的时候。

这会儿，他已经穿过人群，朝着灵柩望去。

一个男人站在那里，背对着罗伯特。

罗伯特不认识他。

就他一个人。一个瘦高的男人，身穿皮夹克，双手紧握在身后，灰白的头发浓密而卷曲，蓬松地垂到衣领的位置。

罗伯特停下脚步。他要等这个人走了再过去。

他四下看看是否还有别人等着瞻仰遗容。

左边几步远的地方站着一位面容姣好、肤色苍白的女人。她头戴一顶针织帽，乌黑的头发从帽子下披散出来。他把她当成达拉教的艺术理论专业的学生。也许她偷藏了一本素描本，在等着描画这个死去的人。

罗伯特考虑着转身离开。

但他还是把目光重新投向了那个男人。

那人还没动过。

哦，动了。他的两只手，本来是紧握着，现在开始拧绞在一起，开始变得焦躁起来。

罗伯特脑子里冒出一个想法。这人不是从佛罗里达州立大学来的，也不是辅助看护型公寓来的，他和比尔不是一代人。在殡仪馆吊唁死者时穿皮衣，那他也不是佩吉的教友。他又看了看那个女人。她一直盯着那个男人。这两个人是一起来的。而且她比他的第一眼印象中要年龄更大一些。罗伯特仔细看着她的下巴，从中寻找他父亲、他自己和他弟弟的痕迹。再仔细端详一下她的眼睛。没有昆兰家的特征，但他从未见过琳达。这个女人的特征可能来自琳达的基因。他跟随着她的目光，朝灵柩方向看过去。那个男人的两只手紧紧握在一起，以此平复内心的躁动不安。罗伯特怀疑，如果他站在那个位置，他自己的两只手也会一样不安。

是他。

吉米刚到不久。在死亡面前，他依然感到窒息。他还没有完全意识到，这个匣子里面所承载的是他来这里的主要原因。他目前所有的理解只有一个：他死去的父亲的脸基本上是一张无法辨认的脸。根本不像一个人，连一幅好的讽刺画都算不上。所有的面部特征都变得浮肿、模糊，被涂了厚厚一层。他上次见到这副容貌是在四十六年前。但即便是上周见到，也可能已经认不出来了。那个时候，比尔正毫无察觉地在死神的院子里闲庭信步。吉米再一次问了自己那个基本

268

问题：我到底为什么要来这里？既然躺在这里的遗体现在已经无法作答，吉米就自问自答。终结。当然。我来这里是因为琳达离开了我。我来这里是因为我找到了希瑟。我来这里，是因为我最近才刚刚找到希瑟，而只有她是不够的。于是血缘的纽带被过高估计了。但那是关于血缘无效性的问题，而不是我们对与某种事物间联结的纽带有所需求。这个"某种事物"曾经是琳达和加拿大。我现在依然拥有加拿大。哦，加拿大。手无寸铁，全民行医，极有礼貌的加拿大；喃喃地说不恨的加拿大；在国际社会中只顾自己的加拿大；宽容的，可以来避难，来找回自己身份的加拿大。这些还不够，我知道。加拿大和希瑟加在一起可能就够了。但出于某种原因，我一定要来到这里，站在这个男人面前。我们之间只有血缘关系，并非真正等式的一部分。我确实梦到过他，也梦到过我妈妈，还有我哥哥。你也可能会梦到你的前女友，你的高中老师，或者某个奸诈的汽车修理工，但这并不意味着你要在他们入土为安之前必须得把他们找出来吧？我还是来看这个人了，他的尸体就要腐烂。因为他死了，他死了；他死了，所以他知道一些重要的事，那些活着的人谁也不知道的事。就现在，那是什么？他是挤进了暗物质，把脸压在我的脸上；还是他跑到别的地方去，或者成了别的什么人？又或者他什么都不是。或者成了全新的什么。也许死亡就像他们把你放倒，给你做结肠镜检查一样。你倒计时一秒，下一秒就醒了过来，然后他们告诉你说一切都结束了，可是你却什么都不记得。也许你死去，再醒来，你这辈子的生命就像逝去的时光一样，彻底被遗忘。美国的生命，加拿大的生命。地球上的生命。生命就像你挂在屁股上的照相机，你甚至都不记得。所以人死后发生的事他妈的就是理论上的。如果是什么都没有，或者是你会完全忘记的事，这一切就没差别了。好吧。我到底在这儿做什么？我到这儿来就是为了看看我父亲变成的那袋子骨头，这样的话我就有可能不再去思考这件我无法停止思考的事情。我是来面对死亡的。

随着这些想法，一个新的念头开始形成。是关于他哥哥的。

这时，有人站在他的身边说："你好，吉米。"

吉米转身面对他的哥哥。吉米曾经冲动地花了几个晚上在谷歌上搜索，在大学网站上看到过罗伯特·昆兰博士参加学术会议时的图片印在书的封面上。这些图片也只是让他对近五十年间发生的改变有了一点点心理准备。罗伯特的苍白、松弛，以及老化就这么硬生生地、清清楚楚地展现在吉米的面前，完成了从二十三岁到七十岁之间的飞跃：这一切扭曲了吉米头脑中的死亡利刃。每天在镜子中看到的他自己的脸其实和这张脸差不多。但即便他也曾经在死亡的想法中挣扎，他也可以一边照着镜子一边说服自己，在我这个年龄，我现在的状态就很好了。我可以延迟老化。但他能够理解接受自己的这张脸也是一个慢慢的和缓的过程。吉米审视着眼前的这个男人，这个与吉米血脉同宗的人，这个像他一样外形保持得非常好的人。在他看来，这个人已经非常老了。

"你好，罗伯特。"他说。

"我没想到你会来。"

"是最后关头的决定。"

两人已经觉得需要各自休息片刻了。

刚好那具遗体可以满足需求。

于是两人都朝着那个方向看过去。

罗伯特能够想到的所有可能的闲聊话题听起来都很敏感且容易引起争论：所以说，是什么让你改了主意？妈妈会很开心。琳达和你在一起吗？那个女人是谁？看吧，他就在那儿。你跑这一趟值得吗？

所有这些话题他都很抗拒。

也许正是因为这个原因，也许是因为他拒绝从这些肤浅而精心设计过的问题中做选择，罗伯特开口说出的话竟完全不是他平时的风格。"如果你想掴他耳光，请便。"

他们转过身，瞪眼看着对方。

谁也想不出要说点什么。

于是又转身去看威廉。

罗伯特又说一遍："看吧，他就在那儿。"

"他就在那儿。"

"值得你来这一趟吗？"

271

"现在看来还不值得。"

"有什么我能做的吗？"罗伯特说这话的时候内心一阵激荡，那是一种说不清的冲动，冲动得想伸出自己的手，但他抑制住了。他甚至发现自己打算说：我很高兴你来了。可是他又不想招来吉米的蔑视。这段日子他一直生活在蔑视之中，现在他只想与弟弟冷静相处。

吉米说："如果可以，就回答我一个问题吧。别东张西望。"

"可以。"

"我们的母亲呢？"

"她现在正一个人待着。我可以找她过来。她一定会特别高兴……"

"不用。"吉米很坚决。他缓和一下语气，不过是为了给自己的坚决一个合理解释。"这就是为什么我不想让你东张西望。"

"看来我确实可以做点什么，"罗伯特说，"我可以掩护你悄悄溜出去。"

这些话可以被解读为讽刺挖苦，在他们各奔东西之前生活在一起的日子里也可以这么解读。但罗伯特也缓和了说话的语气。

"我还没有决定，"吉米说，"我会决定的。"

依然是语气的问题。吉米挑剔的语气让罗伯特从脸颊到太阳穴都开始发热，内心的愤怒代替了之前的同情。

"听着，吉米，"他说，很平静，很镇定，"不如我偷偷溜走，让你做你需要做的事好了。如果妈妈出现，我会帮你挡住她，分散她的注意力，这样你就可以赶紧滚了。"

吉米吸了一口气，微微向后撤了撤。

罗伯特心想：我说的就是"赶紧滚"。好吧好吧，不过我现在情绪不好。我们开始吧，弟弟。

"抱歉，我的话听起来很傲慢。我来这里是因为我想来，但这件事有点复杂。"吉米说。

罗伯特又生气起来。他想溜走可能是为了他自己，为了让自己的情绪不再波动。他说："我明白了，没问题。情况一直很复杂。"

罗伯特看着威廉。关于那一巴掌，说出来也不是什么疯狂的事，是吉米焦躁不安的、紧握的双手让他想这么说的。"就在你出现之前不久，我站在这里，想象着他醒了过来，挑衅地问我敢不敢一拳砸在他的脸上。"罗伯特说。

"你那么干了？"

"没有。"

"连想都没想过？"

两人陷入了沉默。

"没有，"罗伯特说，"我也希望我能那么做，但那只是一具尸体。"

又是一阵沉默。

很短暂。吉米也是冲动之下脱口而出，"我们做个约定吧，"他说，"咱们别再为了过去的矛盾而起冲突了，就是相互生气，也应该是为以后的事。"

"伙计，我同意，"罗伯特说，"但我们之间只有过去。如果我们打算继续说话，以后还会有故事发生，但不要因为它们起争执。"

"有道理，"吉米说，"而且这个约定不能是太情绪化，也不能是愚蠢地四下示好。你明白我的意思吧？"

"我明白。"罗伯特伸出手，吉米也伸出手，两人握住手晃了晃。

把另外一只手也握上去的念头同时在两个人的头脑中出现，但也只是想想，那么做只会让人觉得感情用事，于是这个念头就被搁置一边了。

松开握着的手，吉米说："我马上就要测试一下我们的约定。我因为死去的父亲来到这里，但也不仅仅是为了他，也许根本就不关他什么事。"

吉米犹豫了。他没计划过，也从没想过把这件事和他哥哥联系起来。不过他很高兴能有这么一个机会。他说："小时候你就早熟，而且我觉得你有点神秘。我能问问吗？你去越南是为了面对死亡吗？你一定要站在死亡面前才能搞清楚吗？这就是我所不知道的你做过的事情吗？"

罗伯特没想到会是这样一个问题。他很想回答"是的"，与吉米保持一致，让他的动机超越对父亲的批评。父亲永远也理解不了这样的事情。但他给出的答案不是肯定，连部分肯定都不算。他说的是:"既然我们一致同意不为过去的事情争论,那我们可以做到完全诚实吗?"

吉米面对这突如其来的复杂情况摇了摇头。"问得好。至少我们应该试着诚实,不然你最好还是掩护我离开这个鬼地方。不过,也许我们可以同时做到这两样。"

"也许吧,"罗伯特说,"所以说,答案是'不是'。我的离开并不是为了面对死亡。根本就不是。"

他心里想:仅仅是这样的诚实倒也不会导致争吵,但我们两人之间的疏离却将永久存续下去。他知道:我可以说一说躺在我们身边的这个男人差一点带进坟墓的那件事。那是罗伯特很快也会带进自己坟墓的一件事情。我想要兄弟吗?如果罗伯特不再说什么,他就会永远失去吉米。如果彻底说清楚,吉米也许还可以理解他,哪怕他在六十多岁的年纪做出了激烈的举动。我希望这个人做我的弟弟吗?

也许。

罗伯特说:"很久以前你就是对的。这一切都与老爸有关,都是为了赢得他的父爱。你很聪明,放弃了努力。我现在能明白了。我去越南不是为了遭遇死亡,而是尽我所能避免死亡。看都不要看到,更别说深受其害。我志愿入伍,所以可以在军队里谋一份差事,一份缩头乌龟式的假装做研究的工作。那么做的结果就是我摧毁了渴望从老爸那里得到的东西,而且适得其反。他希望我像他曾经那样迫切地参与杀戮。所以他这辈子都看不起我,默默地鄙视我。可我却从来

275

都不知道。直到他死之前的那个下午，他亲口告诉了我。"

不用把这件事带到坟墓里去，罗伯特发觉自己一身轻松。即使吉米不明白也没关系。

罗伯特把脸扭到一边，朝着唯一可能的方向。他看着他的父亲，看着他父亲的死亡面具。至于他弟弟，罗伯特认为：我不信任他，但他是唯一健在的有可能理解我的人，是我父亲除了我以外仅有的另一个儿子。

"鲍比。"

罗伯特回过头来看着他的弟弟。吉米在他们十几岁以前就不再这么叫他了。

对于吉米来说，尽管这里正在发生的事情是陌生的，尽管军队那段故事改善了他对罗伯特最糟糕的猜测，他的思维现在却能够以其习惯的方式轻松运转下去。一旦你成为战争机器的一部分，内心就绝无得到平静的可能，而且他父亲的那两巴掌和他哥哥的沉默已经留下了确定的后遗症。但故事的另外一半也让他内心风起云涌：他们共同的父亲，同时背叛了两个儿子。吉米心里想：我需要这个哥哥吗？

吉米说："我一点都不知道，从来没想到过。"

两人又陷入沉默。

良久，久到罗伯特转念间发现自己还可以跨越另外一个深渊。我确实曾经面对死亡，不过是我造成了别人的死亡。

但这个，他不能告诉弟弟。

吉米说："如果我是你，如果我是哥哥，我大概不会以同样的方式来讨好老爸。至少，你没让自己的手上沾染鲜血。我希望我自己当年也这么聪明，做得像你一样好。"

罗伯特心里正在为另外一个讽刺而挣扎：尽管弟弟反应还算好，但他仅存的那个有关越南的秘密本来可以让他得到老爸的原谅，可如果让吉米知道，罗伯特就会再次失去他。

"谢谢。"罗伯特说。

这是两兄弟表达伤感的唯一方式了。他们转过头看着父亲的遗体。

两人一起默默注视着他。

"西装真难看。"罗伯特说。

"他的坟上需要皮革。"吉米说。

这时，鲍勃正站在树林的边缘，卡尔文在他的体内，正在讲一些他以前从没说过的话：所以，二等兵韦伯，你今晚在树林里看到了敌人，如你一贯表现的那样，你动作迅速，迅速锁定目标，迅速上好子弹，迅速瞄准。你是我的儿子吗，我擅长什么，你也一定擅长什么。对，我说的就是，和我一样出色，像我以前一样出色。我知道，你只看见我有多糟糕。他妈的，他们把我们打败了。不是敌人，是那些高层，是政府。他们把我们所有人打败了。他们让我们撅着屁股钻进地狱一样的丛林，把我们炸得稀巴烂，不管是身体上还是精神上，然后他们自己站起身走了，翻过了最后一页。放弃了一切，也把我们所有人变成笨蛋。死了的笨蛋，残废的笨蛋，疯狂的笨蛋。你肯定看到我已经差劲成了那个样子，哪怕手里拿着枪。这真他妈的丢脸。那不是我，和战争最激烈时候的我不一样，和作战时候的我也不一样。你得相信你老爸。你就像在越南时候的我。今晚，你动作敏捷，很快做好准备，但后来又退缩了。为什么？一个该死的拥抱。你把目标锁进视线里，可又让他跑掉了，因为你把这变成了狗屁丛林里的村庄场景。一个父亲给了他儿子一个拥抱。生活中还有很多你不知道的，我甚至没办法告诉你。可是你走进了这个最美的小村庄，树上长着香蕉，门口是咯咯叫的母鸡。在那里，像在其他任何地方一样，你会被炸得屁股开花。这些都是惨痛的经验，儿子，是你必须自己去学会的一些东西。我不能说，很抱歉，我学会了，即便就是那么乱糟糟地学会了。可那也比一辈子做个总是以为事情会有转机的笨蛋要强。走过去，走进那边的大门，你就会明白了。我会和你一起去。我们一起去看看。我没办法抱你。你已经长大了。我在这个世界上看到的太多了，没办法做那样的事，但是我可以偷偷溜进你的脑子里，你的心里，你饥渴难耐的右手上，那样不是更好吗？

鲍勃正在横穿车道。

他感觉到那支格洛克重重地顶在他的心脏上。

这时他已经穿过车道的门口，眼前的情景却是他没想到的。一个长长的房间。不，是走廊。昏黄的灯光和舒适的安乐椅。只有一个老太太坐在走廊的那头。就这一个老太太。她抬起了头，现在看着他。有什么好看的？

她上下打量着鲍勃。用那种表情。

她站起身。

鲍勃等着他爸爸来告诉他该怎么办。

她朝着这边走来。

这会儿，鲍勃又听到卡尔文说：我可以偷偷溜进你的脑子里，你的心里。

他深吸一口气，让自己充盈起来，仿佛吸进来一个鬼魂。

老爸。

鲍勃感觉自己像空气一样轻飘飘的。

她站在了他的面前，高昂起头，嘴唇紧绷成一条线。

可是很奇怪。她的眼睛红红的，是哭红的。双颊放光。等一等，小伙子。我在我妻子身上见过这副模样。我没想伤害她，但还是那样做了。和她不能理解的人混在一起，酒喝得太多，还有点粗鲁。但她不是敌人。

所以鲍勃很冷静。

"有事吗？"老太太说。

"是的。"鲍勃说。

"要我帮忙吗？"

"我不知道。"

"这里是殡仪馆。"

看到她有多蠢了吗？该死的，我现在该怎么做？

"我知道。"鲍勃说。

她仔细看着他。她高昂的头低了下来，紧抿的嘴唇也变得柔和。可在说完那些蠢话后，嘴唇又紧绷起来。

"这里有你认识的人吗？"她问。

哪怕卡尔文现在就在他的脑子里，他依然是鲍勃。这很好。他还是记得的。"鲍勃·昆兰。"他说。

听到这个名字，老太太笑了。"鲍勃？"

"是的。"

"我明白了。你在哪里认识他的？"

"越南。"他说。

就像某种物质进入了她的身体。她脸上的"那种表情"消失了，眼神变得温和起来。"你是退役老兵。"她说，话说得就像她什么都知道一样。

"是的。"鲍勃说。

"请稍等。"她说。

她从他身边走过。他转过身，看着她一步一步走进里面的门。

进门之前她停了一下。"我帮你去找他，"她说，"怎么称呼你？"

"鲍勃。"

她神色一变，脸皱得仿佛在说那是不可能的，因为这个名字已经被别人用过了。"鲍勃。"她说。

"鲍勃。"他说。

"在这儿等我一下吧，鲍勃，"她说，"我去找罗伯特。"

她推开其中一扇门，门弹回来关上。

显然他在这里是不受欢迎的。这太他妈的糟糕了。

佩吉顿了一下，把吊唁大厅尽收眼底。之前她还害怕这个吊唁大厅的空间太大，怕比尔看起来不受爱戴。不过现在看来还是有人来的，几十个吧。还有人爱他。如果他就在附近，离去之前在附近徘徊，一定会看到这一切。

她已经把走廊里那个男人放在了一边。他大概是个无家可归的人，身上穿着那种衣服，散发出那种味道，但他是个老兵，从她儿子参加的那场战争退伍的老兵。她看向门口方向放食物的地方，觉得应该给那个男人装一盘食物。从这个角度，她能看见摆放那排特殊的食物加热器起始的地方，还能瞥到达拉在走动，她应该正在用佩吉的菜肴招待前来吊唁比尔的人。

她得为那个老兵找到罗伯特。罗伯特在救助这个人吗？她扫视一下人群，最后目光落在远处的墙边，停放灵柩的地方。她看见罗伯特正在那里和一对夫妇说话。她一边朝他走过去，一边心里想着：鲍勃，你从来都不是鲍勃。

鲍勃穿过大门走进吊唁大厅。那个女人刚刚从他身边路过，但没有注意到他。无所谓。她动作很快。她会让他无聊地坐在那儿等她，就像对待后门的流浪汉一样。

他转过身，尾随着她。

只是他的动作更缓慢些，一边走一边观察所有的人。看看这些人，儿子，礼帽、领带、红润的脸颊、下颚、胡茬、

281

绯红的嘴唇、围巾、毛衣、喉咙和手，就是那么简单，就像羽毛、毛皮、爪子和蹄子，像丛林夹克、帆布背包、遮阳帽和越共的宽腿裤，像白脸庞、黑脸庞和黄脸庞，这些都是你在那里学到的，所有这些都一样。人们和他们的身体，他们的制服和他们的皮肤，所有这些都是尖啸而过的一排子弹，爆炸的火焰，或者从死去的人身上滚落的弹片。又或者，是你口袋里格洛克手枪的一发 0.45 英寸口径的子弹。你是一个会走路、会说话、活跃的家伙，你要记住，这一切只不过是一缕烟，吹口气就散了。所有的政治，所有的思想，所有的阴谋、强奸、抢掠和征服，还有每个人发出的嘟哝、咆哮、呜咽和恸哭都是徒劳，就因为你口袋里的那一件东西。儿子，如果你稳稳地抓住它，瞄得准，它就会把所有那些可怜的混蛋变成蛆虫和白骨。

"哦，天哪。"佩吉说。等走近些，她认出了另外一个人。听到她说话，那人应声转过身来。"吉米，"她说，"哦，吉米!"

她冲过去，张开双臂。吉米之前就想到，如果他来了，并且留下来的话，会有这么一幕。他决定抛开这么多年来母亲一直秉持的忠心耿耿的沉默的妻子形象，这样他才能安然接受这些举动。他也展开双臂，接受了她的拥抱。他看着希瑟，希瑟正对着他微笑，一如他们作为情侣在一起的三次早餐中安静地喝咖啡时她的微笑。佩吉也看着希瑟，心里想：我又有了一个孙女，可我甚至都不知道她的存在。而吉米则看着罗伯特，期待着他哥哥看到两人这位难缠的母亲，也会和他一样眉毛扬起。但罗伯特已经开始扭过脸，朝吊唁大厅看去。

走近后，鲍勃明白了。你看到我们学会了什么吗？你看到我用生命的代价学会了什么吗？每时每刻，无论我们是谁，都处在被欺骗利用的边缘。什么也救不了你，你什么也做不了。就是这样。我正紧紧地抱着你，我的儿子。

罗伯特看到了鲍勃。在距离六七步远的地方。

他们的眼睛锁定目标。

鲍勃停下脚步。

两人互相看着对方。

鲍勃举起右手，放在胸前，伸进外套里面。然后，停了下来。那一刻，罗伯特以为鲍勃是在摸自己的心口。心口疼吗？然而鲍勃的手又动了，从外套里拿了出来。

一支手枪，从侧面看抵在他的胸膛上。枪动了，转过来，枪管也随着转过来。罗伯特也行动了，胸膛和肩膀猛地往前一挺，意识到母亲、弟弟、弟弟的爱人以及鲍勃的位置关系，还有鲍勃和他们之间的距离。罗伯特走了几步，这时枪口暴露在眼前，罗伯特又往右侧走了几步，冲到鲍勃和其他人之间，枪口停了下来，稳稳地停在那儿，于是罗伯特也停下来，把胸膛正面对准手枪前端杀人的黑洞。

"鲍勃。"他说。

只是片刻。

鲍勃明白了。

他举起手枪，把枪管塞进嘴里，紧紧抱着他的父亲，鲍勃扣动扳机。

~

罗伯特溜到床上，把被子拉到胸前。只有台灯亮着。达拉在浴室里。浴室门关着，从底下的门缝里透出一条细细的荧光灯的灯光。浴室里的水龙头还开着，过了一会儿，水声停止。他妻子所在的地方安静得无声无息。这会儿没声，又过了一会儿还是没声。他行动很迅速，从床上跳下来，朝她那边冲过去。可就在这时，他又听到一种微弱的声音。辨不出是什么。可能是用瓶子敲打在瓷器上发出的。总之是某种声音。这就够了。她床头柜上的电子钟轻轻发出呜呜的声音。他没有失去她。他没有失去他们中的任何一个人。除了鲍勃。

事情过去有一周了。

连续几天，鲍勃只有一个晚上没有出现在罗伯特的梦中。他的眼睛出奇地温暖，睁得大大的，盯着罗伯特，子弹在他的后脑炸开。每天夜里，罗伯特都会在一阵懊悔中醒来：我停下来准备挨你一枪，可是我本来应该冲过去夺下你的枪。

284

罗伯特根本没有梦到过他自己的父亲，或者他在醒来之前就已经彻底忘记了他。毕竟，他和他的兄弟并肩看着那个躺着老爸遗体的盒子消失在地下。

但他能敏锐地意识到：有一个已经死去的人还活着。

浴室里，达拉刚刚洗完脸，她盯着自己卸了妆的脸想：我老了。她闭上眼睛。那天的事她没看到，枪声响过之后她才来到门口，罗伯特朝她冲过来，而他周围的人群都在向后面涌去，哭号着四散开去。罗伯特把她拉进怀里，推着她转过身朝用餐区走去，同时挡住她的视线。目击者说，他替他母亲和弟弟挡住了枪口。

她现在还有被他手臂搂住的感觉。

她会要求罗伯特在她进卧室之前把灯关掉。那件事以后，他们每晚都会抱在一起，但也只是默默地，了无生气地抱上几分钟。她睁开眼睛。看到自己的样子，她觉得无法忍受。她移开目光。她的口红就放在水槽上方的化妆品架子上。达拉伸出手，把手放在口红上，犹豫片刻，拿起口红。

当她准备妥当之后；当镜子里的她又一切如常，恢复了六十七岁年纪的人非常好的状态；在她感觉到他的手臂环绕，让她远离伤害，当枪声还在她脑海中回响时把她抱起来以后；当她感觉到在门的那一边，他的头脑正常运转，有时候她坐在自己的书房里都能感觉到他书房里面，他健康的大脑；当她的脑海中浮现出他独自坐在巴吞鲁日那家咖啡厅的

285

角落里一张小桌子边以后；当她一切准备妥当，转过身站到门边，把手放在门把手上，停了下来；在过去的一些年里，当她的手渴望伸向他的时候，当她的身体渴望贴紧着他的时候，她经常对他升起现在的这种欲望。可随后她又会停下来，想一想那一刻，她的身体和他的身体，想一想过去的一天和将要来临的一天，想想那会儿时间太迟了，想一想最近他们两人之间就某些琐事说过的一些话。这么想着，她便什么都没有做。

但这次停下来，她想的是要去做些什么。她伸手从肩膀的位置抓住睡袍，把它从身上，从头上褪下来，随手扔到地板上。

她把浴室门打开，只留一条刚好够声音传出去的缝隙，对她丈夫说："把灯关掉。"

他照做了。

她又关掉了浴室的灯，走进黑暗中。

她穿过房间，感觉自己像个傻瓜，身体赤裸着，脸上却化着妆。不，这可一点都不傻。在这一刻，她希望自己的脸尽可能地漂亮，即使他看不到也没关系，她希望他记住自己过去的身体，那是他最初爱上她的时候。赤身裸体，是为了她自己：她没办法说服自己不去这么做。她必须待在自己的身体里，她必须行动起来。

达拉溜上床。

286

她在两人身体之间留出小小的一段空隙，让黑暗继续掩盖她的意图。这让她感觉很甜蜜。这种急迫。

至于罗伯特，他当时正喝着咖啡，抬起头看着外面大街上的抗议者从眼前鱼贯而过。但他们当中的一个人，这个长着一双蓝色眼睛的女人，走过来站在他身边，从一开始就跟他开玩笑，然后他听到自己对她说了他对她说的第一句话：我曾经离开过。他现在想起了她，想起了他们：我一直都不在。他扭过头，只看到一个模糊的身影躺在他身边的黑暗中。他说："如果我告诉你我在越南做过的一件事，一件我很后悔的事，你会不再爱我了吗？"

她抬起身，移到他身边，落入他的怀抱，以此来回答他的问题。

做爱的时候，达拉很开心能和她的丈夫紧密联结在一起。她感觉很舒服，尽管每天疼痛的身体部位现在依旧很疼，曾经富有生气的部位现在也变得迟缓了起来。她老了，但她很了解他。她感觉到那些南部邦联的女人就在附近，也许就坐在院子里，坐在黑暗中，也许就坐在阳台旁边那棵大橡树下，等着她，理解她所做的一切。

罗伯特也对与妻子的这种联结感到开心，很开心再次进入妻子的身体。等做完爱，他就会把他在越南的秘密告诉她，那个有关他在夜里杀死的那个人的秘密。从她赤裸着身体的回答中，他知道她还会继续爱他。他将对她隐瞒的唯一的秘密，是当他还在她的身体里的时候，出乎意料地充斥在他脑海中的那件事：在他到达顺化最初的日子里，秋天的季节，战争中期，空气中溢满了水果的芬芳气味，顺着河水飘向下游，飘向南海。他遇到，爱上，又失去的那个女人，以及从那以后便伴随着他的恐惧。空气中的芬芳和他对女人的爱，再也不会那么美好了。